Mi siglo

Günter Grass

Mi siglo

Traducción de Miguel Sáenz
(con la colaboración de Grita Löbsack)

ALFAGUARA

Título original: Mein Jahrhundert
© 1999, Steidl Verlag, Göttingen
© De la traducción: Miguel Sáenz
© De esta edición:
1999, Grupo Santillana de Ediciones, S. A.
Torrelaguna, 60. 28043 Madrid
Teléfono 91 744 90 60
Telefax 91 744 92 24
www.alfaguara.com

• Aguilar, Altea, Taurus, Alfaguara S. A.
Beazley 3860. 1437 Buenos Aires
• Aguilar, Altea, Taurus, Alfaguara S. A. de C. V.
Avda. Universidad, 767, Col. del Valle,
México, D.F. C. P. 03100
• Distribuidora y Editora Aguilar, Altea,
Taurus, Alfaguara, S. A.
Calle 80 N° 10-23
Santafé de Bogotá, Colombia

ISBN: 84-204-4203-8
Depósito legal: M. 16.390-2000
Impreso en España - Printed in Spain

Diseño:
Proyecto de Enric Satué
© Cubierta:
Günter Grass

PRIMERA EDICIÓN: OCTUBRE 1999
SEGUNDA EDICIÓN: NOVIEMBRE 1999
TERCERA EDICIÓN: FEBRERO 2000
CUARTA EDICIÓN: MARZO 2000
QUINTA EDICIÓN: ABRIL 2000

Índice

En recuerdo de Jakob Suhl

1900

Yo, intercambiado conmigo, estuve presente año tras año. No siempre en primera línea, porque, como allí había guerra todo el tiempo, nos gustaba quedarnos en retaguardia. Al principio, sin embargo, cuando fuimos contra los chinos y nuestro batallón desfiló por Bremerhaven, yo iba en cabeza, en la columna de en medio. Voluntarios eran casi todos, pero de Straubing me había presentado yo sólo, aunque estaba prometido con Resi, mi Therese, desde hacía poco.

Con vistas al embarque, teníamos a la espalda el edificio de ultramar de la Lloyd de la Alemania del Norte y el sol en los ojos. Ante nosotros, sobre un alto estrado, el Káiser habló, francamente intrépido, por encima de nuestras cabezas. Contra el sol sólo nos protegían unos sombreros nuevos de ala ancha, llamados «suroccidentales». Estábamos guapísimos. El Káiser, sin embargo, llevaba un casco especial, con el águila resplandeciente sobre fondo azul. Habló de grandes tareas, del enemigo cruel. Su discurso arrebataba. Dijo: «Cuando lleguéis, sabed que no habrá cuartel, que no se harán prisioneros...». Luego habló de Etzel, Atila, y de sus hordas de hunos. Elogió a los hunos, aunque causaron es-

tragos bastante horribles. Por eso los socialdemócratas publicaron luego insolentes «cartas de
hunos», calumniando al Káiser deplorablemente
por su discurso. Al concluir, nos dio una consigna para China: «¡Abrid de una vez para siempre
el camino a la cultura!». Nosotros lanzamos tres
hurras.

Para mí, que vengo de la Baja Baviera,
aquella larga travesía fue espantosa. Cuando
por fin llegamos a Tientsin, todos estaban ya
allí: británicos, americanos, rusos, hasta japoneses auténticos y contingentes reducidos de
países pequeños. Los británicos eran en realidad
indios. Nosotros éramos pocos al principio, pero por suerte disponíamos de los nuevos cañones de tiro rápido de Krupp. Y los americanos
probaron sus ametralladoras Maxim, un verdadero engendro del diablo. Así que Pequín fue
rápidamente tomado por asalto. Porque cuando
nuestra compañía entró, todo parecía haber
terminado ya, lo que era de lamentar. Sin embargo, algunos *boxers* no paraban. Los llamaban
así porque, a escondidas, eran de una sociedad,
los *Tatauhuei,* en nuestro idioma «los que lu-
chan con los puños». Por eso hablaron, primero
los ingleses y luego todo el mundo, de la rebelión de los *boxers,* de los boxeadores. Los *boxers*
odiaban a los extranjeros porque los extranjeros
vendían a los chinos toda clase de cosas; los británicos, sobre todo, opio. Y así ocurrió lo que
había mandado el Káiser: no se hicieron prisioneros.

Por razones de orden, habían reunido a los *boxers* en la plaza de la Puerta de Chienmen, delante mismo del muro que separa la ciudad manchú de la parte habitual de Pequín. Tenían las coletas atadas entre sí, lo que hacía un efecto cómico. Entonces los fueron fusilando en grupos o decapitando uno a uno. Sin embargo, de la parte horrible no escribí a mi novia ni pío, sólo de los huevos de cien años y los *dumplings* al vapor al estilo chino. Los británicos y nosotros, los alemanes, preferíamos acabar pronto con el fusil, mientras que los japoneses, en las decapitaciones, seguían su tradición venerable. Sin embargo, los *boxers* preferían que los fusilaran, porque tenían miedo de tener que andar luego por el Infierno con la cabeza bajo el brazo. Por lo demás, no tenían miedo. Vi a uno que, antes de que lo fusilaran, se estaba comiendo glotonamente un pastelillo de arroz empapado en almíbar.

En la plaza de Chienmen soplaba un viento que venía del desierto y levantaba sin cesar nubes de polvo amarillas. Todo era amarillo, también nosotros. Se lo escribí a mi novia y metí un poco de arena del desierto en el sobre. Sin embargo, como los verdugos japoneses cortaban la coleta a los *boxers*, que eran mozos muy jóvenes, como nosotros, para poder dar el tajo limpio, a menudo había en la plaza un montoncito de coletas chinas. Me llevé una y la envié a casa como recuerdo. De vuelta a la patria, me la ponía en Carnavales, con regocijo general, hasta que mi novia quemó el *souvenir*. «Esas cosas traen fantasmas a casa», dijo Resi dos días antes de nuestra boda.

Pero eso es ya otra historia.

Quien busca, halla. Siempre he revuelto en los baratillos. En la Chamisso Platz, y concretamente en un comercio que, con su letrero blanco y negro, prometía antigüedades, aunque piezas de valor sólo se encontraban luego escondidas muy al fondo entre sus baratijas, se despertó mi curiosidad por objetos raros y descubrí, hacia finales de los cincuenta, tres tarjetas postales ilustradas, atadas con un bramante, cuyos motivos relucían en mate: mezquita, iglesia conmemorativa y Muro de las Lamentaciones. Mataselladas en el año cuarenta y cinco en Jerusalén, iban dirigidas a cierto Doctor Benn de Berlín, pero, en los últimos meses de la guerra, el correo —como acreditaba un sello— no había logrado encontrar al destinatario entre las ruinas de la ciudad. Una suerte que el revoltijo de Kurtchen Mühlenhaupt en el distrito de Kreuzberg les hubiera dado refugio.

El texto, entretejido de monigotes y colas de cometa, y que se extendía por las tres postales, se podía descifrar sólo con esfuerzo y decía así: «¡Cómo anda el tiempo de cabeza! Hoy, primerísimo de marzo, cuando el apenas florecido siglo se pavonea torpemente con su número "uno" y tú, bárbaro y tigre mío, buscas ansioso carne en junglas lejanas, papá Schüler me cogió con su mano acariciadora para subir conmigo y con mi corazón de cristal al tren elevado de Barmen a Elberfeld, en su viaje inaugural. ¡Por encima del negro río Wupper! Es un dragón duro como el acero, que con sus mil patas tuerce y se retuerce sobre un río que los tintoreros, devotos de la Biblia, ennegrecen por un sueldo ridículo con sus tintes residuales. Y continuamente vuela por los aires la barquilla del tren, mientras el dragón avanza sobre sus pesadas patas anulares. Ah, si pudieras, mi Giselher, junto a cuyos dulces labios tantas dichas me estremecieron, estar conmigo, tu Sulamita... ¿o debiera ser el príncipe Yusuf?, y volar así sobre el río Estigio, que es el otro Wupper, hasta rejuvenecernos, juntarnos y extinguirnos en la caída. Pero no, estoy a salvo en Tierra Santa y vivo totalmente prometida al Mesías, mientras que tú sigues perdido y has renegado de mí, traidor de rostro duro, bárbaro como eres. ¡Ay dolor! ¿Ves el cisne negro sobre el negro Wupper? ¿Oyes mi canción, plañideramente entonada en el piano azul? Ahora tenemos que bajar, dice papá Schüler a su Else. En la tierra fui casi siempre una niña obediente...».

Sin duda se sabe que Else Schüler, el día en que se inauguró ceremoniosamente para uso público el primer tramo, de cuatro kilómetros y medio de longitud, del tren elevado de Wuppertal no era ya una niña, sino que tenía sus treinta años, estaba casada con Berthold Lasker y, desde hacía dos años, era madre de un hijo, pero la edad se plegó siempre a sus deseos, por lo que esas tres señales de vida desde Jerusalén, dirigidas al doctor Benn, y franqueadas y enviadas poco antes de la muerte de ella, estaban de todos modos mejor informadas.

No regateé mucho, pagué por las postales otra vez atadas un precio exagerado, y Kurtchen Mühlenhaupt, cuyo baratillo tenía siempre algo especial, me guiñó un ojo.

1902

Algo así se convertía en Lübeck en un pequeño acontecimiento: que el estudiante de bachillerato que había en mí se comprase, para los paseos hasta la Puerta del Molino o a lo largo de las orillas del Trave, su primer sombrero de paja. Nada de fieltro blando, nada de hongo: un sombrero de paja plano, jactancioso y amarillo caléndula que, recientemente de moda, se llamaba elegantemente *canotier* o, popularmente, «sierra circular». También las señoras llevaban sombreros de paja adornados con cintas, pero, a la vez y por mucho tiempo aún, se seguían oprimiendo en corsés de ballenas; sólo algunas se atrevían a mostrarse, por ejemplo ante el instituto Katharineum, siendo objeto de burla entre los del último curso, con vestidos innovadores que dejaban pasar el aire.

En aquella época habían cambiado muchas cosas. Por ejemplo, el Correo del Imperio puso en circulación sellos unificados, que mostraban una Germania de perfil, de peto metálico. Y como por todas partes se anunciaba el progreso, muchos portadores de sombreros de paja se mostraban curiosos ante los nuevos tiempos. Mi sombrero ha vivido bastante. Me lo eché hacia atrás cuando contemplé el primer zepelín. En el café Niederegger lo dejé junto a *Los Buddenbrook*, recién salidos de imprenta y sumamente provocadores para los bienpensantes. Luego, de estudiante, lo paseé por el parque zoológico de Hagenbeck, que acababa de inaugurarse, y vi, uniformemente cubierto, a monos y camellos en la zona cercada al aire libre, y cómo los camellos contemplaban con altivez y los monos codiciosamente mi sombrero de paja.

Intercambiado en la sala de esgrima, olvidado en el café Altespavillon. Algunos sombreros padecieron repetidas veces el sudor de los exámenes. Una y otra vez llegaba el momento de un nuevo sombrero de paja, que me quitaba ante las señoras con garbo, o sólo con indolencia. A veces me lo ladeaba, como lo llevaba Buster Keaton en las películas mudas, aunque a mí nada me ponía mortalmente triste, sino que cualquier ocasión me daba motivo para reír, de forma que en Göttingen, en donde dejé la Universidad tras el segundo examen, llevando gafas, me parecía más a Harold Lloyd, que en años posteriores colgó en lo alto de una torre, pataleando, de la aguja de un reloj, con sombrero de paja y cinematográficamente cómico.

Otra vez en Hamburgo, fui uno de los muchos hombres de sombrero de paja que se amontonaron en la inauguración del túnel del Elba. Desde la oficina comercial hasta los almacenes, desde el tribunal hasta el bufete, corríamos con nuestras «sierras circulares», agitándolas en el aire, cuando el mayor buque del mundo, la motonave *Imperator,* zarpó del puerto en su viaje inaugural.

Con frecuencia había oportunidad para agitar sombreros. Y luego, cuando, con una hija de pastor protestante del brazo, que luego se casó con un veterinario, paseaba por la orilla del Elba junto a Blankenese —no recuerdo ya si en primavera o en otoño—, una ráfaga se llevó mi ligera prenda de cabeza. Rodó, navegó. Corrí detrás del sombrero, en vano. Lo vi descender por el río, inconsolable, por mucho que Elisabeth, que durante algún tiempo fue mi amor, se preocupara de mí.

Sólo de estudiante en prácticas y luego de opositor me permití sombreros de paja de mejor calidad, de esos que llevaban estampada la marca del sombrerero en la banda interior. Siguieron estando de moda, hasta que muchos miles de hombres de sombrero de paja, en ciudades grandes y pequeñas —yo en Schwerin, junto a la Audiencia Territorial— nos reunimos en torno al gendarme respectivo, que una tarde de verano avanzado, en plena calle y en nombre de Su Majestad, nos anunció, leyendo, el estado de guerra. Muchos lanzaron entonces al aire sus «sierras circulares», se sintieron liberados de la aburrida vida civil y cambiaron voluntariamente —no pocos, de forma definitiva— sus sombreros de paja que relucían amarillos caléndula por unos yelmos gris campaña, llamados cascos puntiagudos.

1903

En Pentecostés comenzó la final, poco después de las cuatro y media. Los de Leipzig habíamos tomado el tren de la noche: nuestro once, tres suplentes, el entrenador y dos señores de la Directiva. ¡Nada de coche cama! Claro está que todos, yo también, íbamos en tercera, porque habíamos tenido que reunir penosamente los cuartos para el viaje. Sin embargo, nuestros muchachos se habían echado sin quejarse en los duros bancos, y me ofrecieron, hasta poco antes de Uelzen, un verdadero concierto de ronquidos.

Así llegamos a Altona bastante machacados, pero de buen humor. Como era habitual en otros sitios, también allí nos acogió un campo de maniobras corriente, atravesado incluso por un camino de grava. Las protestas no sirvieron de nada. El señor Behr, árbitro del FC 93 de Altona, había rodeado ya con una maroma aquel terreno de juego arenoso, pero impecable por otros conceptos, y marcado con serrín, con sus propias manos, las áreas de castigo y la línea central.

El hecho de que nuestros adversarios, los muchachos de Praga, hubieran podido venir se lo debían sólo a los distraídos señores de la directiva del Karlsruher FV, que habían caído en una trampa malévola, creyendo un telegrama engañoso y, por eso, no habían ido a Sajonia para la primera vuelta. De manera que la Federación de Fútbol Alemana, decidiéndose sobre la marcha, envió a la final al DFC de Praga. Por cierto, era la primera que se celebraba, y además con un tiempo espléndido, de forma que el señor Behr pudo cobrar de los casi dos mil espectadores una bonita suma, recogiéndola en un plato de hojalata. Sin embargo, aquellos quinientos marcos escasos no bastaron para cubrir todos los gastos.

Ya al comenzar hubo un contratiempo: antes de sonar el silbato, faltaba el balón. Los praguenses protestaron enseguida. Sin embargo, los espectadores más que insultar se reían. Tanto mayor fue el júbilo cuando, por fin, el cuero estuvo en la línea del centro y nuestro contrincante, con viento y sol a la espalda, hizo el saque inicial. Pronto estuvieron también ante nuestra puerta, centraron rápidamente desde la izquierda, y sólo a duras penas pudo Raydt, nuestro guardameta, alto como un árbol, salvar a Leipzig de un revés temprano. Aguantábamos, pero los pases llegaban de la derecha con demasiada precisión. Entonces, sin embargo, los praguenses consiguieron, en un amontonamiento ante nuestra zona de castigo, meter un gol, que sólo tras una serie de violentos ataques contra Praga, que tenía en Pick un portero seguro, pudimos igualar antes del medio tiempo.

Después del cambio de campo, nada pudo pararnos. En apenas cinco minutos, Stany y Riso consiguieron marcar tres goles, después de ha-

ber conseguido Friedrich nuestro segundo tanto
y Stany, antes aún de la goleada, su primer gol. Es
cierto que los de Praga, tras un pase nuestro fallido,
pudieron marcar de nuevo, pero entonces —como
queda dicho— se acabó lo que se daba y el júbilo
fue inmenso. Ni siquiera el eficiente medio Ro-
bitsek, que de todas formas cometió una falta grave
contra Stany, pudo detener a nuestros hombres.
Después de haber advertido el señor Behr al sucio
Robi, Riso, poco antes del pitido final, logró el séptimo tanto.

Los praguenses —antes tan elogiados— de-
cepcionaron bastante, especialmente la delantera.
Demasiados pases retrasados, demasiado flojos en
el área. Luego se dijo que Stany y Riso habían sido los héroes de la jornada. Pero no es cierto. Los
once lucharon como un solo hombre, aunque Bruno Stanischewski, al que llamábamos sólo Stany,
dio a conocer ya lo que los jugadores de origen
polaco han hecho, con el paso de los años, por
el fútbol alemán. Como yo seguí todavía mucho
tiempo en la Directiva, en los últimos años como
tesorero, y asistía con frecuencia a los partidos
fuera de casa, conocí también a Fritz Szepan y a su
cuñado Ernst Kuzorra, es decir, la Combinación
del Schalke, su gran triunfo, puedo decir sin temor:
desde el campeonato de Altona, el fútbol alemán
fue cada vez a más, en gran parte gracias a la alegría de juego y la peligrosidad ante la puerta de
aquellos polacos germanizados.

Volviendo a Altona: fue un buen partido,
aunque no un gran partido. Sin embargo, ya en-

tonces, cuando se consideraba al VFB Leipzig, evidente e indiscutidamente, el campeón alemán, más de un periodista se sintió tentado de calentar su sopita en la cocina de las leyendas. En cualquier caso, el rumor de que los praguenses se habían ido de juerga la noche anterior en la Reeperbahn de Sankt Pauli, y por eso, especialmente en el segundo tiempo, habían estado tan lánguidos en el ataque, resultó una excusa. De su propia mano, el árbitro, señor Behr, me escribió: «¡Ganaron los mejores!».

1904

—En Herne, la cosa empezó poco antes de Navidá...

—Ésas son las minas de Hugo Stinnes...

—Pero lo del «vagón nulo» existe también en otros laos, en la mina de Harpen, cuando los vagones no están llenos o hay un poco de carbón sucio en medio...

—Hasta hay que pagar una multa...

—Claro, señor Consejero de Minas. Pero una razón para la huelga de los mineros, por lo demás tan pacíficos, puede ser muy bien esa helmintiasis que se extiende por toda la Cuenca y a la que no dan importancia las administraciones de las minas, el que una quinta parte de los mineros...

—Si me lo preguntas, hasta los caballos de las minas tienen esos bichos...

—¡Qué va! Fueron los poloneses los que trajeron esas cosas...

—Pero en huelga están todos, también los mineros polacos que, como usted sabe, señor Consejero de Minas, suelen ser fáciles de calmar...

—¡Con aguardiente!

—¡Qué sandez! Aquí se emborrachan todos...

—En cualquier caso, la dirección de la huelga alega el Protocolo de Paz de Berlín del ochenta y nueve, es decir, la jornada normal de ocho horas...

—¡Eso no existe en ningún lado! ¡Por todas partes se prolongan las horas de extracción...!

—En Herne estamos unas diez horas bajo tierra...

—Pero, si me lo pregunta, son esos «vagones nulos», que en los últimos tiempos son cada vez más...

—Ahora hay ya más de sesenta pozos en huelga...

—Además, otra vez hay listas negras...

—Y en Wesel el Regimiento de Infantería número 57 está en situación de alerta y en descansen armas...

—¡Qué tontería, muchachos! Hasta ahora en toda la Cuenca no han intervenido más que los gendarmes...

—Sin embargo, en Herne tienen funcionarios de minas, como usted, haciendo de policía de minas con brazaletes y porras...

—Los llaman *pinkertons,* porque fue al Pinkerton americano a quien se le ocurrió primero ese truco asqueroso...

—Y como ahora hay huelga general en todas partes, las minas de Hugo Stinne están paralizadas...

—En cambio en Rusia hay algo así como una revolución...

—Y en Berlín, el camarada Liebknecht...

—Pero allí los militares se movilizaron enseguida y se liaron a tiros...

—Lo mismo que en el Sudoeste africano, allí nuestros hombres liquidan rápidamente a los hotentotes...

—En cualquier caso, en toda la Cuenca hay ahora más de doscientas minas en huelga...

—Se calcula que el ochenta y cinco por ciento...

—Sin embargo, todo va hasta ahora de una forma bastante tranquila, señor Consejero de Minas, porque incluso la dirección de los sindicatos...

—No como en Rusia, en donde hay cada vez más Revolución...

—Y por eso, compañeros, en Herne actuaron por primera vez contra los esquiroles...

—Sin embargo, como Stinnes rechaza siempre cualquier acuerdo hay que temer que...

—Ahora en Rusia están en estado de guerra...

—Pero nuestros muchachos han echado sencillamente al desierto a esos hereros y otros hotentotes...

—En cualquier caso, Liebknecht ha dicho que los obreros de San Petersburgo y nosotros, los de la Cuenca, somos héroes del proletariado...

—Sin embargo, con los japoneses los rusos no pueden acabar tan fácilmente...

—Y aquí en Herne han disparado en fin de cuentas contra nosotros...

—Pero sólo al aire...

—En cualquier caso, todos corrieron...

—Desde la Puerta de la Mina a través de la plazuela...

—No, señor Consejero de Minas, nada de soldados, sólo policía...

—Pero corrimos de todas formas.

—No hay nada como largarse, le dije a Anton...

1905

Ya mi señor padre estaba al servicio de una naviera de Bremen, en Tánger, Casablanca y Marrakech, y por cierto mucho antes de la primera crisis de Marruecos. Hombre siempre ocupado, al que la política, especialmente el canciller Bülow, que gobernaba de lejos, le descabalaba los balances. Como hijo suyo, que sin duda mantenía pasablemente a flote nuestra empresa comercial frente a la fuerte competencia francesa y española, pero se ocupaba de las operaciones cotidianas de higos, dátiles, azafrán y cocos sin verdadera pasión, cambiando de buena gana la oficina por el cafetín y visitando además el zoco en busca de toda clase de pasatiempos, el volver una y otra vez sobre la crisis, tanto en la mesa como en el club, me resultaba más bien ridículo. Así que contemplé a distancia la visita espontánea del Káiser al sultán y sólo a través de mi irónico monóculo, tanto más cuanto que Abd al-Aziz supo reaccionar a la visita de Estado no anunciada con un espectáculo asombroso, y proteger a su alto huésped con guardias de corps pintorescas y agentes ingleses, sin dejar de procurarse en secreto el favor y la protección de Francia.

A pesar de los contratiempos, muy ridiculizados, ocurridos durante el desembarco —casi zo-

zobran barcaza y soberano— la aparición del Káiser fue impresionante. Entró en Tánger, muy seguro en la silla, sobre un corcel blanco prestado y
evidentemente nervioso. Incluso hubo júbilo. Espontáneamente, sin embargo, se admiró sobre todo su yelmo, del que, en correspondencia con el sol,
salían señales luminosas.

Más tarde circularon en los cafetines, pero
también en el club, dibujos caricaturescos, en los
que el casco adornado con el águila, después de suprimidos todos los rasgos del rostro, sostenía un
diálogo animado con los majestuosos bigotes. Además, el dibujante —no, no fui yo el malhechor, sino un artista al que conocía de Bremen y que trataba con el mundillo del arte de Worpswede—
supo hacer resaltar de tal modo yelmo y bigotes retorcidos ante el decorado marroquí, que las cúpulas de las mezquitas y sus alminares armonizaban
de la forma más viva con las redondeces del casco
ricamente ornamentado y coronado por el agudo
pincho.

Salvo mensajes preocupados, aquella aparición espectacular no trajo nada. Mientras Su Majestad pronunciaba discursos enérgicos, Francia e
Inglaterra se pusieron de acuerdo en lo que a Egipto y Marruecos se refería. A mí, de todas formas,
todo aquello me resultaba cómico. E igualmente
ridícula me pareció, seis años más tarde, la aparición de nuestra cañonera Panther frente a Agadir. Sin duda, aquello tuvo efectos teatrales retumbantes. Sin embargo, sólo el yelmo centelleante del
Káiser al resplandor del sol dejó una impresión du

radera. Los caldereros del país lo imitaron laboriosamente, poniéndolo a la venta por todas partes. Mucho tiempo aún —en cualquier caso, más del que duraron nuestras importaciones y exportaciones— se podía comprar en los zocos de Tánger y Marrakech el casco puntiagudo prusiano en miniatura o de tamaño mayor que el natural, como *souvenir*, pero también como práctica escupidera; un casco así, metido con su pincho en un cajón de arena, me ha sido de utilidad hasta hoy.

A mi padre, sin embargo, que no sólo para los negocios tenía una perspicacia que imaginaba siempre lo peor y que, ocasionalmente y no del todo sin motivo, llamaba a su hijo «calavera», ni siquiera mis ocurrencias más graciosas podían estimularle los músculos de la risa, y más bien veía en ello motivo para expresar su preocupada conclusión: «Estamos cercados; aliados con los rusos, los británicos y los franceses nos están cercando», y no sólo durante la comida. A veces nos intranquilizaba con la posdata: «Sin duda, el Káiser sabe armar ruido con el sable, pero la verdadera política la hacen otros».

1906

Me llaman capitán Sirius. Mi inventor es Sir Arthur Conan Doyle, famoso como autor de los relatos, difundidos por todo el mundo, de Sherlock Holmes, en los que se ejerce la criminalística de una forma estrictamente científica. Y, como de pasada, Sir Arthur trató de advertir a la insular Inglaterra del peligro que la amenazaba cuando —ocho años después de la botadura de nuestro primer submarino capaz de navegar— se publicó un relato suyo titulado *Danger!*, que, en el año de guerra 1915, apareció en traducción alemana como *La guerra de los sumergibles (De cómo el Capitán Sirius subyugó a Inglaterra)* y tuvo dieciocho reediciones hasta finales de la guerra, pero que entretanto, por desgracia, parece haber sido olvidado.

Según ese librito previsor, yo, como capitán Sirius, conseguía convencer al Rey de Norlandia, nombre con el que se designaba a nuestro Reich, de la posibilidad atrevida, pero sin embargo posible de demostrar, de privar a Inglaterra, con sólo ocho submarinos —no teníamos más—, de todo suministro de víveres, rindiéndola literalmente por hambre. Nuestros submarinos se llamaban Alfa, Beta, Gamma, Theta, Épsilon, Iota y Kappa. Por desgracia, el citado en último lugar se perdía en el

Canal de la Mancha en el curso de la empresa, por lo demás coronada por el éxito. Yo era capitán del Iota y mandaba la flotilla entera. Nos apuntamos los primeros éxitos en la desembocadura del Támesis, cerca de la isla de Sheerness: con breves intervalos, hundí a disparos de torpedo en plena crujía al Adela, cargado de carne de cordero de Nueva Zelanda; inmediatamente después al Moldavia, de la compañía Oriental, y después al Cuzco, ambos cargados de trigo. Tras nuevos éxitos ante las costas del Canal y de haber hundido con diligencia barcos hasta en el Mar de Irlanda, tarea en la que, en tropel o en acciones aisladas, participaba toda nuestra flotilla, los precios comenzaban a subir, primero en Londres y luego en toda la isla: una hogaza de pan de cinco peniques costaba pronto chelín y medio. Mediante el bloqueo sistemático de todos los puertos de importación importantes, seguíamos haciendo aumentar aquellos precios ya abusivos, desencadenando el hambre en todo el país. La hambrienta población protestaba con violencia contra el Gobierno. Asaltaban la Bolsa, santuario del Imperio Británico. Quien pertenecía a la clase superior o se lo podía permitir por cualquier otro concepto, huía a Irlanda, en donde al fin y al cabo había patatas suficientes. Finalmente, la orgullosa Inglaterra tenía que hacer las paces, humillada, con Norlandia.

En la segunda parte del libro se expresaban expertos en asuntos navales y otros peritos, que corroboraban todos la advertencia difundida por Conan Doyle del peligro de los submarinos. Alguien

—un vicealmirante en la reserva— aconsejó que, como en otro tiempo hizo José en Egipto, se construyeran en Inglaterra graneros y se protegieran los productos de la agricultura nacional con aranceles. Se pidió con insistencia que se renunciara al dogmático pensamiento insular y se excavara de una vez el túnel con Francia. Otro vicealmirante propuso que los barcos mercantes viajaran sólo en convoy y que se convirtieran buques de guerra de rápido desplazamiento en barcos especializados en la caza de submarinos. Sugerencias inteligentes, cuya utilidad, por desgracia, se confirmó en el curso de la verdadera guerra. En lo que se refiere a los efectos de las cargas de profundidad, yo podría hablar mucho.

Lamentablemente, mi inventor, Sir Arthur, se olvidó de contar que, siendo joven teniente en Kiel, estuve presente cuando, el 4 de agosto de 1906, se botó nuestro primer submarino en condiciones de navegar con la grúa del astillero, en medio de mucha protección porque era secreto. Hasta entonces yo había sido segundo oficial de un torpedero, pero me había presentado voluntario para la prueba de nuestra arma submarina, todavía poco desarrollada. Como miembro de la dotación, viví por primera vez cómo el U-1 era situado a treinta metros de profundidad, y poco después llegaba a alta mar por sus propios medios. Tengo que reconocer, sin embargo, que la empresa Krupp, antes, había hecho construir, de acuerdo con los planos de un ingeniero español, un buque de trece metros que navegaba bajo el agua a cinco nudos y medio. La Trucha suscitó incluso el interés del Káiser. El príncipe Heinrich participó en una inmersión. Por desgracia, el Departamento Naval del Reich retrasó el rápido desarrollo de la Trucha, y además hubo dificultades con el motor de petróleo. Sin embargo cuando, con un año de retraso, se puso al U-1 en servicio en Eckernförde, se despejó el asunto, aunque más tarde se vendieran a Rusia la Trucha y el Kambala, un barco de treinta y nueve metros armado con tres torpedos. Para vergüenza mía, me vi designado para la entrega solemne. Popes que habían viajado expresamente desde San Petersburgo bendijeron los barcos, de proa a popa, con agua bendita. Tras un dificultoso transporte terrestre, los botaron en Vladivostok, demasiado tarde para utilizarlos contra el Japón.

Sin embargo, mi sueño se realizó. A pesar de su olfato detectivesco, demostrado en innumerables historias, Conan Doyle no pudo sospechar cuántos jóvenes alemanes —como yo— soñaron con la rápida inmersión, la barredora ojeada por el periscopio, los petroleros que se balanceaban como blancos en la mira, la orden «¡Torpedo!», los muchos y celebrados impactos, la estrecha convivencia de compañeros y el viaje de regreso, con gallardetes. Y yo, que estuve allí desde el principio y, entretanto, pertenezco a la literatura, no pude sospechar que diez mil muchachos de los nuestros no volverían a emerger de su sueño submarino.

Por desgracia, gracias a la advertencia de Sir Arthur, fracasó nuestro intento repetido de hacer doblar la rodilla a Inglaterra. Tantos muertos. Sin embargo, el capitán Sirius siguió condenado a sobrevivir a todas las inmersiones.

1907

A finales de noviembre se quemó, en la Celler Chaussee, nuestro taller de prensado: siniestro total. Sin embargo, estábamos en plena faena. Sin exagerar: escupíamos treinta y seis mil discos al día. Nos los quitaban de las manos. Y el volumen de ventas de nuestro catálogo gramofónico llegó a los doce millones de marcos anuales. El negocio iba especialmente bien, porque en Hanóver, desde hacía dos años, prensábamos discos que podían ponerse por ambos lados. Sólo los había en América. Mucho trompeteo militar. Poco que correspondiera a altas exigencias. Sin embargo, por fin consiguió Rappaport, es decir, un servidor, convencer a Nellie Melba, la Gran Melba, para que grabara. Al principio hacía remilgos, como luego Chaliapin, que tenía un miedo bárbaro a perder su suave voz de bajo a causa de aquel trasto diabólico, como llamaba a nuestra técnica mas reciente. Joseph Berliner, que con su hermano Emile fundó en Hanóver, antes ya de final de siglo, Die Deutsche Grammophon, trasladó luego su sede a Berlín, y con sólo veinte mil marcos de capital fundacional corría un riesgo bastante grande, me dijo una hermosa mañana:

—Haz la maleta, Rappaport, tienes que salir rápidamente hacia Moscú y, no me preguntes cómo, conseguir convencer a Chaliapin.

¡Sin exagerar! Tomé el primer tren, sin mucho equipaje, pero me llevé nuestros primeros discos de goma laca, y además el de la Melba, por decirlo así, como regalo para él. ¡Aquello sí que fue un viaje! ¿Conoce el restorán Yar? ¡Exquisito! Luego vino una larga noche en *chambre séparée*. Al principio bebíamos sólo vodka en vasos de agua, hasta que Fiodor, finalmente, se santiguó y empezó a cantar. No, no su plato fuerte de Boris Godunov, sino sólo esas cosas piadosas que los monjes refunfuñan con voces abismalmente profundas. Luego nos pasamos al champán. Pero sólo hacia el amanecer firmó, llorando y santiguándose sin parar. Como desde la niñez cojeo, cuando le insistí en que firmara, pensó sin duda que era el diablo. Y sólo llegó a firmar porque teníamos ya en el bolsillo al gran tenor Sobinov, cuyo contrato pudimos mostrar a Chaliapin, por decirlo así, como modelo. En cualquier caso, Chaliapin se convirtió en nuestra primera auténtica estrella discográfica.

Luego vinieron todos: Leo Slezak y Alessandro Moreschi, a los que grabamos como últimos castrados. Y luego conseguí, en aquel hotel de Milán —increíble, lo sé, un piso más arriba de la habitación en que murió Verdi— la primera grabación de Enrico Caruso: ¡Diez arias! Naturalmente, con contrato en exclusiva. Pronto cantó también para nosotros Adelina Patti y qué sé yo quién más. Suministrábamos a todos los países imagina-

bles. Las casas reales inglesa y española pertenecían a nuestra clientela habitual. Por lo que se refiere a la casa Rothschild de París, Rappaport consiguió incluso, con algunos trucos, eliminar a su
proveedor americano. Sin embargo, como comerciante en discos, me resultaba claro que no debíamos seguir siendo exclusivos, porque sólo importa
el volumen, y que teníamos que descentralizarnos,
para, con otros talleres de prensado en Barcelona,
Viena y —¡sin exagerar!— Calcuta, poder defendernos en el mercado mundial. Por eso el incendio
de Hanóver no fue un desastre completo. Sin embargo, la verdad es que nos entristeció porque fue
en la Celler Chaussee, con los hermanos Berliner,
donde empezamos muy modestamente. Sin duda
los dos eran genios, yo sólo un comerciante en
discos, pero Rappaport lo supo siempre: con los discos y el gramófono, el mundo se reinventa. Sin embargo, Chaliapin siguió santiguándose infinidad
de veces, todavía durante muchos años, antes de
cada grabación.

1908

Es costumbre en nuestra familia: el padre lleva al hijo. Ya mi abuelo, que estaba en los ferrocarriles y sindicado, llevó a su primogénito cuando Guillermo Liebknecht volvió a hablar en el Hasenheide. Y mi padre, que estaba también en los ferrocarriles y era camarada, me inculcó, de aquellas grandes manifestaciones que, mientras duró Bismarck, estuvieron prohibidas, aquella frase en cierto modo profética: «¡La anexión de Alsacia-Lorena no nos traerá la paz, sino la guerra!».

Ahora él me llevaba a mí, chaval de nueve o diez años, cuando el hijo de Guillermo, el camarada Carlos Liebknecht, hablaba al aire libre o, cuando se lo prohibieron, en tabernas llenas de humo. También me llevó a Spandau, porque Liebknecht se presentaba allí a las elecciones. Y en el año cinco me dejaron ir en tren —ya que mi padre, como maquinista, podía viajar gratis— incluso hasta Leipzig, porque en el Felsenkeller de Plagwitz hablaba Carlos Liebknecht de la gran huelga de la cuenca del Ruhr, que estaba entonces en todos los periódicos. Sin embargo, no sólo habló de los mineros ni militó sólo contra la nobleza del repollo y la chimenea, sino que se explayó principalmente, y de forma prácticamente profética, sobre la huelga general como medio futuro de lucha de las masas proletarias. Hablaba sin papeles y pescaba sus palabras en el aire. Y ya había llegado a la Revolución de Rusia y el sangriento zarismo.

En medio había, una y otra vez, aplausos. Y para terminar se adoptó unánimemente una resolución en la que los presentes —mi padre decía que sin duda era mas de dos mil— se solidarizaban con los heroicos luchadores de la cuenca del Ruhr y de Rusia.

Tal vez fueran incluso tres mil los que se amontonaron en el Felsenkeller. Yo veía mejor que mi padre, porque él me había subido en hombros, como había hecho ya su padre cuando Guillermo Liebknecht o el camarada Bebel hablaban sobre la situación de la clase obrera. Eso era costumbre en mi familia. En cualquier caso, de chaval no sólo vi desde mi atalaya al camarada Liebknecht, sino que lo oí también. Era un orador de masas. Nunca le faltaban palabras. Le gustaba especialmente incitar a los jóvenes. En campo abierto, le oí gritar sobre las cabezas de miles y miles: «¡Quien tiene a la juventud tiene al Ejército!». Lo que fue también profético. En cualquier caso, sobre los hombros de mi padre tuve verdadero miedo cuando nos gritó: «¡El militarismo es el ejecutor brutal y el baluarte férreo y ensangrentado del Capitalismo!».

Porque, eso lo recuerdo todavía hoy, me daba verdadero miedo cuando hablaba del enemigo interior, al que había que combatir. Probablemente por eso tenía que hacer pis urgentemente y me movía inquieto sobre sus hombros. Sin embargo, mi padre no se daba cuenta de mi necesidad porque estaba entusiasmado. Entonces no pude contenerme más en mi aventajado puesto. Y, ocurrió en el año mil novecientos siete, que oriné sobre la nuca de mi padre a través de mi pantalón con peto. Poco después detuvieron al camarada Liebknecht y, como el Tribunal del Imperio lo condenó por su panfleto contra el militarismo, tuvo que cumplir un año entero de presidio, el 1908 y algo más, en Glatz.

Mi padre, sin embargo, cuando, en aquella situación de máximo apuro, le meé por la espalda abajo, me bajó de sus hombros en plena manifestación y, mientras el camarada Liebknecht seguía agitando a la juventud, me dio una paliza en regla, de forma que durante mucho tiempo seguí sintiendo el peso de su mano. Y por eso, sólo por eso, después, cuando empezó por fin, fui a la caja de reclutas y me alisté como voluntario, e incluso me condecoraron por mi valor y, tras ser herido dos veces en Arras y ante Verdún, ascendí a suboficial, aunque siempre, incluso como jefe de fuerzas de choque en Flandes, estuve seguro de que el camarada Liebknecht, al que algunos compañeros del Cuerpo de Voluntarios fusilaron después, mucho después, como a la camarada Rosa, arrojando incluso uno de los cadáveres en el Landwehrkanal, tenía razón cien veces al agitar a la juventud.

1909

Como hacía todos los días en bicicleta mi camino hasta el hospital de San Urbano y, en general, pasaba por entusiasta de la bici, me convertí en ayudante del Dr. Willner en la Carrera de los Seis Días, que se celebró en el velódromo de invierno del Jardín Zoológico, no sólo por primera vez en Berlín y el Reich sino, en general, en Europa. Sólo en América conocían ya esas penalidades desde hacía años, porque allí de todos modos todo lo que es colosal atrae público. Por eso los vencedores neoyorquinos de la última temporada, Floyd Mac-Farland y Jimmy Moran, eran los favoritos. Lástima que el corredor alemán Rütt, que dos años antes ganó la carrera americana con su compañero holandés Stol, no pudiera participar en Berlín. Convertido en desertor del Reich, se le consideraba delincuente y no se atrevía a ir a su patria. Sin embargo, Stol, aquel chico guapo, estaba en la pista y pronto fue el favorito del público. Naturalmente, yo esperaba que Robl, Stellbrink y nuestro as de la bicicleta, Willy Arend, defenderían los colores alemanes con todas sus fuerzas.

Continuamente, lo que quiere decir día y noche, el Dr. Willner dirigía el servicio médico de la Carrera de los Seis Días. También nosotros, como los corredores, ocupábamos literas de tamaño de gallinero, que habían instalado a lo largo del espacio interior del velódromo, al lado mismo del taller mecánico y del servicio, en cierto modo protegido, de asistencia médica. Y tuvimos que hacer. Ya el primer día de la carrera se cayó Poulain, arrastrando en su caída a nuestro Willy Arend. Para sustituir a los dos, que durante unas cuantas vueltas tuvieron que descansar, entraron Georget y Rosenlöcher, pero este último tuvo que retirarse más tarde, agotado.

De acuerdo con nuestro plan médico, el Dr. Willner había ordenado, ya antes de empezar la carrera, que se pesara a los participantes, lo que se hizo otra vez al terminar los seis días. Además, prescribió a todos los corredores, no sólo a los de sangre alemana, inhalaciones de oxígeno. Una propuesta que obedecieron casi todos. Diariamente se consumían en nuestro servicio de seis a siete bombonas de oxígeno, lo que da testimonio de los enormes esfuerzos de la carrera.

Después de la transformación, terminada justo a tiempo, la pista de ciento cincuenta metros del velódromo ofrecía un aspecto distinto. La pista de carreras, recientemente apisonada, estaba pintada de verde. En las localidades de a pie se amontonaba la juventud. En los palcos y las butacas de platea del espacio interior se veía a caballeros de frac y faja blanca del Berlín occidental. Las señoras, con sus enormes sombreros, estorbaban la vista. Es cierto que, el segundo día, cuando nuestro Willy Arend llevaba ya dos vueltas de retraso, el palco real fue visitado por el príncipe Oskar y su séquito, pero el cuarto día, cuando entre los favoritos Farland-Moran y Stol-Berthet se desarrollaron luchas encarnizadas para conseguir la delantera y el francés Jacquelin abofeteó a nuestro corredor Stellbrink, con lo que en la galería se produjeron tumultos y el público amenazó con linchar a Jacquelin, por lo que la carrera fue brevemente interrumpida por la campana y el francés descalificado, apareció, con una comitiva espléndidamente engalanada, su Alteza Imperial el Príncipe de la Corona, que se quedó, de buen humor, hasta mucho después de medianoche. Gran júbilo a su aparición. Como acompañamiento, alegres marchas militares, pero también canciones de moda para una galería que las coreaba. Incluso durante las horas tranquilas, cuando los corredores daban sus vueltas muy suavemente, sonaba música marcial para mantener despiertos a todos. Stellbrink, un muchacho tenaz, que ahora llevaba la mandolina al brazo, no se podía hacer oír, naturalmente, con el estrépito de las marchas.

Hasta por la mañana temprano, cuando no ocurría absolutamente nada excitante, nosotros teníamos que hacer. Gracias a la compañía de electricidad Sanitas, nuestro servicio estaba dotado con los aparatos de rayos X Rotar más modernos, de forma que el Dr. Willner, cuando nos inspeccionaba el comandante general médico, Profesor Dr. Schjerning, había hecho ya sesenta radiografías de los participantes o de los que se habían retirado, para enseñárselas al profesor Schjerning. El catedrático aconsejó al Dr. Willner que publicara más adelante este o aquel material, lo que efectivamente se hizo en una revista de prestigio especializada, sin que, por lo demás, se mencionara mi participación.

Sin embargo, también la carrera suscitaba alguna curiosidad de nuestros distinguidos visitantes. El profesor vio cómo los favoritos americanos dejaban atrás al equipo Stol-Berthet, hasta entonces en cabeza. Más tarde, después de haber estorbado Brocco a Berthet en el *sprint*, éste pretendió que su compañero Stol había sido sobornado por el equipo Farland-Moran, sin que pudiera probar la acusación ante la inspección de la carrera. De manera que Stol, aunque subsistió la sospecha, siguió siendo el favorito del público.

El Dr. Willner recomendaba a nuestros corredores, como alimentación fortalecedora, biocitina y biomalta, huevos crudos y rosbif, arroz, pasta y flan. Robl, un solitario huraño, se tragaba, por consejo de su médico privado, imponentes raciones de caviar. Casi todos los corredores fumaban, bebían champán y Jacquelin, hasta que fue eliminado, incluso oporto. Teníamos razones para suponer que algunos de los corredores extranjeros utilizaban excitantes, sustancias tóxicas más o menos peligrosas; el Dr. Willner sospechaba preparados de estricnina y cafeína. En el caso de Berthet, un hijo de millonario de rizos negros, podíamos observar cómo, en su litera, masticaba como un adicto raíz de jengibre.

Sin embargo, el equipo Stol-Berthet, sobrepasado, se quedó atrás, y Floyd Mac-Farland y Jimmy Moran al sexto día, sábado, a las diez, consiguieron la victoria. Podían embolsarse el premio de cinco mil marcos. Naturalmente, nuestro Willy Arend, con diecisiete vueltas de retraso, decepcionó hasta a sus seguidores más fieles. El velódromo, sin embargo, a pesar del precio de entrada duplicado hacia el fin, siguió totalmente vendido hasta el 21 de marzo. De las quince parejas del principio, al final sólo quedaban nueve en la pista. Estruendosos aplausos al sonar la última campanilla. Aunque Stol, el chico guapo, recibió un aplauso especial, los americanos, al dar su vuelta de honor, recibieron también aplausos. Naturalmente, el palco real estaba ocupado por el príncipe de la Corona, los príncipes de Thurn und Taxis y otros nobles. Un mecenas loco por la bicicleta ofreció a nuestros corredores Arend y Robl, por las vueltas recuperadas, un premio de consolación considerable. A mí, Stol me regaló como recuerdo una de sus bombas de aire fabricadas en Holanda. Y el Dr. Willner consideró notable que, en el curso de la Carrera de los Seis Días, pudo constatar en casi todos los corredores una fuerte eliminación de albúmina.

1910

Ahora voy a contar por qué los chicos d'aquí, sólo porque me llamo Berta y estoy un poco llenita, m'han colgao ese mote. Vivíamos entonces en la Colonia. Era de la empresa y estaba muy cerca del trabajo. Por eso nos chupábamos también tó el humazo. Pero cuando empezaba a refunfuñar, porque la ropa blanca a secar se ponía gris y los mocosos andaban siempre con tos, padre decía: «Déjalo, Berta. Quien trabaja pa Krupp, tiene qu'estar rápido en el trabajo».

De manera que estuvimos tós esos años hast'hace poco, aunqu'era un poco apretao, porque tuvimos que dejar el cuarto d'atrás, el que d'a las conejeras, a dos solteros, lo que llamábamos realquilaos, y ya no tuve sitio para mi máquina de tricotar, que m'había mercao con mis ahorros. Pero mi Köbes me decía siempre: «Déjalo, Berta, lo qu'importa es que no nos llueva dentro».

Era en la fundición. Fundían tubos de cañones. Con toa la pesca. Era sólo unos años antes de la guerra. Había qu'hacer. Y entonces fundieron una cosa de la que tós estaban muy orgullosos, porque nunc'había habío en el mundo una cosa tan grande. Y como muchos de la Colonia estaban en la fundición, también nuestros realquilaos, hablaban siempre d'aquella cosa, aunque se suponía qu'era muy secreta. Pero no conseguían acabarla. En realidá debía ser un mortero. Son los de cañón chato. Hablaban esastamente de cuarent'y dos centímetros de diámetro. Pero unas cuantas veces falló la fundición. Y el asunto se alargaba. Pero padre decía siempre: «Si me preguntas, lo vamos a conseguir, antes de que empiece de verdad. O, siendo como es Krupp, le venderá la cosa al zar de Rusia».

Pero cuando todo empezó, unos años más tarde, no la vendieron, sino que dispararon desde lejos con aquella cosa contra París. Entonces la llamaron por toas partes la Gran Berta. Aunque a mí no me conocía naide. Fueron los fundiores de nuestra Colonia los primeros que le dieron mi nombre, porque yo era la más gorda. No me gustó ná que por toas partes hablaran de mí, aunque mi Köbes dijo: «Lo dicen sin mala intención». Pero nunca me gustaron los cañones, aunque hayamos vivío d'esas cosas de Krupp. Y si me preguntan, nada mal. Hasta ocas y pollos correteaban por la Colonia. Casi tós cebaban gorrinos en cochiqueras. Y además, en la primavera, tós aquellos conejos...

Pero no debió de servir de mucho en la guerra la Gran Berta. Los franceses se partían de risa cuando aquella cosa fallaba otra vez. Y mi Köbes, al qu'ese Ludendorff llamó a la reserva territorial al final, por lo qu'ahora está inválido y no podemos vivir ya en la Colonia sino sólo en una caseta de jardín, de alquiler y de mis pocos ahorros, me dice siempre: «Déjalo, Berta. Por mí, pués engordar un poco aún, lo importante es que me sigas sana...».

Mi querido Eulenburg, si es que puedo llamarlo todavía así, después de habernos manchado el canalla de Harden tan malvadamente, con sus mamarrachadas periodísticas, por lo que, aunque rezongando, tuve que obedecer a la razón de Estado y dejar en la estacada a mi fiel compañero de viaje y amigo consejero. Sin embargo, querido príncipe, le ruego que se alegre conmigo: ¡El momento ha llegado! Hoy he nombrado capitán general de la Armada a mi Ministro de Marina Tirpitz, que tan acertadamente supo cantar las cuarenta a los liberales de izquierdas. Todos mis bosquejos sobre la flota existente, cuya meticulosidad ha censurado usted con suavidad a menudo, porque, en las reuniones más aburridas no me cansaba de entregarme a mi pequeño talento encima de las carpetas de los expedientes y hasta en los expedientes mismos, sumamente áridos, dibujando —para que nos sirviera de aviso—, como poder naval acumulado, el Charles Martel de Francia y sus acorazados de primera, con el Jean d'Arc al frente, y luego los nuevos navíos de Rusia, entre ellos los acorazados Petropavlosk, Poltava y Sebastopol, con todas sus torretas. Porque, ¿qué podíamos oponer a los *dreadnoughts* ingleses antes de que las Leyes de la Flota nos dejaran poco a poco las manos libres? En el mejor de los casos, los cuatro acorazados de tipo Brandenburg y nada más. Sin embargo, esos dibujos que abarcaban al enemigo imaginable han tenido ahora —como puede ver, querido amigo, por la documentación que le acompaño— una respuesta por nuestra parte: no son ya sólo un boceto, sino que surcan el Mar del Norte y el Báltico, o les están poniendo la quilla en Kiel, Wilhelmshaven o Danzig.

Lo sé, hemos perdido años. Nuestra gente, por desgracia, era sumamente ignorante *in rebus navalibus*. Había que provocar en el pueblo un movimiento general, más aún, un entusiasmo por la Flota. Había que proclamar la Federación Naval y una Ley de la Flota, en lo que los ingleses —¿debiera decir mis encantadores primos ingleses?— me ayudaron sin quererlo, cuando, durante la guerra de los bóers —lo recordará, querido amigo— apresaron de forma absolutamente ilícita a dos de nuestros vapores ante las costas del África oriental. La indignación en el Reich fue grande. Eso ayudó en el Reichstag. Aunque mi frase: «Tenemos que oponer a los *dreadnoughts* ingleses nuestros *intrépidos* acorazados», causó mucho alboroto. (Sí, querido Eulenburg, lo sé: mi mayor tentación es y sigue siendo el telégrafo de Wolff.)

Sin embargo, ahora flotan ya los primeros sueños realizados. ¿Y luego? Tirpitz decidirá. Para mí, en cualquier caso, sigue siendo un placer de dioses dibujar buques de línea y acorazados. Ahora seriamente ante mi escritorio, delante del cual me siento, como sabe, en una silla de montar, siempre dispuesto al ataque. Después del paseo a caballo habitual, mi deber matutino es llevar al papel, en anteproyecto audaz, nuestra flota todavía tan joven frente a la Superpotencia enemiga, porque sé que Tirpitz, como yo, apuesta por los grandes navíos. Tenemos que ser más rápidos y más ágiles, y con más potencia de fuego. Y se me ocurren ideas en consecuencia. A menudo es como si, en ese acto de creación, se me desprendieran de la cabeza esos grandes navíos. Ayer tuve ante los ojos diversos cruceros pesados, el Seydlitz, el Blücher, que luego salieron de mi mano. Veo aparecer escuadras enteras en línea. Nos siguen faltando grandes buques de guerra. Tirpitz opina que, sólo por eso, los submarinos tendrán que esperar.

¡Ay, si lo tuviera aquí, mi mejor amigo, esteta y amante de las artes, cerca de mí como en otro tiempo! Qué atrevida y clarividentemente charlaríamos. Con cuanto empeño calmaría sus temores. En efecto, mi querido Eulenburg, quiero ser un Príncipe de la Paz, pero armado...

1912

Aunque yo estaba empleado como vigilante de las orillas en las Obras Hidráulicas de Potsdam, escribía poemas en los que se traslucía el fin del mundo y la Muerte cumplía su deber, de forma que estaba preparado para cualquier horror. Sucedió a mediados de enero. Dos años antes lo había visto actuar por primera vez en el Nollendorf-Casino, en donde los miércoles por la noche se reunía el Neue Club, en la Kleiststrasse. Luego lo vi con más frecuencia, tantas veces como me resultaba posible el largo viaje. Yo, con mis sonetos, apenas recibía atención, pero a él no se le podía pasar por alto. Más tarde volví a encontrarme con la fuerza de su palabra en el Neopathetisches Cabaret. Estaban presentes Blass y Wolfenstein. Los versos desfilaban en columnas alborotadoras. Una marcha de monótonos monólogos, que conducía directamente al matadero. Sin embargo, entonces explotó aquel gigante infantil. Fue como la erupción del Krakatoa del año anterior. Escribía entonces ya para el *Aktion* de Pfemfert; por ejemplo, inmediatamente después de la crisis de Marruecos, cuando todo se tambaleaba y podíamos esperar que empezaría el jaleo, su poema *La guerra*. Todavía lo oigo: «Muertos incontables del cañaveral / los cubre de blanco el ave fatal...». En general, jugaba con el blanco y negro, especialmente con el blanco. No es de extrañar que en el Havel, helado desde hacía semanas, encontrara, en el blanco infinito de su superficie transitable, aquel agujero negro.

¡Qué pérdida! Sin embargo, nos preguntábamos: ¿por qué no le ha dedicado el *Vossische* una necrológica? Sólo una breve noticia: «En la tarde del martes, el aspirante a magistratura en prácticas Dr. Georg Heym y el *candidatus juris* Ernst Balcke, mientras patinaban sobre el hielo, cayeron frente a Kladow en un agujero abierto para aves acuáticas».

Nada más. Pero una cosa es cierta: desde Schwanenwerder nos dimos cuenta del accidente. Yo, desde la Oficina de Obras Hidráulicas, y mi ayudante nos dirigimos en patines al lugar peligroso, pero sólo encontramos lo que, como luego se supo, era el bastón de Heym, de puño elegantemente decorado, y sus guantes. Quizá quiso ayudar a su amigo accidentado y, al hacerlo, cayó igualmente bajo la capa de hielo. O quizá Balcke lo arrastró con él. O quizá los dos buscaron voluntariamente la muerte.

Además, el *Vossische* decía, como si fuera importante, que era hijo de Heym, jurídico militar en la reserva, domiciliado en Charlottenburg, Königsweg 31. El padre de Balcke, el estudiante accidentado, era banquero. Sin embargo, nada, ni una palabra de lo que podía haber inducido a los dos jóvenes a apartarse voluntariamente de la pista de patinar, marcada con haces de paja y estacas, que pasaba por segura. Nada sobre la miseria interior de nuestra generación, ya entonces perdida. Al fin y al cabo, a Heym lo había publicado un joven editor llamado Rowohlt. En breve aparecerían sus relatos. Sólo en el *Berliner Tagblatt* había una indicación, después de la noticia del accidente, de que el aspirante ahogado se había distinguido también literariamente y, hacía algún tiempo, había publicado un volumen de poesía: *El día eterno.* Daba muestras de aptitudes más altas. ¡Muestras! Era ridículo.

Los de la Oficina de Obras Hidráulicas participamos en el rescate de los cadáveres. Desde luego, mis colegas se burlaron cuando califiqué sus poemas de «inmensos», citando algunos de los versos más recientes del joven Heym: «Los hombres están delante en los caminos / mirando los grandes signos del cielo», pero no se cansaban de partir el hielo en diversos lugares y tantear el suelo con las llamadas anclas de la muerte. Así lo encontraron por fin. Y, apenas de regreso a Potsdam, escribí mi poema titulado *Ancla de la muerte,* dedicado a Heym, que en realidad Pfemfert quería publicar, aunque luego, lamentándolo, me lo devolvió.

A Balcke, un año más joven, lo vio a través del hielo un pescador, como el *Kreuzzeitung* se apresuró a publicar, a la deriva en el Havel. El pescador hizo un hoyo y sacó el cadáver con un bichero. Balcke parecía en paz. Heym, sin embargo, tenía las piernas, como un embrión, encogidas contra el cuerpo. Crispado, con el rostro demudado, las manos heridas. Yacía con ambos patines en

los pies sobre el hielo endurecido. Sólo exteriormente un muchacho robusto. Desgarrado entre diversos deseos. Él, que detestaba todo lo militar, se
había presentado voluntariamente en Metz, hacía
pocas semanas, en el regimiento de infantería de
Alsacia. Sin embargo, lleno de planes, se orientaba
en otra dirección. Quería, como me consta, escribir dramas...

1913

¿Y esa masa amenazadora sobre un terreno llano, coloso petrificado, locura expresiva de un arquitecto que cagaba granito, la construí yo? No, no la proyecté ni la diseñé, pero en catorce años cumplidos, como aparejador responsable, ¿la cimenté, estratifiqué, aumenté y levanté hasta el cielo?

Al consejero áulico Thieme, que preside la Liga Patriótica y que —hasta donde se extiende el Reich— había mendigado unos seis millones, le dije hoy, después de haberse puesto solemnemente hace más de un año la clave de bóveda y de que uno de mis capataces, por su propia mano, hubiera tapado las últimas junturas:

—¡Un poco colosal el conjunto!

—Debe serlo, Krause, debe serlo. Con noventa y un metros, superamos el monumento de Kyffhäuser, realmente en veintiséis...

Entonces yo:

—Y al templo del Káiser de la Porta Westfálica en casi treinta...

—Y exactamente en treinta a la Columna de la Victoria de Berlín...

—¡Y por si fuera poco al monumento a Hermann! Por no hablar de la Bavaria de Múnich con sus veintisiete metrillos escasos...

El consejero áulico Thieme había percibido sin duda mi burla:

—En cualquier caso, exactamente cien años después de la Batalla de los Pueblos se inaugurará solemnemente nuestro monumento patrio.

Eché un poco de duda en su sopa patriótica —«unas tallas menores hubieran servido también»— y empecé luego a hablar del oficio, excavando otra vez los cimientos: «Nada más que basura de Leipzig y alrededores. Año tras año, capa tras capa de basura. Sin embargo, todas mis advertencias —sobre eso no se puede construir, pronto habrá grietas, semejante chapuza originará gastos de reparación continuos— fueron entonces inútiles».

Thieme me miró fastidiado, como si quisiera endilgarle ahora sumas inmensas de mantenimiento.

—Sí —dije—, si no hubiéramos construido sobre nuestro vertedero, sino que hubiéramos sentado los cimientos en el suelo firme del campo de batalla, hubieran salido a la luz cráneos y huesos, sables y lanzas, monturas destrozadas, cascos enteros y hendidos, trencillas de oficial y botones corrientísimos, entre ellos prusianos, suecos, y habsburguenses, pero también de la legión polaca y, naturalmente, botones franceses, especialmente de la guardia. Muertos no faltaron. Los pueblos reunidos donaron unos cien mil.

Luego volví a ser objetivo y hablé de los ciento veinte mil metros cúbicos de hormigón y los quince mil metros cúbicos de granito para compensar. El consejero áulico Thieme, a cuyo lado había aparecido entretanto el profesor Schmitz, arquitecto del material de construcción organizado, se mostró orgulloso y calificó el monumento de «digno de los difuntos». Luego felicitó a Schmitz, quien a su vez agradeció a Thieme el dinero conseguido para la construcción y la confianza demostrada.

Les pregunté a los señores si la inscripción en el granito del zócalo superior, exactamente en el eje central —«Dios con nosotros»— era realmente tan segura. Los dos me miraron sin comprender, luego sacudieron la cabeza y se acercaron al coloso petrificado, que gravitaba sobre el antiguo vertedero. Habría que esculpir en granito a esos bienpensantes y colocarlos entre esa exhibición de músculos que, hombro con hombro, forman allí arriba el monumento, pensé.

Al día siguiente debía ser la inauguración. No sólo estaba anunciado Guillermo, sino también el rey de Sajonia, aunque en aquella época los sajones contra los prusianos... El claro cielo de octubre prometía un tiempo regio. Uno de mis capataces de obras, sin duda socialdemócrata, escupió:

—No, si en eso los teutónigos somos grandes. ¡Gonstruir monumentos! Güeste lo que güeste.

1914

Por fin, después de haberse esforzado repetida e inútilmente dos colegas de nuestro Instituto, conseguí, a mediados de los sesenta, inducir a los dos ancianos caballeros a un encuentro. Es posible que, por ser mujer y joven, tuviera más suerte, y además, como suiza, tenía la ventaja de la neutralidad. Puede ser que mis cartas, por muy objetivamente que presentaran nuestro proyecto de investigación, se interpretaran como un tanteo delicado, si es que no tímido; en el espacio de pocos días y casi al mismo tiempo, llegaron las aceptaciones.

A mis colegas les hablé de una pareja memorable, que parecía «un poquitín fósil». Yo había reservado habitaciones tranquilas en el hotel de La Cigüeña. Allí nos sentábamos, la mayoría de las veces en la galería de la Rôtisserie, con vistas sobre el Limmat, el Ayuntamiento situado enfrente, y la casa de El Perro. El señor Remarque —que entonces tenía sesenta y siete años— había venido de Locarno. Evidentemente un vividor, me pareció más frágil que el vigoroso señor Jünger, que acababa de cumplir los setenta y tenía un aire marcadamente deportivo. Residente en la zona de Württemberg, había venido pasando por Basilea, después de una caminata por los Vosgos hasta la cresta del Hartmannsweiler, por la que en otro tiempo se había combatido sangrientamente.

Nuestra primera ronda de conversaciones arrancó con dificultad. Mis señores «testigos de su tiempo» hablaron con conocimiento de causa de vinos suizos: Remarque elogió las variedades del Tessino y Jünger dio preferencia al Dole franchute. Los dos se esforzaban evidentemente por brindarme sus bien conservados encantos. Divertidos, pero también pesados, fueron sus intentos de hablar conmigo en dialecto suizo: «*uff Schwyzerdütsh zu schwätze*». Pero luego, cuando cité el principio de una canción que se cantaba con frecuencia en la Primera Guerra Mundial —*La danza macabra de Flandes*— y cuyo autor ha permanecido anónimo: «Un negro caballo la lleva a la lucha, es impenetrable su negra capucha», comenzaron a tararear, primero Remarque y pronto también Jünger, aquella melodía lúgubre y melancólica; los dos se sabían los versos que remataban las estrofas: «En Flandes no hay suerte, cabalga la Muerte». Luego miraron en dirección a Grossmünster, cuyas torres dominaban las casas de la Schiffslände.

Después de ese ensimismamiento, interrumpido por algunos carraspeos, Remarque dijo que, en el otoño del catorce —él estaba todavía en Osnabrück, calentando el banco escolar, mientras los regimientos de voluntarios se desangraban en Bixschoote y ante Ypres— la leyenda de Langemarck, según la cual se había respondido al fuego de ametralladora inglés con la canción de Alemania en los labios, le había hecho una gran impresión. Sin duda por ello —y animados por sus maestros— los alumnos de más de una clase de bachillerato se habían presentado como voluntarios para la guerra. Uno de cada dos se quedó allí. Y los que sobrevivieron, como él, que de todas formas no había podido hacer ningún bachillerato, estaban todavía hoy echados a perder. Él, en cualquier caso, se seguía considerando como un «muerto viviente».

El señor Jünger, que había reaccionado con fina sonrisa a las experiencias escolares —evidentemente sólo de escuela secundaria— de su colega escritor, calificó desde luego el culto a Langemarck de «sandez patriótica», pero admitió que ya mucho antes de comenzar la guerra se había apoderado de él una gran nostalgia del peligro, el deseo de lo insólito —«aunque fuera al servicio de la Legión francesa»—: «Cuando luego empezó, nos sentimos fundidos en un gran cuerpo. Sin embargo, incluso cuando la guerra mostró sus garras, la lucha, como vivencia interior, fue capaz de fascinarme hasta en mis últimos días de jefe de tropas de asalto. Reconózcalo, mi querido Remarque, hasta en *Sin novedad en el frente*, su excelente primicia, hablaba usted, no sin emoción, de la fuerza de una camaradería entre soldados que llegaba a la muerte». Ese libro, dijo Remarque, no hilvana cosas vividas por mí, sino que reúne las experiencias del frente de una generación sacrificada. «Mi servicio en un hospital militar me bastó como fuente.»

No es que aquellos ancianos caballeros comenzaran entonces a pelearse, pero insistieron en ser de distinta opinión en materia bélica, tener estilos contrarios y, en general, venir de campos distintos. Mientras uno seguía considerándose «pacifista incorregible», el otro exigía ser considerado «anarquista».

—¡Qué va! —exclamó Remarque—. En su libro *En tormentas de acero*, hasta la última ofensiva de Ludendorff, era usted como un niño travieso en busca de aventuras. Reunió frívolamente una tropa de asalto para, con placer sangriento, hacer un par de prisioneros y de paso, posiblemente, birlar un par de botellitas de coñac...

Luego, sin embargo, reconoció que su colega Jünger, en su diario, había descrito en parte acertadamente la guerra de trincheras y posiciones; en general, el carácter de la lucha de desgaste.

Hacia el final de nuestra primera ronda de conversaciones —los caballeros habían vaciado dos botellas de tinto—, Jünger volvió a hablar de Flandes.

—Cuando, dos años más tarde, construíamos fortificaciones en el sector del frente de Langemarck, tropezamos con fusiles, correajes y casquillos del año catorce. Hasta cascos puntiagudos había, de los que se deshicieron los voluntarios de regimientos enteros.

1915

Nuestro siguiente encuentro fue en el Odéon, el venerable café en el que ya Lenin, hasta su viaje a Rusia con escolta de la Alemania imperial, leía el *Neue Zürcher Zeitung* y otros periódicos, mientras, en secreto, planificaba la Revolución. Nosotros, en cambio, no mirábamos al futuro, sino a tiempos pasados. Sin embargo, de momento mis caballeros insistieron en comenzar nuestra sesión con un desayuno con champán. A mí me consintieron un zumo de naranja.

Como elementos de prueba, los dos libros editados, en otro tiempo muy discutidos, yacían, entre cruasanes y un plato de quesos, sobre la mesa de mármol. *Sin novedad en el frente*, de todas formas, se difundió en una tirada mucho más numerosa que la de *En tormentas de acero*.

—Es verdad —dijo Remarque—, resultó ser un éxito de ventas. Sin embargo, mi libro, después del treinta y tres, en que fue quemado públicamente, tuvo que esperar sus doce años para llegar al mercado alemán, y lo mismo sus traducciones, mientras que su himno a la guerra, al parecer, estuvo siempre disponible.

A eso calló Jünger. Sólo cuando yo traté de traer a colación la lucha de trincheras en Flandes

y en los suelos gredosos de la Champaña, y puse
también trozos de mapas de las regiones disputa-
das sobre la mesa del desayuno, ahora despejada, él,
que enseguida pasó a la ofensiva y contraofensiva
en el Somme, lanzó al debate una palabra provocadora, de la que prácticamente no fue posible librarse ya:

—Aquel lamentable casco puntiagudo que
usted, mi estimado Remarque, no tuvo que llevar
ya, fue reemplazado en nuestro sector del frente,
desde el 15 de junio, por el casco de acero. Se trataba de cascos de prueba que un capitán de artillería
llamado Schwerd, en competencia con los franceses, que comenzaban también a introducir los cascos de acero, había desarrollado tras muchos dise-
ños fracasados. Como Krupp no era capaz de fabricar
la aleación de acero y cromo apropiada, otras empresas, entre ellas la Eisenhüttenwerk Thale, recibieron el encargo. Desde el 16 de febrero, los cascos
se utilizaron en todos los sectores del frente. Se suministraron con preferencia a las tropas situadas ante Verdún y a orillas del Somme, y el frente oriental
fue el que tuvo que esperar más. No tiene idea, mi
querido Remarque, del tributo de sangre que tuvimos que pagar por aquellos cubrecabezas inútiles
que, como faltaba cuero, tuvieron que ser hechos
sustitutivamente de fieltro, sobre todo en la guerra
de trincheras. Cada disparo de fusil certero, un hombre menos: cualquier esquirla lo atravesaba.

Luego se dirigió a mí directamente:

—También el casco suizo utilizado hasta
hoy por la Milicia, aunque de forma distinta, imi-

tó a nuestro casco de acero hasta en los pernos que lo perforaban con fines de ventilación.

Pasó por alto mi objeción: «Por suerte, nuestro casco no tuvo que ser puesto a prueba en ninguna de las batallas de desgaste elogiadas por usted con tanta elocuencia», y abrumó a Remarque, ostensiblemente silencioso, con más detalles: desde la protección antioxidante mediante un proceso de deslustrado para llegar al gris campaña, hasta la extendida cubrenuca y el forro interior de almohada de crin de caballo o fieltro pespunteado. Luego se quejó de la falta de visión en la lucha de trincheras, porque la parte en voladizo de la frente debía dar protección, al parecer, hasta a la punta de la nariz.

—Bueno, ya sabe que en las acciones de mis tropas de asalto ese pesado casco de acero me resultaba sumamente fastidioso. Prefería, de manera frívola, lo reconozco, mi viejo gorro de teniente, que por lo demás tenía forro de seda —luego se le ocurrió algo más, que creyó divertido—: Dicho sea de paso, sobre mi escritorio tengo como recuerdo un casco de *tommy* muy distinto, de forma sumamente plana, naturalmente perforado de un disparo.

Tras una pausa bastante larga —los señores tomaban ahora, con el café negro, un aguardiente de ciruelas, un *pflümli*—, Remarque dijo:

—Los cascos de acero M 16, luego M 17, eran demasiado grandes para las tropas de reserva, que se componían de reclutas sin instrucción apenas. Se les resbalaban continuamente. En sus rostros de niño se veía apenas la boca asustadiza y la barbilla temblorosa. Cómico y lastimoso a un tiempo. Y no necesito decirle que los disparos de la infantería e incluso la metralla más menuda atravesaban sin embargo el acero...

Pidió otro *pflümli*. Jünger fue de la partida. A mí, la *meidschi,* me pidieron otro vaso de zumo de naranja recién exprimido.

1916

Tras un paseo bastante largo por el muelle de Limmat, por delante de la Helmhaus, y luego por la orilla del lago de Zürich —después del cual, aparentemente, observaron el descanso que yo había prescrito a los dos señores—, cenamos, invitados por el señor Remarque que, gracias a la filmación de sus novelas, se contaba evidentemente entre los autores pudientes, en el Kronenhalle, un restorán de cocina casera y ambiente artístico: de las paredes colgaban, como trofeos, impresionistas auténticos, pero también Matisses, Braques y hasta Picassos. Comimos filetes de corégono, luego *rösti* con ternera cortada en tiras finas y los señores terminaron con expreso y *armagnac*. Yo me atreví a una *mousse au chocolat* demasiado enorme, con la que me entretuve largo rato.

Después de que hubieran recogido todo lo demás, mis preguntas se concentraron en la guerra de posiciones en el frente occidental. Los dos caballeros podían hablar, sin consultar sus libros, de un fuego graneado recíproco durante días enteros, que, en alguna ocasión, afectaba a las trincheras propias. Daban información sobre sistemas de trincheras alineadas, con espaldones, parapetos y cubreespaldas; sobre cabezas de zapa, refugios cubiertos de tierra, galerías profundamente escalonadas en el suelo, corredores subterráneos, galerías de escucha y minado prolongadas hasta muy cerca de las líneas enemigas y trenzado de alambradas de espino, pero también de trincheras y refugios cegados e inundados. Sus experiencias parecían bien conservadas, aunque Remarque dijo, sin embargo, que sólo había estado en las fortificaciones en los ataques:

—Yo no cavaba trincheras, aunque veía, desde luego, lo que quedaba de ellas.

Sin embargo, tanto si era el trabajo de fortificación, el buscar la comida o el tendido nocturno de alambradas, podían recuperar cada detalle. Se acordaban exactamente, y sólo de vez en cuando se perdían en anécdotas, por ejemplo en las conversaciones que Jünger, desde alguna cabeza de zapa avanzada, había sostenido con algún *tommy* o *franchute* a una distancia de apenas treinta pasos, recurriendo a las lecciones de idiomas de su época escolar. Al cabo de dos o tres descripciones de ataques y contraataques, tuve la sensación de haber estado allí. Luego hablaron de las minas esféricas inglesas y sus efectos, de las llamadas «matracas», minas de botella, granadas y artefactos sin explotar, y de granadas pesadas de espoleta de percusión, combustión o retardada, y del sonido de los proyectiles de distintos calibres al acercarse.

Los dos caballeros sabían imitar las distintas voces de aquellos conciertos tan inquietantes, llamados «cerrojos de fuego». Debían de ser un infierno.

—Y sin embargo —dijo el señor Jünger—, en todos nosotros había un elemento vivo que destacaba y espiritualizaba la desolación de la guerra, la alegría objetiva por el peligro, el impulso caballeresco de arrostrar el combate. Sí, puedo decirlo: en el curso de los años, el fuego de esa lucha continua templó una forma de guerrear cada vez más pura, cada vez más audaz...

El señor Remarque se rió a la cara de su interlocutor:

—¡Qué va, Jünger! Habla como un jinete que monta su propio caballo. Esos cerdos del frente con sus botas demasiado grandes y de corazón cegado estaban completamente embrutecidos. Es posible que apenas conocieran el miedo ya, pero el temor a la muerte estaba siempre allí. ¿Qué sabían hacer? Jugar a las cartas, maldecir, imaginarse mujeres tumbadas de piernas abiertas y hacer la guerra, es decir, asesinar por orden. También tenían conocimientos especializados: podían hablar sobre las ventajas de la pala de campaña comparada con la bayoneta, porque con la pala no sólo se podía dar un golpe bajo la barbilla, sino también golpear con mayor ímpetu, por ejemplo en diagonal entre cuello y hombro. Así llegaba fácilmente hasta el pecho, mientras que la bayoneta se quedaba a menudo encajada entre las costillas y había que poner un pie en el estómago para sacarla...

Como ninguno de los camareros, especialmente discretos en el Kronenhalle, se atrevía a acercarse a nuestra mesa, bastante ruidosa, Jünger, que, según dijo, había elegido para nuestra «conversación de trabajo» un tinto ligero, nos sirvió y —con marcada lentitud— tomó un trago.

—Todo eso es cierto, mi querido Remarque. Pero insisto: cuando veía a mis hombres en la trinchera con una inmovilidad de piedra, el fusil en la mano y la bayoneta calada, y veía centellear a la luz de un proyectil luminoso casco de acero contra casco de acero, cuchilla contra cuchilla, me llenaba una sensación de invulnerabilidad. Sí. Nos podían aniquilar, pero no vencer.

Tras un silencio, imposible de salvar —el señor Remarque fue a decir algo sin duda, pero lo apartó con un gesto— los dos levantaron la copa, desviaron la vista y se metieron entre pecho y espalda, al mismo tiempo, lo que les quedaba. Remarque pellizcaba una y otra vez su pañuelo de bolsillo. De vez en cuando, Jünger me miraba como a un escarabajo raro que, por lo visto, faltaba en su colección. Yo seguía luchando valientemente con mi ración de *mousse au chocolat,* demasiado enorme.

Más tarde, mis caballeros hablaron bastante relajados, divirtiéndose con la jerga de los «cerdos del frente». Se habló de los «rumores de letrina». Se excusaban caballerosamente conmigo, la Vreneli —como bromeaba Remarque—, por sus expresiones demasiado soeces. Finalmente, se elogiaron mutuamente la expresividad de sus reportajes del frente.

—¿Quién queda aparte de nosotros? —preguntó Jünger—. Entre los franceses, en el mejor de los casos, ese loco de Céline...

1917

Inmediatamente después del desayuno —esta vez no un desayuno opulento con champán: los dos caballeros se pusieron de acuerdo sobre el *birchermüsli* que yo les había recomendado—, continuamos nuestra conversación, en cuyo transcurso los dos, cuidadosamente, como si yo fuera una *meidschi* en edad escolar a la que no hubiera que escandalizar, me ilustraron sobre la guerra química, es decir, el lanzamiento de cloro gaseoso y la utilización bien calculada de gas cruz azul, cruz verde y, finalmente, cruz amarilla, contando sus propias experiencias, pero también otras experiencias recogidas.

Habíamos llegado sin rodeos a las armas químicas, después de haber mencionado Remarque la guerra de Vietnam, que se desarrollaba en la época de nuestra conversación, y de haber calificado de criminal el empleo del napalm, y lo mismo la utilización del llamado «agente naranja». Remarque dijo:

—Quien ha lanzado la bomba atómica no tiene ya escrúpulos.

Jünger consideraba la defoliación sistemática de la jungla mediante el bombardeo de alfombra con sustancias tóxicas como la prolongación lógica de los ataques con gases de su época, pero opinaba, de acuerdo en ello con Remarque, que, a pesar de su superioridad material, «los americanos» perderían aquella «guerra sucia» que no permitía ya la «actuación militar».

—Sin embargo, hay que reconocerlo: fuimos los primeros en soltar gas de cloro contra los franceses ante Ypres, el 15 de abril —dijo Jünger.

Entonces Remarque gritó, tan fuerte que una camarera que estaba junto a nuestra mesa se detuvo sobresaltada y se fue luego apresuradamente: «¡Ataque de gas! ¡Gas! ¡Gaaas!», y Jünger, con ayuda de una cucharilla, imitó el repiqueteo de las campanillas de alarma, aunque de pronto, como obedeciendo a una orden interior, se volvió realista:

—De acuerdo con el reglamento, comenzamos enseguida a engrasar nuestros fusiles, todos los metales. Luego nos atamos la máscara. Más tarde vimos en Monchy —poco antes de comenzar la batalla del Somme— a una multitud de afectados por el gas, que gemían y se ahogaban mientras les manaba agua de los ojos. Pero el gas de cloro actúa sobre todo corroyendo y quemando los pulmones. Pude ver su efecto también en las trincheras enemigas. Y poco después fuimos agraciados por los ingleses con gas de fósforo, de olor dulzón.

Entonces le tocó otra vez a Remarque:

—Ahogándose durante días enteros, vomitaban en pedazos los pulmones quemados. Lo peor era cuando, sometidos al mismo tiempo a un fuego de barrera, no podían salir de los embudos de bomba, porque la nube de gas, como una medusa, se posaba en todas las depresiones del terreno. Ay de quien se quitara la máscara demasiado pronto... El que sufría siempre más que nadie era el soldado de reemplazo sin experiencia... Aquellos muchachos jóvenes, que vagaban desvalidos... Aquellos rostros de colinabo... Con aquellos uniformes demasiado anchos... Todavía vivos, tenían la espantosa falta de expresión de los niños muertos... Vi, mientras avanzábamos hacia las fortificaciones de nuestras líneas más avanzadas, un refugio lleno de aquellos pobres diablos... Los encontré con la cabeza azul y los labios negros... Y en un embudo se habían quitado la máscara demasiado pronto... Murieron ahogados en sus propios vómitos de sangre.

Los dos caballeros se disculparon conmigo: quizá aquello era demasiado a hora tan temprana. En general, era extraño que una señorita se interesara por semejantes bestialidades, que la guerra traía consigo necesariamente. Tranquilicé a Remarque, que, superando en eso a Jünger, mostraba ser un caballero de la vieja escuela. Por favor, que no tuvieran conmigo ninguna consideración. El proyecto de investigación que nos había encomendado la empresa Bührle requería fidelidad en los detalles, dije.

—Ya saben a qué nivel se produce en Oerlikon para la exportación, ¿no?

Luego les rogué que me dieran más pormenores.

Como el señor Remarque guardaba silencio y, apartando la vista, miraba el puente del Ayuntamiento, hacia el embarcadero de Limmat,

el señor Jünger, que daba una impresión más sere-
na, me habló de la invención de la máscara antigás
y luego del gas mostaza, utilizado por primera vez
el 17 de junio —por el bando alemán— en la tercera batalla de Ypres. Se trataba de una nube de
gas casi inodora, apenas perceptible, por decirlo
así una niebla que se pegaba al terreno, cuyo efecto destructor de las células sólo se manifestaba al
cabo de tres o cuatro horas. Dicloro-dietil-sulfuro,
una mezcla oleosa, pulverizada en gotas diminutas,
contra la que ninguna máscara antigás servía.

Luego el señor Jünger me explicó cómo, mediante el bombardeo con cruz amarilla, se infesta-
ban los sistemas de trincheras enemigos, que entonces podían ser desalojados sin lucha. Dijo:

—Sin embargo, a finales del otoño del diecisiete, los ingleses capturaron junto a Cambrai
un gran depósito de granadas de gas mostaza y las
utilizaron inmediatamente contra nuestras trincheras. Muchos se quedaron ciegos... Dígame, Remarque, ¿no le ocurrió eso o algo parecido al «cabo»
más importante de todos los tiempos? A raíz de aquello fue al hospital militar de Pasewalk... Vivió allí
el fin de la guerra... Y allí decidió ser político...

1918

Después de unas breves compras —Jünger se surtió de puros, también de Brissago; Remarque, asesorado por mí, compró un chal de seda en Grieder, para su mujer, Paulette— llevé a los dos caballeros en taxi a la estación. Como teníamos tiempo, fuimos al bufé. Para la despedida propuse un vino blanco ligero. Aunque, en el fondo, se lo habían dicho ya todo, todavía pude tomar, en aquella hora larga, algunas notas. A mi pregunta de si, en el último año de la guerra, habían tenido experiencias con los tanques ingleses, utilizados en ataques masivos, los dos caballeros dijeron que no se habían visto arrollados, pero Jünger añadió que, en los contraataques, su destacamento había tropezado con muchos «colosos humeantes». Habían tratado de defenderse con lanzallamas y atadijos de granadas de mano.

—Esa arma —dijo— estaba, por decirlo así, en pañales. No había llegado aún el momento de las grandes ofensivas con carros blindados.

Luego, sin embargo, los dos caballeros demostraron ser buenos observadores de los combates aéreos. Remarque recordó las apuestas que se hacían desde las trincheras y en la retaguardia:

—Una ración de fuagrás o cinco cigarrillos era la postura, independientemente de que fuera un Fokker nuestro o un monoplaza inglés Spad el que cayera en barrena dejando una estela de humo. Sin embargo, en número nos superaban ellos. Al final había un avión nuestro por cada cinco aviones ingleses o americanos.

Jünger lo confirmó:

—En general, la superioridad material era aplastante, sobre todo en el aire. Sin embargo, yo miraba a nuestros muchachos en sus triplanos con cierta envidia. Los combates aéreos, al fin y al cabo, se desarrollaban de una forma caballeresca. Resultaba temerario ver cómo un solo aparato, viniendo desde el sol, elegía su contrincante en la formación enemiga. ¿Cuál era el lema de la escuadrilla de Richthofen? Ya me acuerdo: «¡De hierro, pero loco!». En cualquier caso, hacían honor a su consigna. Con mucha sangre fría, pero deportivamente. Por cierto, mi querido Remarque, vale la pena leer *El piloto rojo*, aunque también el señor Barón, hacia el final de sus memorias, sumamente vivas, tenga que reconocer que, como muy tarde desde el año dieciséis, aquella guerra bonita y alegre había terminado. Abajo sólo había fango y paisajes de cráteres. Todo se había vuelto grave, enconado. Y, sin embargo, hasta el final, cuando también a él lo sacaron del cielo, siguió siendo valiente. Y esa actitud se demostró también abajo en la misma medida. Sólo el material era superior. ¡No fuimos vencidos en campaña!, se solía decir. Pero teníamos el motín a nuestras espaldas. Sin embargo, si cuento mis heridas: por lo menos catorce impactos, cinco de disparos de fusil, dos de cascos de granada, uno de metralla, cuatro de granadas de mano y dos debidos a esquirlas —lo que, con los orificios de entrada y salida hace más de veinte cicatrices—, llego a una conclusión: ¡Valió la pena!

Cerró el balance con una risa alegre, mejor dicho, de anciano y joven a la vez. Remarque se había ensimismado:

—En eso no quiero competir. A mí me alcanzaron sólo una vez. Y me bastó. De todas formas, no puedo ofrecer actos heroicos. Luego trabajé sólo en un hospital militar. Allí vi y oí lo suficiente. No puedo competir en absoluto con su colgante *«Pour le Mérite»*. Sin embargo, fuimos vencidos. En todos los sentidos. A usted y a los que eran como usted les faltó sólo el valor de reconocer la derrota. Y, al parecer, les sigue faltando hoy.

¿Quedó todo dicho? No. Jünger hizo el balance de las víctimas de aquella epidemia de gripe que, en los últimos años de la guerra, afectó a ambos campos enemigos:

—Más de veinte millones de víctimas de la gripe, aproximadamente tantos como los que murieron en combate por todos lados y que, por lo menos, ¡sabían por qué!

En voz más bien baja Remarque preguntó:

—Por el amor del cielo, ¿por qué?

Un poco cohibida puse entonces sobre la mesa los libros de los dos autores, entretanto tan famosos, y les pedí una dedicatoria. Jünger se apresuró a firmar su libro, añadiendo: «Para nuestra valiente Vreneli»; Remarque firmó, bajo una

confesión sumamente clara: «De cómo los soldados se convirtieron en asesinos».

Ahora había sido dicho todo. Los caballeros
apuraron sus copas. Casi al mismo tiempo —primero Remarque— se pusieron de pie, se inclina-
ron brevemente, evitaron ambos el apretón de
manos y me rogaron, sin que pudiera evitar su beso en la mano insinuado, que no acompañara a
ninguno de ellos al andén; los dos viajaban sólo
con equipaje de mano.

Cinco años después murió el señor Remarque. El señor Jünger se propone al parecer sobrevivir a este siglo.

1919

Son aprovechaos e la guerra, eso es lo que son. Tós ellos. Mira ese que, con Bratolin, que se suponía qu'era una masa para chuletas, se forró e millones. Pero eran sólo cosas machacás, maíz, guisantes y nabas. También en las salchichas. Y ahora esos falsificaores e salchichas gritan que nosotros, el llamao frente patrio, bueno, tós los que no hicieron suficientes granás y también las amas e casa alemanas, a nuestros soldaos, traicioneramente y por la espalda... los apuñalamos... Pero mi hombre, al que al final se llevaron a la reserva territorial, volvió inválido y a las dos niñas, esmirriás como eran, se las llevó la gripe. Y también a Erich, qu'era mi único hermano y que, con un poquillo e suerte, sobrevivió en la Marina a tó, Doggerbank, Skagerrak y toas esas ensalás e tiros, qué sé yo, luego en Berlín, en dond'entró con su batallón, esde Kiel, en nombre e la República, se lo cargaron en una barricá. ¿Paz? Me río pa no llorar. Cómo que paz. Ná más que tiroteos por toas partes. Y ná mas que nabas. Nabas en el pan, en la carne picá. Hasta pasteles h'hecho hace poco e nabas, con su poquillo e hayucos entro, porque era domingo y tenía visita. Y entonces vienen esos estafaores, que nos venden por muchos cuartos blanco e'España con lo que llaman aroma, como salsa pa'l asao, y hablan en los periódicos e puñalá trapera. ¡No! Eberían colgarlos e'una farola, para acabar con tós esos suceáneos. ¿Cómo que traición? No queríamos más Káiser ni más nabas. Pero tampoco queríamos una Revolución sin parar ni una puñalá por elante o por etrás. Ebía haber otra vez suficiente pan e verdá. Y ná e Frux sino verdaera mermelá. Ni e Eirol, que sólo tenía almidón, sino huevos verdaeros e gallina. Y nunca más masa p'asar, sino un cacho e cerdo verdaero. Eso, ná más qu'eso queríamos. Entonces sí qu'habrá paz. Y por eso ahora, en Prenzlau, m'he apuntao en la República e Soviets, concretamente en el Soviet e Mujeres para Cuestiones e Alimentación, en donde hemos hecho una proclama, que ahora está impresa y por eso anda en toas las columnas e anuncios. «¡Ama e casa alemana!», grité en el Ayuntamiento esde la escalera. «Tiés que acabar con las estafas y con los aprovechaos e la guerra. Ná e puñalá. ¿No hemos luchao también tós estos años en el frente patrio? Ya en noviembre el año quince empezó, con margarina escasa y nabas e sobra. Y luego fue cá vez peor. ¡No! No había leche, sino pastillas e leche el Doctor Caros. Y luego vino además la gripe y se llevó su buena cosecha. Y luego, espués el duro invierno, no hubo ya patatas, sólo nabas. "Saben a alambrá", ecía mi hombre cuando venía e permiso. Y ahora, cuando Guillermo s'ha largao con tós sus tesoros a Holanda, a su palacio, icen que somos nosotros los el frente interior, que con un puñal, y cobardemente por etrás...»

1920

¡Señores, a su salud! Después de duras semanas, podemos ahora festejar con alegría. Sin embargo, antes de levantar mi copa, tengo que empezar diciendo: ¡Qué sería del Reich sin el ferrocarril! Por fin lo tenemos. Estaba ya como exigencia clara en la por lo demás dudosa Constitución: «Es tarea del Reich...». Y precisamente esos señores camaradas, a los que la Patria les importa un pito, se han empeñado en ello. Lo que en otro tiempo no pudo lograr el canciller Bismarck, lo que no le fue dado a Su Majestad, lo que en la guerra nos costó caro, porque, al no estar normalizado sino dividido en doscientos diez tipos de locomotoras, el tren carecía a menudo de piezas de repuesto, de forma que el transporte de tropas, el urgente abastecimiento y las municiones que faltaban ante Verdún se quedaron en el camino, esa situación penosa, señores, que posiblemente nos costó la victoria, la han eliminado ahora los socialdemócratas. Lo repito, precisamente esos socialdemócratas que estuvieron dispuestos a la traición de noviembre, aunque no transformaran este loable proyecto en realidades hace tiempo necesarias, han hecho posible su realización. Porque —les pregunto a ustedes— ¿qué provecho nos ha traído la red ferroviaria más densa, mientras Baviera y Sajonia se han opuesto, y lo han hecho —seamos sinceros— por simple odio a Prusia, a la unificación en todo el Reich, lo que no sólo debe hacerse según la voluntad de Dios, sino también por razones de sensatez? Por eso he dicho una vez y otra: sólo por los carriles del ferrocarril del Reich rodará el tren hacia la unidad verdadera. O, como dijo ya el viejo Goethe, con sabia previsión: «Lo que impide la obstinación de los príncipes lo logrará el ferrocarril...». Pero tuvo que ser la Paz impuesta, según la cual había que entregar ocho mil locomotoras y millares de vagones de pasajeros y mercancías a la mano enemiga, desvergonzadamente tendida, la que completara nuestra desgracia, para que estuviéramos dispuestos a concertar, por orden de esta dudosa República, un tratado con Prusia y Sajonia, con Baviera e incluso con Hesse, con Mecklenburg-Schwerin y Oldenburg, de acuerdo con el cual el Reich se hacía cargo de todos los ferrocarriles de los *länder,* que por lo demás estaban sumamente endeudados; el precio hubiera podido compensar esas deudas, si la inflación no hubiera convertido todo cálculo en un chiste. Sin embargo, cuando miro a este año veinte y estoy frente a ustedes con mi copa levantada, puedo decir sin temor: sí, señores, desde que la Ley del ferrocarril del Reich nos ha dado abundante capital en marcos-renta, hemos salido de números rojos, estamos incluso en condiciones de hacer frente a las prestaciones a título de reparación que recientemente nos han exigido con toda desvergüenza, y estamos además modernizándonos en todos los sentidos, desde luego con su meritoria ayuda. Aunque me han llamado —primero a escondidas, luego de forma totalmente abierta— «Padre de la locomotora alemana unificada», siempre he sabido que la normalización de la construcción de locomotoras sólo podría lograrse uniendo nuestras fuerzas. Sea Hanomag, en cuanto a manguitos de los ejes, o Krauss & Co. en lo que se refiere a la dirección; fabrique Maffei las coberturas de los cilindros o se ocupe Borsig del montaje, todas esas empresas industriales cuyos consejeros se han reunido aquí solemnemente lo han comprendido: ¡La locomotora unificada del Reich encarna también, además de la técnica, la unidad del Reich! Sin embargo, apenas hemos comenzado a exportar con beneficios —recientemente incluso a la Rusia bolchevique, en donde el famoso profesor Lomonosov ha hecho una excelente evaluación de nuestras locomotoras de vapor recalentado para trenes de mercancías—, se levantan ya voces que hablan a favor de la privatización. Se quiere ganar dinero rápidamente. Reducir personal. Suprimir trayectos al parecer no rentables. A eso sólo puedo decir como advertencia: ¡Cuidado con los comienzos! Porque un ferrocarril imperial privado, lo que quiere decir extraño, porque en definitiva estará en manos extranjeras, dañará a nuestra pobre y humillada patria. Y es que, como dijo a su Eckermann Goethe, por cuya sabia previsión apuraremos ahora nuestra copa...

1921

Querido Peter Pantera:

Nunca escribo cartas a los periódicos, pero como hace poco mi novio, que lee todo lo que cae en sus manos, me ha dejado (de hecho en el desayuno, debajo de la huevera) algunas cosas de usted realmente cómicas, me he reído de buena gana, aunque no haya entendido del todo lo político. Es usted muy duro, pero siempre ingenioso. Eso me gusta. Sólo de baile no entiende absolutamente nada. Porque lo que escribe de los que bailan el *shimmy* «con las manos en los bolsillos» es un verdadero disparate. Eso puede pasar todo lo más en el *onestep* o en el *foxtrot*. En cualquier caso, Horst-Eberhard, que, como dice usted acertadamente en su artículo, trabaja en Correos —pero no como alto funcionario sino más bien en una ventanilla— y al que conocí el año pasado en la Walterchens Shimmydiele, baila el *shimmy* conmigo con las dos manos, soltándome y volviéndome a agarrar. Y el viernes pasado, en que mi salario semanal me bastó justo para un par de medias, pero queríamos ponernos sin falta de tiros largos —quizá sea yo realmente esa «señorita Piesenwang» de la que se burla usted no poco—, hizo conmigo una exhibición en el Admiralspalast, en donde había un concurso de baile, de lo más nuevo en América: un charlestón en toda regla. Él con un frac alquilado y yo de amarillo dorado, por encima de la rodilla.

Sin embargo no fue un «¡Bailar en torno al becerro de oro!». En eso se equivoca, mi querido señor Pantera. Bailamos por puro gusto. Incluso en la cocina, con un gramófono. Porque lo llevamos dentro.

Por todas partes. En la barriga, hasta en la espalda. Incluso en las orejas que, como observa con razón en su articulito, mi Horst-Eberhard tiene de soplillo. Porque, lo mismo en el *shimmy* que en el charlestón, no es sólo cuestión de piernas, sino que es algo que viene de dentro y lo invade todo. En auténticas oleadas de abajo arriba. Hasta el cuero cabelludo. Incluso te hace temblar y un poquitín feliz. Pero si no sabe qué es la felicidad, quiero decir esa felicidad momentánea, deje que le dé lecciones gratis en Walterchen todos los martes y sábados por la tarde.

¡Palabra! Y no tenga miedo. Iremos muy despacio. Primero, para calentarnos, bailaremos un pasodoble atrás y adelante. Yo llevaré y usted, excepcionalmente, se dejará llevar. Es sólo cuestión de confianza. Además, es más fácil de lo que parece. Y luego probaremos con *Precisamente bananas*. Se puede cantar bailando. Lo que es divertido. Y si le queda fuelle aún y mi Horst-Eberhard no tiene nada que objetar, nos marcaremos un verdadero charlestón. Al principio, se siente en las pantorrillas, pero luego se calienta una. Y si estamos de humor, abriré para usted mi cajita. ¡No tenga miedo!

Sólo una toma. Nada que cree hábito. Sólo para animarnos, de veras.

Por lo demás, mi Horst-Eberhard dice que casi siempre escribe usted con algo así como un seudónimo. Unas veces Pantera, otras Tigre, otras Señor Wrobel. Y ha leído que es usted un judío polaco pequeño y gordo. Pero eso no importa. Mi apellido acaba también en «ki». Y los gordos suelen ser buenos bailarines. Sin embargo, si el próximo sábado se siente rumboso, nos cepillaremos rápidamente una o dos botellas de champán. Y le contaré cómo van las cosas en la venta de zapatos. Porque trabajo con Leiser, en el departamento de caballeros. Pero de política no hablaremos. ¿Me lo promete?

Cordialmente,
Ilse Lepinski

1922

¡Qué más quieren que les diga! Ustedes los periodistas siempre saben más de todas formas. ¿La verdad? He dicho lo que había que decir. Pero a mí no me cree nadie. «Está en paro y tiene mala reputación», hicieron constar en las actas del tribunal. «Ese Theodor Brüdigam es un confidente», dijeron, «a sueldo de los socialdemócratas y también de la Reacción». Sí señor, pero sólo pagaron a gente de la brigada Ehrhardt, que, cuando el Putsch de Kapp falló por completo y la brigada fue disuelta a la fuerza, continuaron. ¿Qué otra cosa hubieran podido hacer? ¿Cómo se puede hablar de «ilegalidad» cuando casi todo lo que hay, de todas formas, se burla de la ley y el enemigo está a la izquierda y no, como pretende el canciller Wirth, a la derecha? No, no era el capitán de corbeta Ehrhardt, sino el capitán Hoffmann el responsable de los honorarios. Y él era sin duda de la OC. En el caso de otros nunca se ha sabido bien, porque ellos mismos no saben quién pertenecía a la Organización y quién no. También de Tillessen vinieron sumas pequeñas. Es el hermano de ese Tillessen que disparó contra Erzberger y es tan católico como ese cacique del centro que ahora ha desaparecido. Tillessen anda escondido en Hungría o en algún otro lado. Sin embargo, en realidad a mí me comisionó Hoffman. Debía sonsacar para la Organización Cónsul a algunas organizaciones de izquierdas, no sólo comunistas. De pasada, me enumeró quién debía estar después de Erzberger, el traidor de noviembre. Naturalmente, el social-demócrata Scheidemann y Rathenau, el político del «cumplimiento». También para Wirth, canciller del Reich, había planes. Es verdad, fui yo quien, en Kassel, advirtió a Scheidemann. ¿Por qué? Porque opino que, no con asesinatos sino de una forma más o menos legal, y en primer lugar en Baviera, hay que desarticular el sistema entero, derribarlo y, como Mussolini en Italia, instaurar un Estado de Orden, si es necesario con ese cabo Hitler, que es un chalado, pero un orador de masas nato y, sobre todo en Múnich, muy popular. Sin embargo, Scheidemann no quiso escucharme. De todas formas, a mí nadie me cree. Por suerte no salió bien, porque en el Habichtswald fracasó el atentado con ácido prúsico a la cara. Sí, le protegió el bigote. Suena cómico, pero así fue. Por eso no se utiliza ya ese método. Es cierto, lo encontraba repulsivo. Por eso sólo quise trabajar ya para Scheidemann y su gente. Sin embargo, los socialdemócratas no me dieron ningún crédito cuando dije: tras la Organización Cónsul está el Reichswehr, departamento de Defensa. Y, naturalmente, Helfferich, de cuyo banco proviene el dinero. Von Stinnes desde luego. Para los plutócratas eso es el chocolate del loro. En cualquier caso, Rathenau, que al fin y al cabo era también un capitalista y al que yo advertí, tuvo que sospechar lo que iba a pasar. Porque lo mismo que Helfferich, con su campaña «¡Fuera Erzberger!», puso a punto el complot: «Sólo un traidor a la patria podría estar dispuesto a negociar con el francés Foch ese ignominioso armisticio», poco antes del armisticio estigmatizó a Rathenau como «político del cumplimiento». Sin embargo, el señor Ministro no suscitaba ninguna confianza. Porque el hecho de que, en el último minuto, cuando la cosa estaba ya en marcha, quisiera sostener una conversación a solas entre los capitalistas, concretamente con Hugo Stinnes, no pudo salvarlo, porque, de todas formas, Stinnes era judío y eso bastaba. Cuando yo le dejé entrever: «Peligra especialmente cuando se dirige por las mañanas al Ministerio», él dijo arrogante, como puede ser esa nobleza del dinero judía: «Cómo voy a creerlo, mi estimado señor Brüdigam, cuando, según mis informaciones, tiene usted tan mala reputación...». No es de extrañar que más tarde, en el proceso del Fiscal General, impidiera que me citaran como testigo porque, según dijo, «era sospechoso de haber participado en el delito objeto del proceso». Es evidente que el tribunal quería mantener al margen a la OC. Sí, los instigadores debían permanecer en la oscuridad. En cualquier caso, se murmuraba de organizaciones que eran posiblemente ilegales. Sólo ese Von Salomon, un muchacho estúpido que se las daba de escritor, soltó nombres en el interrogatorio, simplemente para darse importancia. Por eso le endilgaron cinco años, aunque sólo había facilitado el conductor de Hamburgo. En cualquier caso, mis advertencias fueron inútiles. Todo pasó como en el caso Erzberger. Ya entonces los muchachos de la brigada estaban totalmente entrenados a obedecer, por lo que la OC. pudo echar a suertes sencillamente a los autores, Schulz y Tillessen. A partir de entonces todo estuvo claro. Como deben de saber ustedes por sus propios periódicos, lo descubrieron en la Selva Negra, en donde estaba descansando. Le tendieron una emboscada durante un paseo con otro hombre del centro. De doce tiros que le dispararon, lo mató uno en la cabeza. El otro hombre, un tal Dr. Diez, resultó herido. Luego, los autores se dirigieron con mucha calma a la cercana localidad de Oppenau, en donde tomaron café en una pensión. Sin embargo, lo que no saben, señores, es que en el caso Rathenau habían echado también a suertes, como, antes del atentado, uno de los autores confesó a un sacerdote, el cual informó al canciller Wirth aunque guardó el llamado secreto de confesión y no reveló nombres. Rathenau, no obstante, no quiso creer ni al sacerdote ni a mí. Y ni siquiera por la junta directiva de Francfort de los judíos alemanes, a la que yo había informado a mi vez, se dejó convencer para adoptar las debidas precauciones y rechazó toda protección de la policía. En cualquier caso, el 24 de junio quiso que lo llevaran como siempre de su villa de Grunewald en la Königsallee, como de costumbre en coche descubierto, en dirección a la Wilhelmstrasse. Tampoco escuchó a su chófer. Por eso todo fue como de libro. Todavía en la Königsallee, como es sabido, el chófer tuvo que frenar en la esquina Erdener/Lynarstrasse, porque un coche de caballos, cuyo cochero, por cierto, no fue interrogado, atravesó la avenida. Desde el coche de turismo Mercedes Benz que los seguía hicieron nueve disparos, de los que cinco dieron en el blanco. Y, al adelantar, consiguieron colocar una granada ovoide. Los autores no estaban sólo imbuidos de espíritu militar, sino también de odio a todo lo antialemán. Techow conducía el Mercedes, Kern sabía manejar la pistola ametralladora y Fischer, que durante la huida se suicidó, arrojó la granada de mano. Sin embargo, todo ello fue posible sólo porque a mí, la persona de mala reputación, el espía Brüdigam, nadie quiso creerme. Pronto la Organización Cónsul dejó de pagar, y al año siguiente la marcha del cabo Hitler hacia el Feldherrnhalle de Múnich fracasó sangrientamente. Mi intento de avisar a Ludendorff no tuvo éxito. A pesar de que esa vez actué sin que me pagaran, porque el dinero no me ha importado nunca. De todas formas, cada día valía menos. Sólo por el bien de Alemania. Como patriota, yo... Pero nadie quiere escucharme. Ustedes tampoco.

1923

Hoy aquellos billetes resultan bonitos. Y a mis biznietos les gusta jugar con ellos a comprar y vender casas, sobre todo porque de la época del Muro guardo aún algunos «verdes» con la espiga y el compás, aunque a los niños, al no tener tantos ceros, les parecen de menos valor y para ellos no son más que calderilla.

El dinero de la inflación lo encontré, después de morir Mamá, en su cuaderno de cuentas que ahora hojeo a menudo pensativa, porque, en lo que se refiere a precios y recetas de cocina, me despierta pensamientos tan tristes como atractivos. Ay, para Mamá, desde luego, las cosas no fueron muy fáciles. Las cuatro chicas, aunque sin querer, le dábamos muchas preocupaciones. Yo era la mayor. Y, sin duda, aquel delantal de casa que, a finales del veintiuno —según leo— costó tres mil quinientos marcos, era para mí, porque todas las noches ayudaba a Mamá a servir a los realquilados para los que ella cocinaba con tanta imaginación. El vestido tirolés de ocho mil lo llevó mi hermana Hilde, aunque ella no quiera acordarse del dibujo rojo y verde. Sin embargo, Hilde, que ya en los años cincuenta se marchó al Oeste y desde niña era muy testaruda, ha renegado interiormente de todas formas de todo lo que había en otro tiempo.

Ay, aquellos precios que clamaban al cielo. Crecimos con ellos. Y en Chemnitz, pero sin duda también en otras partes, cantábamos una tonadilla que mis biznietos, todavía hoy, encuentran muy bonita:

Uno, dos, tres y cuatro millones
Mi madre cuece los judiones.
Doce millones, la libra entera.
Si no hay tocino, ¡te quedas fuera!

Y tres veces por semana había judiones o lentejas. Porque las legumbres, que son fáciles de almacenar, eran cada vez más valiosas si, como hacía Mamá, se compraban a tiempo. Lo mismo ocurría con el *corned beef*, del que se apilaban varias docenas de latas acaparadas en el armario de la cocina. Así que Mamá cocinaba para nuestros tres realquilados, que, por las caprichosas subidas de precios, tenían que pagar a diario, rollitos de berza y empanadillas con levadura rellenas de *corned beef*. Por suerte, uno de los realquilados, al que las niñas llamábamos tío Eddi y que, antes de la Primera Guerra Mundial, fue camarero en orgullosos buques de pasajeros, tenía un saquito de dólares de plata de reserva. Y como el tío Eddi, después de la temprana muerte de Papá, era íntimo de Mamá, encuentro ahora en el cuaderno de cuentas de la casa indicios de que el dólar americano se podía vender por siete mil quinientos y luego por veinte mil millones o más. Hacia el final, sin embargo, cuando en el saquito del tío Eddi solo tintineaban ya unos pocos denarios, ese contravalor —¡es increíble!— era de billones. En cualquier caso, el tío Eddi nos proporcionaba leche fresca, aceite de hígado de bacalao y las gotas de Mamá para el corazón. Y a veces, cuando habíamos sido buenas, nos recompensaba con galletas de chocolate.

Sin embargo, los modestos empleados y funcionarios, por no hablar de todos los que dependían de la asistencia pública, lo pasaban fatal. Como viuda, Mamá, sólo con lo que le quedaba de la pensión de funcionario de Papá, no hubiera podido sacarnos a flote. Y por todas partes mendigos e inválidos que mendigaban. Verdad era que el señor Heinze, que vivía en el piso bajo y que, inmediatamente después de la guerra, recibió una herencia considerable, se había hecho asesorar bien al parecer y metió su fortuna en cuarenta hectáreas de tierras de labor y pastos, haciendo que los campesinos que arrendaban sus tierras le pagaran el arriendo en productos del suelo. Al parecer, en su casa colgaban lonjas de tocino enteras. Luego, cuando el dinero consistía sólo en ceros y por todas partes emitían dinero de emergencia (entre nosotros, en Sajonia, hasta el llamado «dinero del carbón»), cambió el tocino por balas de paño —estambre, gabardina—, de forma que, cuando por fin llegó el marco-renta, no tuvo problemas para meterse en negocios. ¡Ése sí que lo consiguió!

Sin embargo, un aprovechado de la guerra, como lo llamaba la gente, no fue nunca el señor Heinze. Tenían otro nombre. Y el tío Eddi, que entonces era ya comunista y llegó a ser luego alguien en el Estado de los Obreros y Campesinos, aquí en Karl-Marx-Stadt, como se llamaba entonces Chemnitz, podía nombrar uno a uno a aquellos «tiburones con chistera», como solía llamar a los capitalistas. Para él y para Mamá fue mejor sin duda que no vivieran ya el dinero occidental. De forma que se ahorraron también la preocupación de qué pasará cuando venga ahora el euro.

1924

La fecha de Colón era segura. Ese mismo día debíamos despegar. Lo mismo que el genovés el *anno Domini* de 1492, con un «¡a todo trapo!», puso rumbo a las Indias, aunque en realidad fuera América, nosotros, desde luego con instrumentos más exactos, íbamos a iniciar una empresa aventurera. En realidad, a primeras horas de la mañana del 11 de octubre nuestro dirigible estaba dispuesto en el hangar abierto. Había a bordo, en cantidades exactamente calculadas, combustible para cinco motores Maybach y agua de lastre. El equipo encargado del amarre tenía ya la maroma en las manos. Pero el LZ 126 no quería flotar, se había vuelto pesado y siguió siéndolo, porque de pronto, con las masas de aire más calientes, entró niebla, gravitando sobre toda la zona del lago de Constanza. Como no podíamos reducir el agua ni el carburante, hubo que aplazar la salida hasta el día siguiente. La burla de la multitud que aguardaba fue difícilmente soportable. Pero el día 12 despegamos felizmente.

Una dotación de veintidós hombres. El que yo, como mecánico de a bordo, pudiera participar había sido mucho tiempo dudoso, porque pasaba por ser uno de los que, como protesta nacional, destruyeron nuestros cuatro últimos dirigibles, estacionados en Friedrichshafen para ser entregados al enemigo; lo mismo que más de setenta buques de nuestra armada, entre ellos una docena de acorazados y buques de línea, que había que entregar a los ingleses, fueron hundidos por los nuestros, el 19 de junio, ante Scapa Flow.

Los Aliados reclamaron pronto indemnizaciones. A nosotros nos querían cobrar más de tres millones de marcos-oro. Entonces, Zeppelin GmbH hizo la propuesta de saldar todas las deudas entregando un dirigible construido con las técnicas más modernas. Y, como los militares americanos tenían un interés más que vivo en nuestro modelo más reciente, que garantizaba una capacidad de 70.000 metros cúbicos de helio, el chalaneo tuvo éxito: el LZ 126 debía ser llevado a Lakehurst y ser entregado inmediatamente después del aterrizaje.

Eso precisamente lo consideraron muchos de los nuestros una vergüenza. Yo también. ¿No habíamos sido suficientemente humillados? Aquella paz dictada, ¿no había impuesto ya cargas excesivas a la Patria? Nosotros, es decir algunos de nosotros, jugábamos con la idea de dejar sin fundamento aquel mal negocio. Mucho tiempo tuve que luchar conmigo mismo para poder encontrar a aquella operación un sentido mínimamente positivo. Sólo cuando prometí al Dr. Eckener, al que todos respetábamos como capitán y como persona, renunciar a un sabotaje me dejaron ser de la partida.

El LZ 126 era de una belleza impecable que todavía hoy tengo ante los ojos. Sin embargo, mi pensamiento desde el principio, todavía sobre el continente europeo, mientras nos desplazábamos a sólo cincuenta metros de altura sobre los collados de la Côte d'Or, estaba dominado por la idea de la destrucción. Al fin y al cabo, aunque lujosamente equipado para dos docenas, no llevábamos pasajeros a bordo; sólo algunos militares americanos, que nos vigilaban a todas horas. Sin embargo, cuando, sobre la costa española de cabo Ortegal, tuvimos que luchar con grandes baches aéreos, la nave cabeceaba de forma considerable y todas las manos estaban ocupadas en mantener el rumbo, y los militares tuvieron que dedicar su atención a la navegación, hubiera sido posible un atentado. Habría bastado con forzar un aterrizaje prematuro mediante el lanzamiento de los depósitos de combustible. Esa tentación la sentí otra vez cuando teníamos debajo las Azores. Las dudas me invadían día y noche, me sentía tentado, buscaba la oportunidad. Todavía cuando subimos a dos mil metros sobre la niebla del banco de Terranova y, poco después, cuando en una tormenta se rompió un cable de tensión, quise apartar de nosotros la vergüenza, cada vez más próxima, de la entrega del LZ 126, pero todo se quedó en un simple pensamiento.

¿Por qué titubeaba? Por miedo, desde luego, no. Al fin y al cabo, en el curso de la guerra sobre Londres, en cuanto nuestra nave aérea era descubierta por los proyectores, había estado expuesto

al peligro constante de ser derribado. No, no conocía el miedo. Lo que pasaba era que la voluntad del
Dr. Eckener me había paralizado, aunque no convencido. Él, a pesar de toda la arbitrariedad de las
potencias vencedoras, insistía en aportar la prueba
de la eficiencia alemana, aunque fuera en figura de
nuestro cigarro celeste, relucientemente plateado.
En definitiva me sometí a su voluntad hasta la renuncia total; porque un accidente insignificante,
por decirlo así sólo simbólico, apenas hubiera hecho impresión, sobre todo porque los americanos
habían enviado dos cruceros a nuestro encuentro,
con los que nos manteníamos en contacto constante por radio. Hubieran acudido en nuestra ayuda
en caso de necesidad, no sólo en el supuesto de un
fuerte viento contrario sino también del más míni-
mo sabotaje.

Sólo hoy sé que mi renuncia a aquel acto li-
berador fue acertada. Pero ya entonces, cuando el
LZ 126 se acercaba a Nueva York, cuando, el 15
de octubre, la Estatua de la Libertad nos saludó saliendo de la bruma matutina, cuando subimos por
la Bay; cuando finalmente tuvimos bajo nosotros
a la metrópoli, con su cordillera de rascacielos, y
todos los buques atracados en el puerto nos saludaron con sus sirenas; cuando, dos veces, a media altura, sobrevolamos de lado a lado Broadway en toda su longitud, para subir luego a tres mil metros,
a fin de que todos los habitantes de Nueva York se
sintieran impresionados por la imagen, reluciente
al sol de la mañana, de la eficiencia alemana; cuando, finalmente, viramos hacia Lakehurst y tuvimos

tiempo aún para lavarnos y afeitarnos con la reserva de agua que quedaba; cuando nos habíamos preparado como terrícolas para el aterrizaje y la recepción, me sentí no sólo orgulloso, sino incontenblemente orgulloso.

Más tarde, cuando habíamos hecho ya la triste entrega de la nave y aquel orgullo nuestro total se llamó en lo sucesivo Los Ángeles, el Dr. Eckener me dio las gracias y me aseguró que había vivido mi lucha conmigo.

—Sí —dijo—, es difícil cumplir el urgente mandamiento de conservar la dignidad.

¿Qué sentiría cuando, trece años después, la más hermosa expresión del Reich nuevamente fortalecido, el Hindenburg, por desgracia no lleno de helio sino de combustible inflamable, se incendió al aterrizar en Lakehurst? ¿Estaría tan seguro como yo? ¡Fue un sabotaje! ¡Fueron los rojos! Ellos no titubearon. Su dignidad obedecía a otro mandamiento.

1925

Muchos me consideraban sólo un niño quejica. Nada de lo tradicional podía tranquilizarme. Ni siquiera conseguía entretenerme el guiñol, cuyo fondo multicolor y media docena de muñecos había fabricado con verdadero amor mi padre. Yo sequía quejándome. Ningún esfuerzo podía desconectar aquel tono permanente, que subía y bajaba. Ni el intento de la abuelita con cuentos de hadas, ni el «coge la pelota» del abuelito me impedían remolonear, berrear por fin y poner nerviosa a mi familia y sus visitas, con mal humor permanente, matando sus conversaciones deliberadamente centradas en lo intelectual. Es verdad que, por cinco minutos, se me podía sobornar con lenguas de gato de chocolate, pero por lo demás no había nada que me tranquilizara a largo plazo, como antes el pecho materno. Ni siquiera dejaba que las peleas de mis padres se desarrollaran con tranquilidad.

Antes aún de que fuéramos miembros de pago de la sociedad de radiodifusión del Reich, mi familia consiguió, con ayuda de una radio de galena y unos auriculares, convertirme en un niño mudo y absorto en sus pensamientos. Eso ocurría en la zona de recepción de Breslau, en donde la Schlesische Funkstunde AG ofrecía por la mañana y por la tarde un programa variado. Pronto aprendí a manipular los escasos botones y a conseguir una recepción libre de perturbaciones atmosféricas y otros ruidos parásitos.

Lo oía todo. La balada *La hora,* de Carl Loewe, el radiante tenor Jan Kiepura, la celestial Erna Sack. Si Waldemar Bonsels leía *La abeja Maya* o una transmisión directa de una regata de remo garantizaba la excitación, yo era todo oídos. Conferencias sobre higiene bucal o tituladas «Lo que hay que saber de las estrellas» me formaron polifacéticamente. Dos veces al día oía la información de Bolsa y de esa forma me enteré del impulso económico de la industria; mi papá exportaba maquinaria agrícola. Antes aún que mi familia, que ahora, liberada de mí, podía dedicarse a sus continuas peleas por principio, me enteré de la muerte de Ebert y, un poco después, de que sólo en la segunda vuelta habían elegido al Mariscal Hindenburg para sucederlo como presidente. Pero también las emisiones para niños, en las que el personaje de sagas Zanahoria vagaba por los Montes de los Gigantes, asustando a pobres carboneros, tenían en mí un oyente agradecido. Me gustaban menos los trasgos de las emisiones de buenas noches, aquellos diligentes precursores de éxitos posteriores de la televisión, que en el Este y el Oeste se llamaron «hombrecitos de arena». Sin embargo, mis verdaderas favoritas eran las comedias radiofónicas ensayadas en los primeros tiempos de la radio, en las que el viento silbaba, la lluvia repiqueteaba sobre el tejado igual que en la Naturaleza, el trueno rugía, el caballo del jinete de blanco corcel relinchaba, una puerta rechinaba o un niño lloriqueaba, lo mismo que yo había lloriqueado antes.

Como en los días de la primavera y el verano me depositaban a menudo en el jardín de los terrenos de nuestra villa, en donde, con ayuda de la radio de galena, me sentía perfectamente satisfecho, me formé en plena Naturaleza. Sin embargo, los numerosos cantos de pájaros no bajaban para mí del cielo ni de las ramas de nuestros frutales, sino que el Dr. Hubertus, genial imitador de animales, me transmitía por los auriculares el lugano y el paro, el mirlo negro y el pinzón, la oropéndola y el escribano, la alondra. No es de extrañar que yo permaneciera ajeno a la desavenencia de mis padres, que acabó en crisis matrimonial. De forma que su divorcio tampoco fue un acontecimiento en extremo doloroso, porque Mamá y yo nos quedamos en la villa de los arrabales de Breslau, con su jardín, todo el mobiliario y también el receptor de radio y los auriculares.

Nuestro aparato de galena estaba dotado de un amplificador para las bajas frecuencias. Para los auriculares, Mamá compró protectores que atenuaban su molesta presión. Más tarde, aparatos con altavoces —tuvimos un Blaupunkt portátil de cinco lámparas— desplazaron a mi querida radio de galena. Era verdad que ahora podíamos escuchar la emisora Königs Wusterhausen, e incluso conciertos de arpa de Hamburgo y a los Niños Cantores de Viena, pero aquella exclusividad de los auriculares se había perdido.

Por cierto, fue la Schlesische Funkstunde la primera emisora que introdujo la señal de pausa con un agradable acorde, lo que se hizo luego habitual en toda Alemania. A quién puede extrañar que yo haya seguido fiel a la radiodifusión, y de hecho profesionalmente. Por eso, durante la guerra, fui responsable, como radiotécnico, de las emisiones populares, desde el Océano Glaciar Ártico hasta el Mar Negro, y desde el Muro del Atlántico hasta el desierto de Libia, por ejemplo en Navidad: cuadros de ambiente de todos los frentes. Y cuando nos llegó la hora cero, me especialicé en obras radiofónicas con la Westdeutsche Rundfunk, un género entretanto agonizante, en tanto que los auriculares de mi infancia disfrutan entre los jóvenes de una popularidad nuevamente en aumento: enchufados, silenciosamente ensimismados, están ausentes y, sin embargo, presentes por completo.

1926

Las listas de recuento son de mi mano.
Cuando su Majestad Imperial se vio obligado a
exiliarse, desde el principio fue de mi incumbencia
mantener el orden: cuatro trazos verticales y uno
cruzado. Ya en su primer alojamiento holandés,
S.M. se complacía en talar árboles con sus propias
manos, y lo hizo luego a diario en el castillo de
Doorn, situado entre bosques. Yo llevaba esas listas
como actividad secundaria, porque en realidad era
el responsable del mantenimiento de los coches de
caballos de la cochera. Y allí, incluso cuando hacía
mal tiempo, S.M., conmigo y a veces con su ayudante, el señor von Ilsemann, serraba los troncos en
trozos de una cuerda de largo, como reserva para las
chimeneas del edificio principal y de la *orangerie*,
que servía de pabellón de invitados. Las astillas las
cortaba él solo, naturalmente con la mano sana. Muy
de mañana, inmediatamente después de la oración,
que S.M. hacía con la servidumbre, ¡al bosque!,
aunque lloviera. Y así día tras día. Al parecer, talar
árboles le sirvió ya de imperial distracción en el
Cuartel General de Spa, a finales de octubre, cuando Ludendorff, por decirlo así, fue talado de su
cargo y el general Groener se convirtió en su sucesor. Todavía recuerdo cómo luego, mientras serra-

ba en la cochera, S.M. lanzaba venablos: «¡Ese Ludendorff es quien tiene la culpa!». Y luego los demás culpables del armisticio y de todo lo que siguió. Los rojos, naturalmente. Pero también el príncipe Max de Baviera, todos los ministros, el cuerpo diplomático, incluso el príncipe heredero. S.M. quiso privar al Almirante Tirpitz de su Gran Cruz del Águila Negra, pero sus asesores, sobre todo el Consejo Privado, lo persuadieron de que lo dejara en una amonestación. A pesar de todo, S.M. no ha vacilado en conceder condecoraciones y, si se me permite decirlo, a menudo con demasiada generosidad, por ejemplo cuando, inmediatamente después de haber estado serrando y cortando madera, se presentaban visitas, entre ellas muchos lameculos que lo dejaron luego en la estacada. Así fue al menos durante semanas y meses.

Como a mí me incumbía llevar las listas de recuento, puedo afirmar que, tras un año de protección holandesa en Amerougen, Su Majestad había talado miles de árboles. Cuando luego, en Doorn, cayó el tronco número doce mil, se serró en rodajas, cada una firmada con una W mayúscula y muy apreciadas como regalo por los huéspedes. No, a mí no se me concedió la gracia de recibir tan honroso regalo.

¡Es cierto! Doce mil árboles y más. He conservado las listas de recuento. Bueno, para más adelante, cuando se instaure de nuevo el Imperio y Alemania despierte de una vez. Y como actualmente hay cosas que se mueven en el Reich, cabe tener esperanzas. Porque por eso, sólo por eso continuó S.M. Cuando, recientemente, la votación sobre la expropiación de los príncipes fue rechazada por el pueblo y, mientras cortábamos leña, nos entregaron el despacho con el resultado, reñido pero satisfactorio, hubo incluso motivos para una esperanza mayor. En cualquier caso, Su Majestad Imperial manifestó espontáneamente: «¡Si el pueblo alemán me llama, estaré dispuesto en el acto!».

Ya en marzo, cuando Sven Hedin, el famoso explorador, vino de visita, Hedin, al que se permitió estar presente en la tala de árboles matutina, animó al Káiser con la mayor viveza: «Quien sólo con la mano derecha puede derribar tronco tras tronco, podría también restablecer el orden en Alemania». Luego habló de sus viajes al Turquestán oriental, al Tíbet y a través del desierto de Gobi. A la mañana siguiente, S.M. aseguró al sueco más de una vez, entre árbol y árbol, cuánto había aborrecido la guerra, que, desde luego, él no había querido. Puedo dar testimonio. Sobre todo mientras cortaba leña por la mañana, S.M. se aseguraba una y otra vez a sí mismo: «Estaba todavía en un viaje de verano a Noruega cuando los franceses y los rusos se disponían ya al ataque... Yo estaba totalmente en contra de la guerra... Siempre quise ser un Príncipe de la Paz... Sin embargo, si tenía que ser... Además, nuestra flota estaba dispersa... la inglesa en cambio en Spithead... Sí señor, con las calderas a presión... Tuve que negociar».

Luego, S.M. solía hablar casi siempre de la batalla del Marne. Maldecía a los generales, con especial violencia a Falkenhayn. En general, le gustaba desahogarse mientras hacía astillas. Cada golpe —siempre con la mano derecha, la sana— daba en el blanco. Sobre todo cuando se trataba de noviembre del dieciocho. En primer lugar se llevaban lo suyo los austríacos, con su renegado Káiser Carlos, luego arremetía contra los emboscados lejos del frente, la naciente insubordinación y las banderas rojas en los trenes de los que volvían con permiso. También, entre golpe y golpe, condenaba al Gobierno, sobre todo al príncipe Max: «Ese canciller de la Revolución!». Y entonces S.M., mientras el montón de leña iba creciendo, llegaba a su abdicación forzada: «¡No!», exclamaba, «fueron los míos los que me obligaron, y sólo después los rojos... Ese Scheidemann... No fui yo quien abandonó al ejército, sino el ejército el que me abandonó a mí... No había regreso posible a Berlín... Todos los puentes del Rhin vigilados... Hubiera tenido que arriesgarme a una guerra civil... o habría caído en manos del enemigo... Mi fin hubiera sido ignominioso... o me hubiera tenido que meter una bala... Sólo me quedaba cruzar la frontera...».

Así pasamos los días, señor. Su Majestad Imperial parece ser incansable. Sin embargo, recientemente corta leña en silencio. Y a mí no me incumbe ya llevar listas. Pero en los desmontes que rodean Doorn crecen año tras año nuevas plantaciones, árboles jóvenes que S.M., cuando llegue el momento, está dispuesto a talar.

1927

Hasta mediados del dorado octubre me llevó a término mi Mamá, pero mirándolo bien, sólo el año de mi nacimiento fue dorado, mientras que los otros veinte años anteriores y posteriores todo lo más centelleaban o trataban de acallar con sus colores lo cotidiano. ¿Qué es lo que dio brillo a mi año? ¿Quizá la moneda, aquel marco del Reich que se estabilizó? ¿O *Ser y Tiempo*, un libro que salió al mercado con un aparato verbal sublime, con lo que todo joven escritor de suplemento literario comenzó a heidegguear suplementariamente?

Es verdad: después de la guerra, el hambre y la inflación, que recordaban los inválidos de todas las esquinas y, en general, la empobrecida clase media, se podía celebrar la vida como algo «arrojado» o hablar de ella durante horas como «ser para la muerte», con champán o un vasito de Martini tras otro. Sin embargo, aquellas palabras pomposas que iban escalando hacia un final existencial no eran, desde luego, doradas. Más bien era Richard Tauber, el tenor, quien tenía la voz de oro. Y mi Mamá, que de lejos, en cuanto el gramófono empezaba a funcionar en el cuarto de estar, lo amaba entrañablemente, estuvo tarareando después de mi nacimiento y, luego, durante toda su vida —no llegó a vieja—

aquel *Zarevich* entonces tan celebrado en los teatros de opereta: «A las orillas del Volga un soldado...» o «Te has olvidado ahí arriba de mí...» o «Solo, otra vez solo...», hasta el agridulce final: «Estoy en mi jaula dorada...».

Sin embargo, todo era sólo de oro chapado. De oro auténtico eran las Girls, únicamente las Girls. Incluso en Danzig actuaron, como artistas invitadas, con sus lentejuelas, no precisamente en el Stadttheater, sino en el casino de Zoppot. No obstante, Max Kauer, que, con su médium Susi, tenía cierto éxito en las *varietés* como ilusionista y adivino, por lo que se podía pasar revista a todas las capitales europeas con las etiquetas de hotel de sus maletas, y al que luego, como era amigo de Friedel, el hermano de Papá, desde sus años de colegio, yo llamaba tío Max, se limitaba a hacer un gesto cansado cuando se hablaba de aquellas «Girls de paso por la ciudad». «¡Una pésima imitación!»

Cuando Mamá estaba todavía embarazada de mí, él dijo al parecer: «Tenéis que echar una ojeada sin falta a Berlín. ¡Allí no te aburres nunca!» y, con sus largos dedos de mago imitó a las Tiller-Girls, es decir, sus piernas interminables, recordando al mismo tiempo a Charlot. Solía hablar del «pata-men» de las Girls. Pretendía que estaba «plenamente desarrollado». Luego habló de su «exactitud rítmica» y de «momentos estelares en el Admirals-palast». También surgieron, en relación con el programa de acompañamiento, nombres engarzados en oro. «Hay que ver cómo esa regocijante Trude Hesterberg, con su grupito, interpreta en jazz los bandidos de Schiller, haciéndolos bailar de la forma más cómica.» Se mostraba entusiasmado con los Chocolate Kiddies, que había visto en el Skala o en el Wintergarten. «Y próximamente Josephine Baker, esa real hembra salvaje, vendrá a Berlín de gira. La arrojabilidad danzante, como dice el filósofo...»

Mamá, a quien le gustaba dar suelta a sus nostalgias, me transmitió el entusiasmo del tío Max: «En general, en Berlín se baila mucho, sólo se baila. Tenéis que venir alguna vez, sin falta, y ver una revista Haller de verdad, con La Jana bailando ante un telón recamado de oro». Después de lo cual, con sus dedos de mago de piernas largas, volvió a las Tiller-Girls. Y es posible que Mamá, que entonces me portaba, sonriera: «Tal vez más adelante, cuando el negocio vaya mejor». Sin embargo, nunca consiguió ir a Berlín.

Sólo una vez, hacia finales de los años treinta, cuando ya no centelleaba el polvillo de oro de los años veinte, dejó la tienda de ultramarinos a mi padre y, durante un viaje de «A la Fuerza por la Alegría», llegó a la alta montaña, al Salzkammergut. Allí había pantalones de cuero. Y se bailaban bailes tiroleses.

1928

No se preocupe, lo puede leer. Sólo lo he escrito para mis nietas, para más adelante. Hoy nadie se cree ya lo que pasó aquí, en Barmbek y en todas partes. Se lee como una novela, pero no me lo he inventado. Sí, me quedé sola con tres críos y una pensioncita, cuando mi padre, ante el cobertizo 25 del muelle Versmann, en donde era estibador, cayó bajo una plataforma de cajas de naranjas. En la naviera dijeron que era «culpa suya». Y que no había que contar con una indemnización ni con un arreglo decente. En aquella época, mi hijo mayor estaba ya en la policía, distrito 46, lo puede leer aquí: «Herbert no entró en el Partido, pero siempre votó a la izquierda...». Porque en realidad éramos una vieja familia socialdemócrata, ya mi padre y el padre de mi marido. Y luego, Jochen, el segundo, se convirtió de pronto, cuando empezaron los alborotos y cuchilladas, en comunista convencido, incluso estuvo en la federación de luchadores del frente rojo. En realidad, era un hombre muy tranquilo, que antes no se interesaba más que por sus escarabajos y sus mariposas. Llevaba gabarras desde el puerto al muelle «Que vuelvas» y otros lugares de los Almacenes. Pero de repente se volvió fanático. Lo mismo que Heinz, el benjamín, que, cuando aquí y por todas partes se ce-

lebraron las elecciones para el Reichstag, se convirtió
en un auténtico pequeño nazi, sin haberme dicho
nunca ni palabra. Pues sí, vino de repente con uniforme de las SA y empezó a soltar discursos. En
realidad, era un chico divertido, querido de todos.
Trabajaba también en los Almacenes, expidiendo
café crudo. A escondidas me traía a veces un poco
para tostar. Entonces olía en toda la vivienda, hasta
en la escalera. Y de repente... Sin embargo, al principio todo seguía aún tranquilo. Incluso los domingos, cuando los tres se sentaban en la cocina y yo
estaba de pie ante el fogón. Los dos no hacían más
que tomarse el pelo. Y cuando armaban jaleo, dando
con el puño en la mesa y demás, mi Herbert se ocupaba de restablecer la calma. A él le hacían caso,
aunque no estuviera de servicio y no llevase uniforme. Sí, pero luego sólo hubo jaleos. Puede leer lo que
he escrito sobre el 17 de mayo, en que dos camaradas nuestros, miembros de la *Reichsbann*, bueno, de
la federación de defensa socialdemócrata, que vigilaban en las reuniones y ante los locales electorales, cayeron los dos. Uno fue asesinado aquí en Barmbek,
el otro en Eimsbüttel. Al camarada Tiedemann se
lo cargaron los comunistas desde el coche en que hacían propaganda. Al camarada Heidorn lo liquidaron sencillamente las SA, cuando lo atraparon mientras pegaba carteles en la esquina de la Bundestrasse
y Hohe Weide. Bueno, qué griterío se armó en
nuestra casa, en la mesa de la cocina.

—¡No! —gritó Jochen—. Primero nos ti-
rotearon los socialfascistas, alcanzando a uno de sus
hombres, ese Tiedemann...

Y mi Heinz vociferó:

—¡Fue legítima defensa, nada más que legítima defensa por nuestra parte! Esos tipos lamentables del Reich fueron los que empezaron...

Entonces mi hijo mayor, que, por los informes de la policía estaba enterado, golpeó sobre la mesa con el *Volksblatt,* y allí decía —mire, puede leerlo, lo he pegado— que «el difunto Tiedemann, de profesión ebanista, recibió un disparo alto lateral en la parte frontal de la cabeza y, después de comprobar el orificio de entrada y el de salida, algo más bajo, resulta acreditado que el disparo se hizo desde un lugar elevado...». Bueno, resultaba claro que fue el Partido Comunista, de arriba abajo, y también que en Eimsbüttel fueron antes las SA. Sin embargo, no sirvió de nada. La pelea continuó en la mesa de la cocina, porque entonces Heinz hizo su papel de hombre de las SA e insultó a mi hijo mayor llamándolo «cerdo policía», con lo que precisamente mi segundo acudió en su ayuda, y a mi Herbert, de forma realmente canallesca, le gritó a la cara el insulto, verdaderamente ofensivo, de «socialfascista». Sin embargo, mi hijo mayor mantuvo la calma, tal como solía hacer. Sólo dijo lo que he escrito aquí:

—Desde que, con la decisión del Komintern, os idiotizaron desde Moscú, ni siquiera sabéis distinguir lo rojo de lo pardo...

Y todavía dijo alguna cosa más: que cuando los trabajadores se matan unos a otros, los capitalistas se ríen para sus adentros.

—Así es —grité yo desde el hogar. Sí, y así ocurrió también al final, suelo decir todavía hoy.

En cualquier caso, después de la sangrienta noche de Barmbek y Eimsbüttel, no hubo ya paz en todo Hamburgo. Ni tampoco en nuestra mesa de cocina. Sólo cuando mi Jochen, antes aún de que llegara Hitler, se apartó de los comunistas y, sólo porque, de golpe y porrazo, se quedó sin empleo y se fue a Pinneberg con las SA, en donde pronto volvió a encontrar trabajo en los silos de cereales, esto estuvo más tranquilo. El pequeño, sin embargo, que hacia fuera siguió siendo nazi, se volvió cada vez más silencioso y nada alegre en absoluto, hasta que llegó un momento en que se fue a Eckernförde, a la Marina, y, como submarinista se quedó para siempre en la guerra. Sí, lo mismo que mi segundo. Ése llegó hasta África, pero nunca volvió. Sólo tengo cartas de él, todas pegadas aquí. Mi hijo mayor, sin embargo, siguió en la policía y sobrevivió. Como tuvo que ir a Rusia, hasta Ucrania, con un batallón de policía, debió de participar en algunas cosas feas. Nunca ha hablado de ello. Ni siquiera después de la guerra. Nunca le pregunté. De todas formas, no supe lo que le pasaba a mi Herbert hasta el final, era el otoño del treinta y cinco, dejó la policía porque tenía cáncer y sólo unos meses. A su Monika, que es mi nuera, le dejó tres crías, sí, todas niñas. Hace tiempo que se casaron y ahora tienen también descendencia. Para ellas he escrito todo esto, para más adelante, aunque duela, quiero decir el escribir. Todo aquello que pasó en otro tiempo. Pero léalo.

1929

Y de pronto todos éramos americanos. Pues sí, simplemente nos compraron. Porque el viejo Adam Opel no vivía y los jóvenes ejecutivos de la Opel no nos querían ya. Pero nuestra gente conocía desde hacía tiempo la cadena de producción. Todos trabajábamos a destajo colectivo. E incluso antes trabajé a destajo para la Rana Verde... Se llamaba así porque los chicos de la calle, cuando salió al mercado aquel dos plazas todo pintado de verde, le gritaban: «¡Rana Verde! ¡Rana Verde!». Oh sí, hacia el año veinticuatro se produjo en serie. Tenía lo que se llamaba una excéntrica de frenado, en la que yo trabajaba con el torno. Se necesitaba para el eje delantero. Sin embargo, cuando en el veintinueve todos nos volvimos americanos, sólo hubo destajos colectivos, también para la Rana Verde, porque ahora salía ya lista de la cinta transportadora. No, no con toda la gente, porque hubo despidos poco antes de Navidad, lo que fue horrible. Lo dijeron en el *Opel-Prolet,* que era el periódico de nuestra empresa, que los americanos, igual que en su país, iban a implantar el llamado sistema Ford: cada año echaban gente, y luego contrataban barato trabajadores no cualificados. Eso se puede hacer con cadenas de producción y destajos colectivos.

Pero la Rana Verde era fenomenal. Se vendía como agua. Pues sí, la gente del ramo la ponía verde: decían que habían copiado a los franceses su Citroën, sólo que el de ellos era amarillo, decían. Los franceses reclamaron ante los tribunales daños y perjuicios, pero no les dieron nada. Y a la Rana Verde se la veía por todas las carreteras alemanas. Porque era barata, incluso para la gente modesta, no sólo para los señoritos y los que tenían chófer. No, yo no. ¿Con cuatro hijos y la casita que había que pagar aún? Pero mi hermano, representante de hilos y otras cosas de mercería, pasó de la motocicleta, en la que tenía que ir hiciera el tiempo que hiciera, a nuestro biplaza. ¡Doce caballos de vapor! ¿A que eso le asombra, eh? Sólo gastaba cinco litros y cogía los sesenta por hora. Al principio costaba aún cuatro seiscientos, pero mi hermano la consiguió por dos setecientos, porque los precios estaban bajando por todas partes y la falta de trabajo era cada vez peor. No, mi hermano estuvo mucho tiempo aún yendo con su muestrario en la Rana Verde. Siempre de viaje, sí, hasta allí abajo, hasta Constanza. Y en excursiones de un día con Elsbeth, que era entonces su novia, hasta Heilbronn o Karlsruhe. Tuvo suerte en unos tiempos difíciles. Porque un año más tarde, cuando aquí todos se hicieron americanos, tuve que empezar a cobrar el paro, lo mismo que muchos más en Rüsselsheim y otros sitios. Uy qué tiempos, ¿eh? Pero mi hermano me llevaba a veces con él en sus viajes de representante, como copiloto, por decirlo así. Una vez fuimos con la Rana Verde hasta Bielefeld, en donde estaba su empresa. Entonces vi la Porta Westfálica y lo bonita que es Alemania. Y vi donde los jeruscos, en otro tiempo, zurraron a los romanos, en el bosque de Teutoburg. Allí merendamos. Estuvo muy bien. Pero por lo demás he tenido bien poco que hacer. Unas veces algo para una oficina de jardinería, otras como trabajador eventual en una cementera. Sólo después del gran cambio, cuando vino Adolfo, hubo otra vez puestos en la Opel, y de hecho fui al principio comprobador de compras y estuve luego en el departamento de pruebas, porque había aprendido durante mucho tiempo en el torno, todavía con Adam Opel. Sin embargo, mi hermano anduvo aún muchos años de representante con su Rana Verde, más tarde incluso en las autopistas, hasta que se fue a la mili y su Rana Verde se quedó con nosotros en el cobertizo, para después de la guerra. Y ahí está todavía, porque mi hermano se quedó para siempre en Rusia y yo no consigo separarme de ella. No, a mí me enviaron sólo a hacer el servicio militar a Riga, en donde estaba nuestro taller de reparaciones. Pues sí, y luego, con nuestra gente, volví a empezar enseguida después de la guerra en la Opel. Menos mal que éramos americanos. Sólo algunas bombas antes y ningún desmantelamiento después. Tuvimos suerte, ¿eh?

1930

Cerca de la Savignyplatz, en la Grolman-strasse, poco antes del paso subterráneo del suburbano, estaba aquel establecimiento especial. Como cliente ocasional de la cervecería de Franz Diener, me enteraba de los acontecimientos grandes y pequeños de los que en la tertulia habitual, a la que cada noche asistía gente importante, se hablaba con alegría y alcohol. Se hubiera podido creer que, con Franz, que hacia finales de los años veinte, antes de que Max Schmeling lo destronara tras quince asaltos, fue campeón alemán de los pesos pesados, habría algunos contertulios boxeadores retirados o en activo. Pero no. En los años cincuenta y a comienzos de los sesenta, en su establecimiento se juntaban actores, gente del cabaret y de la radio, e incluso escritores y personajes más bien dudosos, que se hacían pasar por intelectuales. De forma que el tema no eran los éxitos de Bubi Scholz y su derrota en el combate contra Johnson, sino cotilleos de teatro, por ejemplo audaces especulaciones sobre las causas de la muerte de Gustaf Gründgens allá lejos, en las Filipinas, o sobre alguna intriga de la emisora Radio Libre Berlín. Todo ello se derramaba a todo volumen hasta la barra. También recuerdo que *El vicario* de Rolf Hochuth fue bastante discutido, pero por lo demás se evitaba la política, aunque la era de Adenauer tocaba claramente a su fin.

Franz Diener, por mucho que quisiera acentuar su aspecto de posadero honrado, tenía un rostro de boxeador marcado por la dignidad y la melancolía. Se buscaba de buena gana su compañía. De una forma sólida, irradiaba algo misteriosamente trágico. Pero siempre había sido así: los artistas e intelectuales se sentían atraídos por el boxeo. No sólo Brecht cultivaba su debilidad por los hombres de puños fuertes; en torno a Max Schmeling, antes aún de que fuera a América y saltara a las primeras páginas, se reunía gente famosa, entre ellos Fritz Kortner, el actor, y Josef von Sternberg, el director de cine, pero también Heinrich Mann se dejaba ver con él. Por eso, en la taberna de Franz Diener se podía admirar en todas las paredes de la sala delantera, y detrás del mostrador, no sólo fotos de boxeadores en poses conocidas, sino un gran número de fotografías enmarcadas de celebridades de la vida cultural, en otro tiempo o todavía conocidas.

Franz era uno de los pocos profesionales que habían sabido invertir con cierta garantía sus ingresos de los combates de boxeo. En cualquier caso, su taberna estaba siempre llena hasta los topes. La mesa de la tertulia solía estar ocupada hasta después de medianoche. Era él quien servía en persona. Porque cuando, excepcionalmente, se hablaba de boxeo, casi nunca era de sus combates con Neusel o Heuser —Franz era demasiado modesto para sacar a relucir sus victorias—, sino siempre, únicamente, del primero y el segundo combates de

Schmeling contra Sharkey en los años treinta y treinta y uno, en que Max se convirtió en campeón de
los pesos pesados, aunque pronto tuviera que ce-
der el título. Se hablaba además de su victoria en
Cleveland sobre Young Stribling, al que en el de-
cimoquinto asalto dejó K.O. Sin embargo, esas retrospectivas de unos hombres en su mayoría de
cierta edad se desarrollaban, en lo que la política
de aquellos años se refería, como en el vacío: ni una
palabra sobre el gobierno de Brüning ni del choque
cuando los nazis, en las elecciones al Reichstag, se
convirtieron de pronto en el segundo partido más
votado.

Ya no sé si O.E. Hasse, el actor, que se hizo
un nombre con *El general del Diablo*, o Dürrenmatt,
el autor suizo ya entonces famoso, a los que ensa-
yos teatrales traían a veces a Berlín, fueron los que
dieron la consigna; quizá fui yo desde la barra. Es
posible, porque se trató sobre todo, en la pelea que
siguió, de aquella emisión teatral sensacional del
12 de junio del año treinta, que pudimos oír el 13
por la emisora de onda corta americana a partir de
las tres de la mañana, y de la que fui yo responsable,
como técnico de sonido de la Radiodifusión del
Reich en Zehlendorf. Con nuestro receptor de onda corta recientemente construido, me cuidé de
que la recepción fuera óptima, lo mismo que antes
—aunque no sin parásitos— había transmitido el
combate de Schmeling contra Paulino Uzcudun y,
antes aún, fui ayudante cuando se transmitió el primer aterrizaje del zepelín en Lakehurst. Cientos
de miles oyeron cómo el dirigible LZ 126, sobre

Manhattan, hacía su *show*. Sin embargo, en aquella ocasión, el placer terminó ya al cabo de media hora: en el cuarto asalto, Sharkey, que con su certero gancho de izquierda iba tres asaltos por delante, fue descalificado tras un fuerte gancho al estómago, que alcanzó a Schmeling demasiado bajo, tirándolo al suelo. Mientras Max se retorcía de dolor, fue proclamado nuevo campeón mundial por el árbitro, y por cierto ovacionado, porque Schmeling, incluso en el Yankee Stadium de Nueva York, era el favorito.

Algunos de la tertulia de Franz Diener recordaban todavía aquella emisión de radio.

—¡Pero Sharkey fue claramente el mejor! —decían.

—Qué va. Max necesitaba tiempo. Sólo después del asalto quince se solía crecer...

—Es verdad. Porque cuando, dos años más tarde, después de quince asaltos duros perdió contra Sharke, todos, hasta el alcalde de Nueva York, protestaron, porque, por puntos, Schmeling era claramente superior.

Los combates posteriores con El bombardero moreno —Max venció en el primer combate, después de doce asaltos, por K.O., y Joe Louis en el segundo, en el primer asalto, ya igualmente por K.O.— se mencionaban sólo de pasada, y lo mismo la calidad, nuevamente mejorada, de nuestras emisiones de radio. Se hablaba más bien de la «Leyenda de Schmeling». En realidad, no había sido un boxeador extraordinario, decían, sino más bien alguien que suscitaba simpatía. Lo realmente grande en él se había conocido por su persona, no por la fuerza de sus puños. También, aunque sin querer, había sido útil para la maldita política de aquellos años: un alemán de exhibición. No es de extrañar que, después de la guerra, cuando perdió en Hamburgo contra Neusel y Vogt, no pudiera volver al cuadrilátero.

Entonces Franz Diener, que se había quedado tras el mostrador y rara vez comentaba los combates de boxeo, dijo:

—Sigo estando orgulloso de haber perdido mi título frente a Max, aunque él sólo se dedique ahora a criar gallinas.

Luego volvió a sacar cerveza, puso huevos en salmuera o albóndigas con una pizca de mostaza, y sirvió ronda tras ronda de aguardiente hasta la raya. Y en la tertulia se habló otra vez de cotilleos de teatro, hasta que Friedrich Dürrenmatt, prolijamente y al modo de Berna, explicó a la concurrencia, reducida ahora al silencio, el Universo con sus galaxias, nebulosas y años-luz.

—Nuestra Tierra, quiero decir lo que hormiguea por ella dándose importancia, ¡no es más que una migaja! —exclamó, y pidió luego otra ronda de cerveza.

1931

Hacia Harzburg, hacia Brunswick, era la consigna...

—Venían de todos las regiones. La mayoría en tren, pero nosotros, los camaradas del Vogtland, en caravana...

—¡Se acabó la servidumbre! ¡Bendicen los nuevos estandartes! Incluso desde la costa, desde las playas de Pomerania, acudieron desde Franconia, Múnich, Renania, en camiones, en autobuses, motocicletas...

—Y todos en traje pardo de gala...

—Los de la segunda escuadra motorizada fuimos desde Plauen; veinte coches cantando: «Tiemblan los huesos podridos...».

—Ya al amanecer, nuestra delantera abandonó Crimmitschau. Y, pasando por Altenburg, fue con tiempo otoñal inmejorable en dirección a Leipzig...

—¡Sí, camaradas! Por primera vez experimenté toda la fuerza del monumento, vi los héroes apoyados en la espada, y comprendí que para nosotros, mucho más de cien años después de la Batalla de los Pueblos, suena otra vez la hora de la liberación...

—¡Abajo la esclavitud!

—¡Sí, camarada! No en esa barraca de chismorreos del Reichstag, que habría que incendiar, no, en las calles de Alemania se encuentra por fin la Nación...

—Sin embargo, cuando habíamos dejado atrás la dulce Turingia, con Sauckel, nuestro jefe regional, a la cabeza; y cuando, luego, Halle y Eisleben, la ciudad de Lutero, quedaron atrás, llegamos a la prusiana Aschersleben, en donde tuvimos que quitarnos la camisa parda y mostrarnos con camisa blanca, por decirlo así neutral...

—Porque allí todavía los socialdemócratas con su prohibición...

—Y ese cerdo de ministro de policía. ¡Recordad ese nombre: Severing!

—Sin embargo, en Bad Harzburg, ya en tierra de Brunswick, estuvimos otra vez libres de coacciones. Miles y miles en traje pardo...

—Lo mismo que una semana después en la misma Brunswick, cuando nuestra gente seguía haciendo de policía y, disciplinadamente, se habían reunido más de cien mil camisas pardas...

—Entonces vi al Führer cara a cara.

—Al pasar desfilando, ¡yo también!

—Y durante un segundo, no, durante una eternidad, yo...

—¡Qué va, camaradas! No había ya ningún yo, sólo un gran nosotros que, hora tras hora, pasaba con la mano en alto haciendo el saludo alemán. Todos, todos nosotros recibimos su mirada en el alma...

—Me pareció como si sus ojos me hubieran bendecido...

—Desfiló el ejército pardo. Y en cada uno de nosotros se posó su mirada...

—Y antes había visitado personalmente los más de cuatrocientos vehículos de transporte de tropas, autocares y vehículos motorizados de dos ruedas, todos dispuestos en hilera, porque, en el futuro, sólo con escuadras motorizadas...

—Y luego, en el Campo de Francisco, bendijo los nuevos estandartes, veinticuatro, con palabras talladas en bronce...

—Su voz venía de los altavoces. Era como si el Destino nos rozara. Era como si quisiera alumbrar aquí, saliendo de las tormentas de acero de la Gran Guerra, la Alemania de la doma y la disciplina. Era como si por él hablara la predestinación. Era, como fundido en bronce, lo nuevo...

—Y, sin embargo, hay algunos que dicen que en todo eso nos han precedido las ligas fascistas de Mussolini. Quiero decir con sus camisas negras, su *squadrismo*, sus grupos de asalto...

—¡Qué sandez! Cualquiera puede ver que no tenemos nada de *italianini*. Rezamos en alemán, amamos en alemán y odiamos en alemán. Y quien se cruza en nuestro camino...

—Pero de momento necesitamos algunos aliados, como la semana pasada, cuando forjaron el Frente de Harzburg y ese Hugenberg, con sus majaderos germanonacionales...

—Todos esos burgueses y plutócratas de sombrero y chistera...

—Es que todos ellos son de ayer, y un día habrá que eliminarlos, como también a los del «Casco de Acero»...

—Sí, sí, por nuestra boca, sólo por nuestra boca habla el porvenir.

—Y cuando las SA motorizadas de la Leonhardplatz, en columnas interminables, volvieron a sacar a las masas pardas de la ciudad de Enrique el León y las trajeron de nuevo a nuestras regiones próximas o lejanas, todos nos llevamos el fuego que la mirada del Führer había encendido, para que siguiera ardiendo, ardiendo...

1932

Tenía que ocurrir algo. En cualquier caso, las cosas no podían seguir así, con decretos de urgencia y elecciones continuas. Sin embargo, en principio, hasta hoy no ha cambiado mucho. Bueno, estar sin trabajo entonces y parado ahora no es exactamente lo mismo. En aquella época no se decía «estoy sin trabajo», sino «voy a que me estampillen». Por alguna razón, eso parecía más activo. La verdad es que nadie quería reconocer que no tenía trabajo. Se consideraba una vergüenza. En cualquier caso, cuando en el colegio o en la catequesis me preguntaba el reverendo Watzek, yo decía: «Mi padre va a que lo estampillen», mientras que mi nieto dice ahora tranquilamente: «Vivo del subsidio». Es verdad, cuando Brüning estaba en el poder, eran unos seis millones, pero ahora estamos otra vez en cinco, bien contados. Por eso hoy se escatima el dinero y se compra sólo lo más necesario. En principio, las cosas no han cambiado. Sólo que en el treinta y dos, cuando llevaba ya tres inviernos yendo a que lo estampillaran, a Padre hacía tiempo que le estaba descontando, y le reducían la asistencia social cada dos por tres. Tres marcos cincuenta a la semana cada vez. Y como mis hermanos iban los dos a que los estampillaran, y sólo mi hermana

Erika, vendedora en Tietz, traía a casa un verdadero salario, Madre no llegaba a reunir siquiera doscientos marcos semanales para la casa. Eso no bastaba en absoluto, pero en nuestra vecindad ocurría lo mismo por todas partes. ¡Ay de quien agarraba la gripe o lo que fuera! Sólo por el certificado había que apoquinar cincuenta *pfennig*. Echar medias suelas a los zapatos abría un agujero en las finanzas. El carbón comprimido costaba unos dos marcos el quintal. Sin embargo, en las cuencas los montones aumentaban. Naturalmente, estaban vigilados, estrictamente además, con alambre de espino y perros. Y el colmo eran las patatas de invierno. Tenía que ocurrir algo, porque el sistema entero estaba podrido. En principio, hoy ocurre lo mismo. También las esperas en la oficina de empleo. Una vez, mi padre me llevó con él: «Para que veas cómo funciona esto». Ante la oficina había dos policías que velaban por que nadie perturbase el orden, porque delante había una cola y dentro estaban de pie también, ya que no había asientos suficientes. Sin embargo, tanto fuera como dentro todo estaba muy tranquilo, porque todos andaban meditando sólo para sus adentros. Por eso se podía oír tan bien el ruido de las estampillas. Un chasquido seco. Estampillaban en cinco o seis ventanillas. Todavía hoy lo oigo. Y veo muy bien las caras cuando rechazaban a alguien. «¡Ha pasado el plazo!», o «faltan papeles». Padre lo llevaba todo: hoja de inscripción, último certificado de trabajo, declaración de pobreza e impreso de giro postal. Porque, desde que sólo recibía beneficencia, comprobaban la necesidad, hasta en nuestra casa. Ay, si había muebles demasiado nuevos o una radio. Y además olía a ropa húmeda. Porque fuera hacían cola bajo la lluvia. No, no había apreturas ni alborotos, ni siquiera políticos. Bueno, porque todo el mundo estaba harto y todos lo sabían: así no se puede seguir. Tiene que ocurrir algo. Sin embargo, después mi padre me llevó a la autoayuda de los desempleados, en el edificio del sindicato. Allí había carteles y llamamientos a la solidaridad. Y había también algo que comer, un plato único, la mayoría de las veces una sopa. Madre no debía saber que habíamos estado allí: «Os sacaré a todos adelante», decía ella y, cuando me frotaba en el bocadillo del colegio un poco de manteca, se reía; o cuando sólo había pan: «Hoy a palo seco». Bueno, las cosas no son ahora tan malas, aunque pueden empeorar. En cualquier caso, entonces había ya algo así como el servicio social para los llamados desempleados de la beneficencia. En nuestro caso, en Remscheid, tenían que apencar en la presa, construyendo caminos. Padre también, porque vivíamos de la beneficencia. En aquella época, como los caballos eran demasiado caros, enganchaban a unos veinte hombres a una apisonadora de no sé cuántos quintales y, a la voz de «¡arre!», arrancaban. A mí no me dejaban ir a mirar, porque Padre, que en otro tiempo fue maquinista jefe, se avergonzaba ante su hijo. Sin embargo, en casa lo oía llorar cuando, en la oscuridad, estaba echado junto a Madre. Ella no lloraba, pero al final, poco antes de la toma del poder, no hacía más que decir: «Peor no puede ser». Una cosa así no puede pasarnos hoy, he dicho a mi nieto para tranquilizarlo, cuando se dedica como siempre a hablar mal de todo.

—Tienes razón —me respondió el rapaz—, por muy mal que esté lo del trabajo, las acciones de la Bolsa no hacen más que subir.

1933

La noticia del nombramiento nos sorprendió a las doce, cuando, con Bernd, mi joven colaborador, tomaba un tentempié en la Galería, mientras escuchaba distraídamente la radio. Quiero decir que no me sorprendió: tras la renuncia de Schleicher, todo apuntaba a Él, sólo Él entraba en consideración y hasta el anciano Presidente del Reich tuvo que someterse a su Voluntad de Poder. Traté de reaccionar con una chirigota: «Ahora tendremos a un pintor de brocha gorda como artista», pero Bernd, a quien normalmente la política, como dice, no le interesa «un comino», se consideraba personalmente amenazado:

—¡Largarse! ¡Hay que largarse! —exclamó.

Me sonreí, claro está, ante su reacción excesiva, pero sin embargo me sentí confirmado en mi actitud previsora: hacía ya unos meses que había puesto a salvo en Amsterdam los cuadros que, ante la predecible toma del poder, podían considerarse especialmente sospechosos: varios Kirchner, Pechstein, Nolde, etcétera. Sólo de mano del Maestro había todavía algunos en la Galería, los tardíos y coloridos paisajes de jardín. Indudablemente, no pertenecían a la categoría de «degenerados». Sólo por ser judío estaba él en peligro, lo mismo que su mujer, aunque traté de persuadir a Bernd y de persuadirme:

—Tiene mucho más de ochenta años. No se atreverán a tocarlo. En el peor de los casos, tendrá que dimitir de su cargo de Presidente de la Academia. Qué va, en tres o cuatro meses la pesadilla habrá acabado.

Sin embargo, mi inquietud persistió o aumentó. Cerramos la Galería. Y, después de haber conseguido calmar un poco a mi querido Bernd, que naturalmente estaba deshecho en lágrimas, me puse en camino a última hora de la tarde. Pronto no habría posibilidad de pasar. Hubiera debido tomar el suburbano. Por todas partes venían columnas. Ya desde la Hardenbergstrasse. Subían de seis en fondo por la avenida de la Victoria, una columna de asalto tras otra, con decisión. Una corriente parecía aspirarlas hacia la Gran Estrella, en donde, evidentemente, todas convergían. Cuando las tropas se aglomeraban, marcaban el paso sobre el terreno, apremiantes, impacientes; nada de inmovilizarse. Ay, aquella terrible seriedad de los rostros, subrayados por los barbuquejos. Y cada vez más curiosos, cuya afluencia comenzaba a cerrar las zonas de peatones. Por encima de todos, aquellos cantos al unísono...

Entonces, por decirlo así, me metí en la maleza, me abrí camino por el ya oscuro Tiergarten, pero no era el único que se esforzaba por avanzar por caminos secundarios. Finalmente, cerca de la meta, vi que la Puerta de Brandeburgo estaba cerrada al tráfico normal. Sólo con ayuda de un policía, al que conté no sé ya qué, pude llegar a la plaza de París, situada inmediatamente detrás de la Puerta. Ay, ¡cuántas veces habíamos pasado por allí llenos de esperanza! ¡Qué dirección más exclusiva y, sin embargo, conocida! ¡Cuántas visitas al estudio del Maestro! Y siempre resultaba ingenioso, con frecuencia divertido. Su seco humor en berlinés.

Ante el edificio señorial —desde hacía decenios propiedad de su familia— estaba, como si me aguardase, el conserje.

—Los señores están en la terraza —me dijo, llevándome escaleras arriba.

Entretanto debía de haber comenzado la marcha de las antorchas, como ensayada desde hacía años, pero en cualquier caso organizada con minuciosa precisión, porque, cuando llegué a la terraza, el júbilo anunció las columnas que se aproximaban. ¡Asqueroso, sin duda, aquel populacho! Y, sin embargo, el estrépito creciente resultaba excitante. Hoy tengo que confesarme que me fascinó... aunque sólo fuera durante un estremecimiento.

Sin embargo, ¿por qué se exponía él a la masa? El Maestro y Martha, su mujer, estaban en el borde exterior de la terraza. Más tarde, cuando estábamos en el estudio, le oímos decir: desde allí, en el setenta y uno, había visto desfilar victoriosamente por la Puerta a los regimientos que volvían de Francia; luego, en el catorce, a los infantes que se iban, todavía con casco puntiagudo; en el dieciocho la entrada de los batallones de marineros sublevados; y ahora había querido echar una última ojeada desde lo alto. Sobre eso se podían decir muchos desatinos.

Sin embargo antes, en la terraza, estaba de pie, mudo, con el puro frío en el rostro. Los dos con sombrero y abrigo, como dispuestos a irse. Oscuros contra el cielo. Una pareja hierática. También la Puerta de Brandeburgo estaba todavía gris, sólo de cuando en cuando explorada por los reflectores de la policía. Luego, sin embargo, la comitiva de las antorchas se acercó, se derramó como una corriente de lava en toda su anchura, separada por poco tiempo de los pilares, para volver a unirse, incesante, incontenible, solemne, fatal, iluminando la noche, alumbrando la puerta hasta la cuadriga de los caballos, hasta el borde del yelmo y el signo de la victoria de la diosa; incluso nosotros, en la terraza de la casa de Liebermann, fuimos bañados por aquel resplandor fatídico, y al mismo tiempo nos llegaron la humareda y el hedor de más de cien mil antorchas.

¡Qué vergüenza! Sólo de mala gana reconozco que aquella imagen, no, aquel cuadro naturalmente poderoso, es verdad, me espantó, pero me emocionó al mismo tiempo. Se desprendía de él una voluntad que parecía necesario obedecer. A aquel destino grandioso y progresivo no podía oponérsele nada. Un torrente que arrastraba. Y el júbilo que se elevaba desde abajo por todas partes me hubiera arrancado posiblemente también —aunque sólo fuera a título experimental— un «*Sieg Heil!*» de aprobación, si Max Liebermann no hubiera aportado aquella frase que luego circuló por toda la ciudad como contraseña susurrada. Apartándose de aquella imagen cargada de Historia como de un adefesio histórico barnizado, dijo en berlinés:

—No puedo tragar tanto como quisiera vomitar.

Cuando el Maestro dejó la terraza de su casa, Martha lo cogió del brazo. Y yo empecé a buscar palabras apropiadas para convencer a la pareja de ancianos para que huyera. Pero las palabras no servían. No se las podía trasplantar, ni siquiera a Amsterdam, adonde huí enseguida con Bernd. Por cierto, para nuestros amados cuadros —entre ellos algunos de mano de Liebermann— fue Suiza ya, pocos años después, el lugar relativamente seguro aunque poco querido. Bernd me abandonó... Ay... Pero eso es ya otra historia.

1934

Dicho sea entre nosotros: ese asunto hubiera habido que liquidarlo de una forma más precisa. Me dejé llevar demasiado por motivos personales. El lío empezó con el cambio precipitado de destino, debido a la intentona de Röhm: destacados desde Dachau, el 5 de julio nos hicimos cargo del campo de concentración de Oranienburg, poco después de que una verdadera calamidad de hombres de las SA fueran sustituidos por un comando de portaestandartes de la guardia, camaradas, por cierto, que pocos días antes, en Wiessee y en otras partes, habían acabado sin contemplaciones con la banda de Röhm. Todavía visiblemente agotados, hablaban de la «Noche de los Cuchillos Largos» y nos traspasaron con la tienda sus propios subjefes de las SA, que debían ayudar en la parte burocrática del relevo, pero resultaron totalmente ineptos.

Uno de aquellos matones —llamado significativamente Stahlkopf (Cabeza de Acero)— pasó lista a los reclusos que teníamos confiados, ordenando a los judíos que se situasen en lugar separado.

Apenas una docena de personajes, entre los que uno llamaba especialmente la atención. En cualquier caso, reconocí enseguida a Mühsam. Inconfundible el rostro. Aunque en el presidio de

Brandeburgo le habían cortado la barba a hachazos y, en general, le habían leído la cartilla a modo, todavía quedaba de él lo suficiente. Dicho sea entre nosotros: un anarquista de lo más sublime y, por añadidura, un literato de café típico, que durante mis primeros años en Múnich había sido un personaje más bien cómico, concretamente como poeta y propagandista de la libertad absoluta, sobre todo del amor libre, claro está. Ahora tenía ante mí a una piltrafa, con la que apenas se podía hablar, porque había ensordecido. Como motivo señaló a sus oídos en parte supurantes y en parte con costras, haciendo una mueca de disculpa.

En mi calidad de ayudante, informé al jefe de brigada Eicke, calificando a Erich Mühsam por una parte de inofensivo y por otra de especialmente peligroso, porque hasta los comunistas habían temido su discurso propagandístico:

—En Moscú lo habrían liquidado hace tiempo.

El jefe de brigada Eicke dijo que me ocupara del caso, aconsejándome un tratamiento especial, lo que resultaba suficientemente claro. Al fin y al cabo, fue Theodor Eicke en persona quien liquidó a Röhm. Sin embargo, inmediatamente después de pasar lista cometí mi primer error, al pensar que podía dejar el trabajo sucio a Stahlkopf, el imbécil de las SA.

Dicho sea entre nosotros: yo tenía cierto temor a acercarme a aquel judío más de lo necesario. A eso se añadía que, durante el interrogatorio, mostró una entereza sorprendente. A cada una de mis preguntas respondía con versos de poemas, aparentemente suyos, pero también algunos de Schiller: «... y si no arriesgáis la vida...». Aunque le faltaban varios dientes anteriores, recitaba como si estuviera en un escenario. Por una parte era cómico, pero por otra... Además, me irritaban aquellos quevedos sobre sus narices de judío... Y más aún las resquebrajaduras en ambos cristales... Y él, impertérrito, sonreía después de cada cita...

En cualquier caso, concedí a Mühsam cuarenta y ocho horas, dándole el perentorio consejo de que, en ese plazo, pusiera fin por sí mismo. Hubiera sido la solución más limpia.

Bueno, pues no nos dio ese gusto. De manera que entró en acción Stahlkopf. Al parecer, lo ahogó en la taza del retrete. No quise enterarme de los detalles. Bien visto, resultó una auténtica chapuza. Naturalmente, a posteriori fue difícil fingir que Mühsam se había ahorcado. Las manos contraídas de una forma atípica. No conseguíamos sacarle la lengua. Además, el nudo estaba hecho de una forma demasiado experta. Mühsam no lo hubiera conseguido nunca. Y luego Stahlkopf, aquel idiota, hizo más tonterías aún, al dar publicidad al asunto en la lista matinal, con la orden: «¡Judíos para cortar la cuerda, un paso al frente!». Naturalmente, aquellos señores, entre ellos dos médicos, se dieron cuenta enseguida de la chapucería.

Como era de esperar, inmediatamente recibí del jefe de brigada Eicke un rapapolvos:

—Hombre, Ehardt, Dios sabe que hubiera podido hacerlo con algo más de limpieza.

Sólo cabía estar de acuerdo con él, porque, en confianza sea dicho, el asunto nos lo colgarían mucho tiempo aún, ya que no conseguimos enmudecer a aquel judío sordo. Por todas partes decían... En el extranjero se honraba a Mühsam como mártir... Hasta los comunistas... Y tuvimos que cerrar el campo de concentración de Oranienburg y distribuir a los reclusos por otros campos. Ahora estoy otra vez en Dachau, supongo que a prueba.

1935

Por medio de mi asociación estudiantil, Teutonia, a la que, en calidad de «senior», pertenecía también mi padre, tuve oportunidad, al terminar mis estudios de Medicina, de hacer mis prácticas con el Dr. Brösing —también él viejo «teutón»—; es decir, lo ayudaba a prestar asistencia médica en los campos de trabajo que se habían instalado al aire libre para construir el primer tramo de autopista del Reich, desde Francfort del Meno hasta Darmstadt. De acuerdo con las condiciones de entonces, todo era sumamente primitivo, sobre todo porque entre los trabajadores de la autopista, especialmente en las columnas de paleadores, había, sorprendentemente, muchos sujetos cuyo comportamiento antisocial daba origen a conflictos incesantes. «Armar jaleo» y «hacer el bestia» eran acontecimientos cotidianos. Como consecuencia, entre nuestros pacientes no sólo había accidentados en los trabajos de carretera, sino también algunos camorristas de dudoso origen, heridos en peleas. El Dr. Brösing curaba las cuchilladas sin preguntar la causa. A lo sumo le oía decir su frase habitual:

—Señores míos, ya es hora de que acaben estas broncas políticas.

Sin embargo, la mayoría de los trabajadores se comportaban bien y se sentían por lo general agradecidos, porque la gran hazaña del Führer, la construcción, anunciada ya el 1º de mayo del treinta y tres, de una red de autopistas que enlazaría Alemania entera, había dado trabajo y salario a muchos miles de jóvenes. Y también para los de más edad acabó un desempleo que había durado años. Sin embargo, había muchos a los que no se les daba bien aquel trabajo insólitamente duro. Una alimentación mala e incompleta en épocas anteriores puede haber sido la causa de su desfallecimiento corporal. En cualquier caso, el Dr. Brösing y yo, en el curso de la construcción de aquel tramo de autopista que avanzaba rápidamente, nos enfrentamos con una invalidez laboral hasta entonces desconocida y, por ello, no investigada, que el Dr. Brösing, médico tradicional pero no carente de humor, solía llamar «enfermedad de los paleadores». También hablaba del «crujido de los paleadores».

Siempre se trataba de lo mismo: los trabajadores afectados, daba igual que fueran jóvenes o de edad avanzada, sentían, al realizar un esfuerzo físico intenso, especialmente cuando tenían que trasladar constantemente con la pala enormes masas de tierra, un crujido entre los omoplatos al que seguían violentos dolores que les impedían seguir trabajando. En las radiografías, el Dr. Brösing encontró la prueba de la enfermedad que había bautizado tan acertadamente: un desgarro de la apófisis de la columna vertebral, en el límite entre cuello y tórax, que afectaba normalmente a la primera apófisis del tórax y la séptima del cuello.

En realidad, hubiera habido que declarar inmediatamente a aquella gente incapacitada para el trabajo y despedirla; pero el Dr. Brösing, que consideraba el ritmo marcado por la dirección de las obras como «irresponsable» y, cuando estaba conmigo, incluso de «asesino», pero por lo demás parecía políticamente indiferente, retrasaba el despido, de forma que el barracón de enfermos estaba siempre abarrotado. Coleccionaba pacientes, por decirlo así, ya fuera para investigar el desarrollo de la «enfermedad de los paleadores» o bien para señalar defectos.

Sin embargo, como no faltaba mano de obra, finalmente se terminó a tiempo la primera parte de la autopista del Reich. El 19 de mayo tuvo lugar su solemne inauguración en presencia del Führer y de altos camaradas del Partido, y con la participación de más de cuatro mil trabajadores de la autopista. Por desgracia, el tiempo fue pésimo. La lluvia alternaba con el granizo. Sólo de cuando en cuando salía el sol. Sin embargo, el Führer, de pie en un Mercedes descapotable y saludando a los cien mil curiosos, unas veces con el brazo derecho rígido y otras con el brazo doblado, recorrió el tramo construido. El júbilo era inmenso. Una y otra vez sonó la marcha de Badenweiler. Y desde el inspector general Dr. Todt hasta las columnas de paleadores, todos estaban convencidos de la importancia de aquel momento histórico. Después del breve discurso de agradecimiento del Führer, dirigido a aquellos «trabajadores del puño y de la frente», el maquinista Ludwig Droessler, en nombre de todos los que habían participado en la construcción, saludó al ilustre huésped y, entre otras, encontró las sencillas palabras que siguen:

—Con la construcción de esta autopista, mi Führer, habéis iniciado una obra que, dentro de siglos, seguirá hablando de la voluntad de vivir y la grandeza de esta época...

Más tarde, con tiempo sólo ligeramente mejor, se abrió el tramo de autopista para un desfile de automóviles, en el que intervinieron, para solaz del público, algunos coches viejísimos, resoplantes y traqueteantes, pero también otros vehículos sólo de anteayer; por cierto, también el Dr. Brösing en su Opel de dos plazas, con al menos diez años encima, que quizá estuvo en otro tiempo pintado de verde. Sin embargo, el Dr. Brösing estimó que no tenía que participar en las celebraciones oficiales; le pareció más importante inspeccionar hacia la caída de la tarde el barracón de enfermos, mientras yo, como me dijo, podía asistir a «esas bobadas de uniforme».

Por desgracia, no pudo publicar su informe médico sobre la llamada «enfermedad de los paleadores» en ninguna revista especializada; hasta la revista de nuestra asociación, *Teutonia*, sin dar razón alguna, rehusó al parecer publicarlo.

1936

Nunca faltaba gente que diera ánimos. En nuestro campo de Esterwegen, que adquirió cierta celebridad por aquella *Canción de los soldados del pantano* cuyo estribillo hacía rimar la palabra «hermano», se rumoreaba desde principios del estío del treinta y seis que, antes de que comenzaran los Juegos Olímpicos, una amnistía pondría fin a nuestro miserable destino como parásitos sociales y cortadores de turba en el Emsland. Aquel rumor se alimentaba de la piadosa suposición de que hasta Hitler tenía que tener en cuenta a los demás países, la época del terror intimidante había pasado, y además la extracción de turba, como actividad muy alemana, debía reservarse a quienes hacían el servicio de trabajo voluntario.

Sin embargo, entonces enviaron destacados a cincuenta reclusos, todos artesanos calificados, a Sachsenhausen, cerca de Berlín. Allí, vigilados por hombres de las SS de la acuartelada «Unidad de la Calavera», debíamos construir un gran campamento, al principio previsto para dos mil quinientos reclusos en unas treinta hectáreas de superficie cercada; un campamento con futuro.

Como delineante, yo fui de los cortadores de turba destacados. Dado que las partes prefabricadas de los barracones las proporcionaba una empresa berlinesa, teníamos algunos contactos con el mundo exterior, en general estrictamente prohibidos, y supimos del jaleo que había en la capital del Reich ya antes de la inauguración de los Juegos: turistas de todo el mundo poblaban el Ku'damm, la Friedrichstrasse, la Alex y la plaza de Potsdam. Sin embargo, no se filtraban más cosas. Sólo cuando, en el puesto de guardia del barracón ya construido de la Comandancia, en el que estaba también la dirección de las obras, instalaron una radio, que desde muy temprano hasta muy tarde transmitía noticias para crear ambiente en torno a la fiesta de inauguración y, luego, los primeros resultados de las competiciones, comenzamos a disfrutar ocasionalmente de la adquisición. Como, solo o con otros, tenía que ir con bastante frecuencia a la dirección de las obras, estábamos hasta cierto punto al corriente en lo que se refería al comienzo de los Juegos. Y cuando, al anunciar los primeros resultados de las finales, pusieron el aparato a todo volumen, atronando así incluso el lugar de pasar lista y las obras limítrofes, muchos nos enteramos también de la entrega de medallas. Además, oíamos allí al lado quiénes se sentaban en la tribuna de honor: toda clase de eminencias internacionales, entre ellas, Gustavo Adolfo, sucesor al trono sueco, el príncipe heredero Umberto, un subsecretario de Estado inglés, llamado Vansittart, y un pelotón de diplomáticos, entre ellos algunos de Suiza. Por eso, no pocos confiábamos en que a aquella masiva presencia extranjera no se le pasaría por alto el gran campo de concentración que estaba surgiendo al borde de Berlín.

Sin embargo, el mundo no nos hacía caso. La deportiva «Juventud del Mundo» estaba suficientemente ocupada consigo misma. Nuestra suerte no importaba a nadie. No existíamos. Y así transcurría con normalidad la vida cotidiana del campo, con excepción de la radio del puesto de guardia. Porque aquel aparato, por cierto de color gris campaña, evidentemente tomado en préstamo al Ejército, traía noticias de una realidad que se estaba desarrollando fuera del alambre de espino. Enseguida, el 1º de agosto, en el lanzamiento de peso y de martillo hubo victorias alemanas. Yo estaba con Fritjof Tuschinski, un «verde», como llamábamos a los delincuentes a causa del color de su distintivo de recluso, en la dirección de las obras, para hacer correcciones en los planos, cuando anunciaron por la radio la segunda medalla de oro, que inmediatamente fue celebrada estruendosamente en la habitación de al lado por los «calaveras» que no estaban de guardia. Sin embargo, cuando Tuschinski opino que debíamos celebrarlo también, cayó sobre él la mirada del director de las obras, el jefe de tropas de asalto Esser, que tenía fama de ser duro pero justo. Un aplauso ruidoso por mi parte hubiera tenido sin duda como consecuencia un castigo severo, porque, como recluso político, caracterizado por un galón rojo, hubiera sido tratado más duramente que el «verde». Tuschinski sólo tuvo que hacer cincuenta flexiones, mientras que yo, gracias a la máxima disciplina, conseguí esperar instrucciones inmóvil, aunque interiormente me alegrara de aquella y de otras victorias alemanas; al fin y al cabo hacía pocos años había sido corredor de media distancia en el Spartakus de Magdeburgo, cosechando éxitos incluso en los tres mil metros.

A pesar del prohibido aplauso —nosotros, nos dio a entender Esser, no éramos dignos de participar abiertamente en las victorias alemanas—, no se pudo evitar en el transcurso de los Juegos que, durante algunos minutos, se produjeran aproximaciones espontáneas entre reclusos y guardianes, por ejemplo cuando Luz Long, el estudiante de Leipzig, sostuvo en salto de longitud un emocionante duelo con Jesse Owens, vencedor americano en los cien y —poco después— los doscientos metros, duelo que Owens ganó finalmente con su récord olímpico de ocho metros seis. De todas formas, conservó su récord mundial de ocho trece. La medalla de plata de Long, sin embargo, fue celebrada por todos los que estaban cerca de la radio: dos subjefes de grupo de las SS que pasaban por sanguinarios, un *kapo* verde que nos despreciaba a los políticos y nos hacía la vida imposible en cuanto tenía ocasión, y yo, funcionario medio del Partido Comunista de Alemania, que sobrevivió a todo aquello y más, y hoy, con mi dentadura postiza mal encajada, rumio mis tristes recuerdos.

Es posible que aquel apretón de manos que Hitler se dignó dar al parecer al negro varias veces vencedor provocara ese breve compañerismo. Luego volvió a imponerse la distancia. El jefe de tropas de asalto Esser nos informó: las medidas disciplinarias afectaban a reclusos y guardianes. La radio antirreglamentaria desapareció, por lo que nos perdimos el desarrollo ulterior de los Juegos Olímpicos. Sólo por rumores supe de la mala suerte de nuestras chicas, que en la final de los cuatrocientos-relevo perdieron el testigo al pasarlo. Y cuando los Juegos terminaron, no hubo ya esperanza.

1937

Nuestros juegos en el recreo no acababan al sonar la campanilla, sino que, bajo los castaños y delante del edificio bajo de los retretes, llamado el Meadero, continuaban al recreo siguiente. Luchábamos entre nosotros. El Meadero, contiguo al gimnasio, servía de Alcázar de Toledo. Es verdad que el hecho había ocurrido un año antes, pero en nuestros sueños escolares la Falange seguía defendiendo heroicamente aquellos muros. Los Rojos atacaban una y otra vez inútilmente. Sin embargo, su fracaso había que achacarlo también a la falta de ganas; nadie quería ser rojo, yo tampoco. Todos los colegiales queríamos desafiar la muerte al lado del General Franco. Finalmente, algunos chicos mayores nos repartieron por sorteo: con otros de diez u once años, me tocó ser rojo, sin que pudiera sospechar el significado posterior de aquella casualidad; evidentemente, el futuro se insinuaba ya en los patios de recreo.

De forma que sitiábamos el Meadero. Eso exigía algún compromiso, porque los maestros que vigilaban cuidaban de que grupos neutrales de colegiales, y también de combatientes, pudieran hacer aguas al menos durante períodos de tregua convenidos. Uno de los puntos culminantes de la lucha era la conversación telefónica entre el coronel Moscardó, comandante del Alcázar, y su hijo Luis, al que los Rojos habían hecho prisionero y amenazaban fusilar si la fortaleza no se rendía.

Helmut Kurella, un chico de doce años de cara de ángel y voz en consonancia, hacía de Luis. Yo tenía que imitar al comisario rojo Cabello y pasar a Luis el teléfono. Su voz resonaba clara en el patio: «¡Papá!». El coronel Moscardó: «¿Qué ocurre, muchacho?». «Nada. Dicen que me van a matar si el Alcázar no se rinde.» «Si fuera así, hijo mío, encomienda tu alma a Dios, grita ¡Viva España! y muere como un héroe.» «Adiós, papá. Un beso muy fuerte.»

Eso decía el angelical Helmut, haciendo de Luis. Y entonces yo, el comisario rojo, al que uno de los chicos mayores había enseñado el grito final de «¡Viva la muerte!», tenía que fusilar al valiente muchacho bajo un castaño en flor.

No, no estoy seguro de si era yo u otro quien se encargaba de la ejecución; pero hubiera podido ser yo. Luego seguía la lucha. Al recreo siguiente volábamos la torre de la fortaleza. Lo hacíamos acústicamente. Pero los defensores no cedían. Lo que luego se llamó guerra civil española se desarrollaba en el patio de recreo del instituto Conradinum de Danzig-Langfuhr en un solo acontecimiento repetido sin cesar. Naturalmente, al final ganaba la Falange. El asedio se rompía desde fuera. Una horda de chicos de trece o catorce años atacaba con especial violencia. Luego, el gran abrazo. El coronel Moscardó recibía a su libertador con la frase que se ha hecho famosa: «Sin novedad en el Alcázar». Y a nosotros, los Rojos, nos liquidaban.

De esa forma, hacia el final del recreo se podía volver a utilizar normalmente el Meadero, pero al siguiente día de clase volvíamos a repetir el juego. Esto duró hasta las vacaciones de verano del treinta y siete. En el fondo, hubiéramos podido jugar también al bombardeo de la ciudad vasca de Gernika. El noticiario alemán nos había mostrado en el cine, antes de la película, el ataque de nuestros voluntarios. El 26 de abril la pequeña ciudad quedó reducida a escombros y cenizas. Todavía hoy oigo la música de fondo bajo el ruido de los motores. Pero sólo se podía ver nuestros Heinkel y Junker en aproximación-picado-ascensión. Parecía como si estuvieran entrenándose. No daba para un hecho heroico al que se pudiera jugar en el recreo.

1938

Los problemas con nuestro profesor de Historia empezaron cuando todos vieron en la televisión cómo en Berlín, de repente, se abría el Muro, y todos, también mi abuela, que vive en Pankow, podían pasar tranquilamente al Oeste. Sin embargo, el profesor Hösle debía de obrar de buena fe cuando no sólo habló de la caída del Muro, sino que nos preguntó a todos:

—¿Sabéis qué otras cosas pasaron en Alemania un 9 de noviembre? ¿Por ejemplo hace exactamente cincuenta y un años?

Como todos sabíamos algo, pero ninguno nada concreto, nos explicó la Noche de los Cristales Rotos del Reich. Se llamó así porque ocurrió en todo el Reich alemán y mucha vajilla que pertenecía a judíos resultó rota, sobre todo muchos floreros de cristal. También rompieron con adoquines todos los escaparates de las tiendas de judíos. Por lo demás, muchos objetos de valor quedaron destruidos.

Quizá fue un error del señor Hösle no saber contenerse y el que, durante muchas clases de Historia, siguiera hablándonos de ello y leyéndonos en documentos cuántas sinagogas habían ardido exactamente y que, sencillamente, asesinaron a noventa y un judíos. Nada más que historias tristes, mientras que en Berlín, no, en toda Alemania, naturalmente, la alegría era muy grande, porque por fin podían unirse todos los alemanes. Pero él no hacía más que hablar de aquellas viejas historias, y de cómo ocurrieron. Y es verdad que nos dio bastante la lata con todo lo que pasó aquí entonces.

En cualquier caso, su «obsesión por el pasado» se criticó en la reunión de padres de alumnos, por casi todos los presentes. Incluso mi padre, a quien en realidad le gusta hablar de otros tiempos, por ejemplo de cuando, antes de la construcción del Muro, se escapó de la zona de ocupación soviética y vino aquí, a Suabia, sin adaptarse en mucho tiempo, dijo más o menos al señor Hösle: «Naturalmente, nada hay que objetar a que mi hija sepa las barbaridades que hicieron las hordas de las SA en todas partes y, por desgracia, también aquí en Esslingen, pero, por favor, que sea en su momento y no precisamente cuando, como ahora, por fin hay motivo para alegrarse y el mundo entero felicita a los alemanes...».

Sin embargo, no se puede decir que los alumnos no nos hubiéramos interesado de algún modo por lo que pasó en otro tiempo en nuestra ciudad natal, por ejemplo en el orfanato israelí de Wilhelmspflege. Todos los niños tuvieron que salir al patio. Echaron a un montón todos los libros de texto, los libros de oraciones, hasta los rollos de la Tora, y los quemaron todos. Los niños que, llorando, tuvieron que presenciar todo aquello tenían miedo de que los quemaran también. Pero sólo dejaron sin conocimiento a golpes, concretamente con mazas del gimnasio, al profesor Fritz Samuel.

Gracias a Dios, hubo también en Esslingen gente que trató sencillamente de ayudar, por ejemplo un taxista que quiso llevar a algunos huérfanos a Stuttgart. En cualquier caso, lo que nos contó el señor Hösle era ya de algún modo emocionante. Hasta los chicos de nuestra clase participaron esa vez, también los turcos, y desde luego mi amiga Shirin, cuya familia viene de Persia.

Y ante la asamblea de padres de alumnos, nuestro profesor de Historia, como reconoció mi padre, se defendió muy bien. Al parecer, dijo a los padres: ningún niño podrá comprender bien el fin de la época del Muro si no sabe cuándo y dónde comenzó la injusticia, y qué fue lo que llevó en definitiva a la partición de Alemania. Entonces, al parecer, casi todos los padres movieron la cabeza asintiendo. Sin embargo, el señor Hösle tuvo que interrumpir y dejar para más adelante el resto de sus clases sobre la Noche de los Cristales Rotos. En el fondo, una pena.

Sin embargo, sabemos un poco más de eso. Por ejemplo, que en Esslingen casi todos se quedaron mirando sin decir nada o hicieron sencillamente la vista gorda cuando pasó lo del orfanato. Por eso, cuando hace unas semanas Yasir, un compañero curdo, iba a ser expulsado a Turquía con sus padres, tuvimos la idea de escribir una carta de protesta al alcalde. Todos firmaron. Sin embargo, por consejo del señor Hösle, no dijimos nada en la carta de lo que les pasó a los niños judíos del orfanato israelita de Wilhelmspflege. Ahora todos esperamos que Yasir pueda quedarse.

1939

Tres días en la isla. Después de que nos hubieron asegurado que en Westerland y alrededores había cuartos para alquilar y que la gran sala ofrecía espacio suficiente para nuestras charlas, di las gracias al anfitrión, un veterano que, dedicado entretanto al negocio editorial y bastante forrado, podía permitirse una de esas casas frisias cubiertas de caña. Nuestro encuentro tuvo lugar en febrero. Vinieron más de la mitad de los invitados, incluso algunos peces gordos que entretanto, en la radio o —como siempre— como redactores jefes, cortaban el bacalao. Se hicieron apuestas: efectivamente, se descolgó el jefe de una revista de gran tirada, aunque con retraso y sólo en visita cortísima. La mayoría de los antiguos, sin embargo, habían sabido buscarse la vida después de la guerra en redacciones de publicaciones de segunda o, como yo, eran colaboradores independientes y estaban siempre de viaje. A ellos —y por consiguiente, también a mí— se les achacaba como baldón, pero también como garantía de calidad, la leyenda de haber sido, como pertenecientes a compañías de propaganda, corresponsales de guerra, por lo que yo quisiera recordar ahora que, a ojo de buen cubero, un millar de nuestros camaradas encontraron la muerte en alguna misión sobre Inglaterra en la carlinga de un He 111 o como reporteros en primera línea.

A decir verdad, entre los supervivientes el deseo de reunirnos se manifestaba cada vez con más fuerza. De forma que, tras algún titubeo, me encargué de la organización. Hubo acuerdo en que la cobertura debía ser discreta. No había que dar nombres, no se permitirían ajustes de cuentas personales. Se quería una reunión de camaradería totalmente normal, comparable a aquellas reuniones de los años de la posguerra en que se juntaban antiguos caballeros de la Cruz de Hierro, miembros de esta o aquella División o también antiguos reclusos de campos de concentración. Como yo, de mozalbete, desde el principio, es decir, desde la campaña de Polonia, estuve allí y no era sospechoso de ninguna actividad burocrática en el Ministerio de Propaganda, gozaba de cierta consideración. Además, muchos camaradas recordaban mi primera crónica poco después del estallido de la guerra, que escribí sobre el 79º Batallón de Pioneros de la Segunda División Acorazada durante la batalla del río Bzura, la construcción de puentes bajo el fuego enemigo, y el avance de nuestros tanques hasta poco antes de Varsovia, en que el ataque de los Stukas, visto desde el simple soldado de infantería, daba el tono. Lo mismo que, en general, siempre escribí sólo sobre la tropa, los pobres desgraciados del frente y su heroicidad más bien silenciosa. El infante alemán. Sus marchas diarias por las polvorientas carreteras de Polonia. ¡Una prosa de botas de soldado! Siempre detrás del tanque que avanza, siempre con costra de barro, quemado por el sol, pero siempre de buen humor, incluso cuando, tras un breve combate, más de una aldea, ardiendo en llamas, dejaba ver el verdadero rostro de la guerra. O mi mirada nada indiferente sobre las interminables columnas de polacos prisioneros, totalmente derrotados...

Bueno, ese tono ocasionalmente pensativo de mis crónicas les daba sin duda credibilidad. Sin embargo, muchas cosas me las cortaba la censura. Por ejemplo, cuando pinté el encuentro de la cabeza de nuestros tanques con los rusos en Mosty Wielkie con demasiado «compañerismo de armas». O cuando la descripción de las barbas de unos viejos judíos de caftán me salió demasiado amablemente cómica. En cualquier caso, algunos colegas de entonces me confirmaron en nuestra reunión que mis artículos sobre Polonia, tan vivos e ilustrativos, no se distinguían de los que, en los últimos tiempos, he escrito para una de las revistas principales del mercado, sobre Laos, Argelia o el Cercano Oriente.

Después de haber arreglado la cuestión del alojamiento, pasamos sin contemplaciones a un intercambio profesional. Sólo el tiempo se portaba mal con nosotros. No había ni que pensar en un paseo por la playa o una excursión al lado de aguas bajas de la isla. Nosotros, sin duda acostumbrados a aguantar cualquier clima, resultamos ser decididamente caseros, y nos sentábamos alrededor del fuego de la chimenea, con *grog* y *punch* que nuestro anfitrión nos servía con largueza. De manera que hablamos de la campaña de Polonia. La *Blitzkrieg*. Los dieciocho días.

Cuando cayó Varsovia convertida en un solo montón de ruinas, uno de los antiguos a quien, según decían, le iban bien los negocios como coleccionista de arte y en general, adoptó otro tono de largo aliento y cada vez más resonante. Nos ofreció citas de crónicas que había escrito a bordo de un submarino y que luego, con el título de *Cazador por los mares del mundo*, había publicado en forma de libro, con prólogo de un almirante:

—¡Listo lanzatorpedos cinco! ¡Impacto en crujía! Cargar torpedo...

Naturalmente, aquello daba para más que mis polvorientos soldados de infantería en las interminables carreteras de Polonia...

De Sylt no vi mucho. Como ya he dicho, el tiempo sólo permitía, en el mejor de los casos, cortas excursiones por la playa en dirección a List o, en dirección opuesta, hacia Hörnum. Como si le dolieran los pies desde los tiempos de las retiradas militares, nuestra extraña asociación de antiguos se sentaba, fumando y bebiendo, en torno a la chimenea. Cada uno revolvía en sus recuerdos. Si uno había participado como vencedor en Francia, otro venía con hazañas en Narvik y en los fiordos de Noruega. Era como si cada uno tuviera que rumiar artículos aparecidos en *Adler*, hoja parroquial de la Luftwaffe, o en *Signal*, de la Wehrmacht, de excelente presentación: en color, con maquetado moderno y pronto difundidas en toda Europa. En la planta de la dirección de *Signal*, un tal Schmidt marcaba la pauta. Después de la guerra, naturalmente con otro nombre, dio el tono al *Kristall* de Springer. Y ahora se nos concedía el dudoso placer de su insistente presencia. Teníamos que escuchar su sermón sobre «victorias regaladas».

Se trataba de Dunquerque, en donde todo el cuerpo expedicionario británico se había dado a la fuga: al parecer, unos trescientos mil hombres tuvieron que embarcar a toda prisa. El Schmidt de otro tiempo, cuyo nombre más reciente no se puede decir, se indignaba aún:

—Si Hitler no hubiera detenido en Abbeville al cuerpo acorazado de Kleist y hubiera permitido en cambio a los tanques de Guderian y Manstein abrirse paso hasta la costa; hubiera ordenado barrer la playa y cerrar la bolsa, los ingleses hubieran perdido un ejército entero y no sólo pertrechos. La guerra se hubiera podido decidir pronto; sí, difícilmente hubieran podido los británicos oponerse a una invasión. Sin embargo, el general en jefe regaló la victoria, creyendo sin duda que tenía que respetar a Inglaterra. Creía en las negociaciones. Sí, si entonces nuestros tanques...

Así se lamentaba el Schmidt de otro tiempo, para luego hundirse en una meditación sorda, con la mirada fija en la chimenea. Lo que habrían de ofrecer los otros, movimientos de tenaza victoriosos y técnicas de combate temerarias, no le interesaba. Por ejemplo, había uno que, en los años cincuenta, se había mantenido a flote en Bastei-Lübbe con cuadernillos para soldados y ahora vendía su alma a publicaciones de medio pelo —lo que se llama «prensa amarilla»—, pero en otro tiempo, con reportajes sobre ataques de la Luftwaffe en *Adler*, había tenido grandes éxitos. Ahora nos explicaba las ventajas del Ju 88 sobre el Ju 87, llamado Stuka, pintándonos con manos ondulantes cómo se arrojaban bombas en picado, es decir, la sencilla puntería con todo el avión, el lanzamiento de las bombas al enderezar el aparato, los breves intervalos entre bomba y bomba en el bombardeo en cadena, y el ataque en curva exterior contra barcos que esquivaban cambiando de rumbo, es decir, serpenteando. Había estado en los Junker, pero también en los He 111. Y concretamente en la carlinga, con vistas sobre Londres y Coventry. Lo contaba de forma bastante objetiva. Había que creerle que sólo por casualidad había sobrevivido a la batalla aérea sobre Inglaterra. En cualquier caso, conseguía demostrarnos el lanzamiento de bombas en cadena desde formaciones de aviones de una forma tan impresionante —usando la expresión «borrar del mapa»—, que volvíamos a tener ante los ojos la época de los contraataques, cuando Lübeck, Colonia, Hamburgo y Berlín fueron destruidas por ataques «terroristas».

Luego, el ambiente en torno a la chimenea amenazó languidecer. La tertulia se las arregló con el cotilleo periodístico habitual sobre qué redactor jefe había despedido a quién. Qué sillón se tambaleaba. Lo que pagaban Springer o Augstein a alguien. Finalmente, la salvación vino de nuestro especialista en arte y submarinos. O bien charlaba de forma colorista, como se estilaba, sobre el Expresionismo y sus tesoros que él tenía acaparados, o nos sobresaltaba con algún grito súbito y amenazador: «¡Zafarrancho de inmersión!». Pronto creímos estar oyendo cargas de profundidad: «... lejos todavía: sonda a sesenta grados». Luego había que «navegar a altura de periscopio...», y luego veíamos el peligro: «Destructor en diagonal a estribor...». Qué suerte que nosotros estuviéramos en seco, mientras fuera un viento racheado se ocupaba de una música apropiada.

1941

En el curso de mi labor informativa, ya fuera en Rusia o, más tarde, en Indochina o Argelia —para nosotros la guerra continuaba—, sólo rara vez conseguí escribir sobre hechos sensacionales, porque, lo mismo que en las campañas de Polonia y de Francia, también en Ucrania estuve casi siempre, con las unidades de infantería, detrás de la cabeza de nuestros tanques: al principio, de batalla en batalla de tropas siempre copadas, desde Kiev hasta Smolensko y, cuando comenzó la temporada del barro, seguí a un batallón de zapadores que, para asegurar el aprovisionamiento, tendía caminos de troncos y prestaba servicios de remolque. Como digo, prosa de botas de soldado y trapos para los pies. Mis colegas eran locuazmente más gloriosos. Uno de ellos, que después, mucho después, escribió desde Israel en nuestro superperiodicucho de masas sobre aquella «victoria relámpago», como si la Guerra de los Seis Días hubiera sido continuación de la «Operación Barbarroja», saltó en mayo del cuarenta y uno con nuestros paracaidistas sobre Creta —«... y Max Schmeling se torció un pie...»—, otro había observado desde el crucero *Príncipe Eugenio* cómo el *Bismarck,* tres días antes de irse a pique con más de mil hombres, hundía al acorazado británico

Hood: «Y si un torpedo aéreo no hubiera alcanzado al *Bismarck* en el gobernalle, dejándolo así incapaz de maniobrar, tal vez aún...». Y otras historias que se desarrollaban bajo el lema: «Si no hubiera sido porque...».

Así también Schmidt, el estratega de chimenea, que, con su serie para *Kristall,* luego publicada por Ullstein en un libraco gordísimo, se hinchó de ganar millones. Entretanto, había tenido una iluminación, según la cual la campaña de los Balcanes nos habría arrebatado la victoria final en Rusia:

—Sólo porque un general serbio llamado Simowitsch dio un golpe de Estado en Belgrado, tuvimos que poner orden antes allí abajo, lo que nos hizo perder cinco preciosas semanas. Pero qué hubiera ocurrido si nuestros ejércitos no hubieran avanzado hacia el Este el 22 de junio sino ya el 15 de mayo, es decir, si los tanques del general Guderian hubieran lanzado su ataque final contra Moscú no a mediados de noviembre sino ya cinco semanas antes, antes de que llegara el fango y arremetiera el Padrecito Invierno...

Y otra vez se puso a cavilar, en diálogo mudo con el fuego de la chimenea, sobre «victorias regaladas» y trató de ganar a posteriori —luego le dieron oportunidad Stalingrado y El Alamein— batallas perdidas. Se quedó solo con sus especulaciones. Sin embargo, nadie se atrevía a contradecirlo, yo tampoco, porque además de él había dos o tres nazis empedernidos —entonces como ahora redactores en jefe—, muy influyentes en nuestro círculo de veteranos. ¿Quién se atreve a irritar deliberadamente a su patrono?

Sólo cuando conseguí, con un compañero que, como yo, había escrito siempre desde la perspectiva del desgraciado del frente, escapar al aura del gran estratega, nos burlamos, en una taberna de Westerland, de aquella filosofía del «si hubiera». Nos conocíamos desde enero del cuarenta y uno, en que recibimos una orden de marcha —él como fotógrafo, yo como escribidor—, para acompañar al Afrikakorps de Rommel a Libia. Sus fotos del desierto y mis reportajes sobre la reconquista de Cirenaica aparecieron en lugar destacado en *Signal* y recibieron bastante atención. De eso charlamos en la barra de la taberna, echándonos tragos de aguardiente al coleto.

Bastante borrachos nos encontramos luego en el paseo de la playa de Westerland, de pie, inclinados contra el viento. Al principio cantábamos aún: «Nos gustan las tormentas, las olas rugientes...». Luego nos dedicamos a mirar en silencio al mar, que rompía monótono. En el camino de vuelta a través de la noche cubierta de negro, traté de imitar a nuestro antiguo señor Schmidt, cuyo nuevo nombre será mejor no decir:

—Imagínate que Churchill hubiera conseguido, ya al principio de la Primera Guerra Mundial, cambiar su plan y, con tres divisiones, desembarcar en Sylt. ¿No hubiera terminado todo mucho antes? ¿Y no hubiera tomado entonces la Historia un rumbo distinto? Nada de Adolfo ni de todo el jaleo de después. Nada de alambradas, nada de Muro de parte a parte. Todavía tendríamos un Káiser y posiblemente colonias. Y también en lo demás estaríamos mejor, mucho mejor...

1942

A la mañana siguiente nos reunimos sólo lentamente, por decirlo así, con cuentagotas. Como la cubierta de nubes toleraba algunos agujeros de sol, se podía dar un garbeo más o menos en dirección a Keitum. Sin embargo, en el zaguán de la vivienda, cuyo maderamen rústico prometía una capacidad de carga de siglos, volvía a arder —o seguía ardiendo— la chimenea. Nuestro anfitrión se ocupó de servirnos té en teteras ventrudas. Pero, las conversaciones se desarrollaban con sordina. Ni siquiera la actualidad daba tema. Sólo con paciencia se podían sacar de la pobre ensalada verbal de aquella lacónica tertulia algunas palabras clave que sugerían, sin convertirlos en acontecimiento, la bolsa de Wolchow, el cerco de Leningrado o el frente ártico. Uno hablaba, de forma más bien turística, del Cáucaso. Otro, como si estuviera de vacaciones, disertaba sobre la ocupación del sur de Francia. De todas formas, se tomó Charkow: comenzó la gran ofensiva del verano. Lentamente, sin embargo, empezaron las críticas. A un reportero le habían suprimido a los que se helaron en el lago Ladoga, a otro el avituallamiento que faltó ante Rostow. Y luego, en una pausa casual, hablé yo.

Hasta entonces me había sido posible re-
traerme. Es posible que aquellos jefes de redacción
que eran peces gordos me intimidaran un poco.
Pero como ese grupo, con el especialista en arte y
submarinos, todavía no había aparecido y, probablemente, había encontrado un público más atrac-
tivo en los antros para VIPS que rodeaban Sylt,
aproveché la oportunidad y hablé; no, tartamudeé,
porque nunca he sido de palabra muy fácil:

—Había dejado Sebastopol y estaba de permiso en casa. Vivía con mi hermana en las proximidades del mercado nuevo. Todo parecía hasta
cierto punto pacífico, casi como antes. Fui al dentista y dejé que me metiera el torno en una muela de la
izquierda, que me palpitaba de mala manera. Me
dijo que dos días más tarde me la empastaría. Sin
embargo, no llegó a hacerlo. Porque en la noche del
30 al 31 de mayo... Con luna llena... Como un
martillazo... Unos mil bombarderos de la Royal Air
Force... Primero arrasaron nuestra artillería antiaérea, y luego, un montón de bombas incendiarias,
después bombas de fragmentación, minas aéreas, bidones de fósforo... No sólo en el centro de la ciudad
sino también en los distritos exteriores, hasta Deutz
y Mülheim en la otra orilla del Rhin... Sin blanco preciso, alfombras de bombas... Barrios enteros...
En nuestro caso, sólo se incendió el tejado, pero al
lado cayeron... Y presencié cosas que no es posible...
En la vivienda de dos ancianas que vivían encima de
nosotros, ayudé a apagar las llamas de su alcoba, en
donde las cortinas y las dos camas ardían... Apenas
había terminado, una de las ancianas dijo: «¿Y quién

va a mandar a alguien para limpiar la casa?». Pero esas cosas no se pueden contar. Tampoco los sepultados... O los cadáveres carbonizados... Sin embargo, todavía veo en la Friesenstrasse los cables del tranvía colgando entre las ruinas humeantes, bueno, como serpentinas de Carnaval. Y en la Breite Strasse, cuatro grandes edificios comerciales eran sólo esqueletos metálicos. Quemada la Agrippahaus con los dos cines. En el Ring, el café Wien, en donde en otro tiempo con Hildchen, que luego fue mi mujer... A la jefatura de policía le faltaban los últimos pisos... Y Santos Apóstoles partida por un hachazo... Pero la catedral está en pie, humeante pero ahí está, mientras a su alrededor y también el puente de Deutz... Ah sí, y la casa en donde estaba la consulta de mi dentista, sencillamente, había desaparecido. Fue, si se prescinde de Lübeck, el primer ataque «terrorista». Bueno, en realidad empezamos nosotros con Rotterdam y Coventry, sin contar Varsovia. Y así continuó hasta Dresde. Siempre hay alguien que empieza. Pero con mil bombarderos, entre ellos setenta Lancaster tetramotores... Es verdad que nuestra artillería antiaérea derribó más de treinta... Pero eran cada vez más... Sólo cuatro días más tarde volvió a funcionar el tren. Interrumpí mi permiso. Aunque la muela seguía palpitándome. Quería volver al frente. Allí sabía al menos con qué había que contar. Lloré, lloré literalmente, os lo aseguro, cuando vi desde Deutz mi Colonia. Humeaba aún y sólo la catedral seguía en pie...

Me escuchaban. Eso no pasaba con frecuencia. Porque no soy de palabra suficientemente fácil. Aquella vez, sin embargo, este humilde servidor había encontrado el tono. Algunos hablaron entonces de Darmstadt y Würzburg, de Nuremberg, Heilbron, etcétera. Y de Berlín, naturalmente, de Hamburgo. Un montón de escombros... Siempre las mismas historias... En realidad no se puede contar... Sin embargo, luego, hacia el mediodía, cuando nuestra tertulia se había llenado hasta cierto punto, le tocó el turno a Stalingrado, nada más que Stalingrado, aunque ninguno de nosotros estuvo en el cerco. Tuvimos suerte todos...

1943

Por mucho que nuestro anfitrión, como Dios Padre, se mantuviera al margen, sabía cuidar de que nuestra cháchara siguiera los altibajos de la guerra, por lo que, después de Stalingrado y El Alamein casi no se habló más que de las retiradas o, como se decía entonces, de las rectificaciones de frentes. La mayoría se quejó de dificultades para escribir, y no sólo porque la censura acortara o tergiversara sus textos, sino en general: sobre batallas envolventes, convoyes diezmados en el Atlántico y el desfile de la Victoria en los Campos Elíseos se puede escribir mejor que sobre sabañones, la evacuación de la cuenca entera del Donez o la capitulación del resto del Afrikakorps en Túnez. Sólo la defensa de Monte Cassino se prestaba, en el mejor de los casos, para lo heroico.

—Bueno, la liberación del Duce se puede contar como un golpe de audacia, pero ¿qué más?

Por ello se consideró penosa, si es que no inoportuna, una intervención relativa a la represión de la sublevación del gueto de Varsovia, con la pretensión de considerar aquella carnicería como victoria.

Uno que hasta entonces no había abierto la boca, un tipo rechoncho, totalmente vestido de *loden*, que, como supimos más tarde, sabía hacer feliz a una clientela entusiasta de la caza con excelentes fotos de animales y reportajes gráficos de safaris, estuvo presente con su Leica cuando, en mayo del cuarenta y tres, liquidaron en el distrito cercado, con artillería y lanzallamas, a más de cincuenta mil judíos. A partir de entonces, el gueto de Varsovia desapareció casi sin dejar rastro.

Como perteneciente a una compañía de propaganda de la Wehrmacht, lo habían enviado de reportero gráfico sólo mientras durase la limpieza. Además —o, mejor dicho, en su tiempo libre—, llenó con sus fotos aquel álbum negro encuadernado en cuero granulado que, en tres ejemplares, se entregó a Himmler, jefe de las SS del Reich, a Krüger, comandante de las SS y de la policía en Cracovia, y a Jürgen Stroop, comandante de Varsovia y jefe de brigada de las SS. Conocido como «Informe Stroop», el álbum estuvo luego ante el tribunal militar de Nuremberg.

—Hice unas seiscientas fotos —dijo—, pero sólo cincuenta y cuatro seleccionadas fueron a parar al álbum. Todas esmeradamente pegadas sobre tersa cartulina Bristol. En realidad, trabajo tranquilo para gente meticulosa. Sin embargo, los títulos manuscritos sólo en parte son míos. Me convenció Kaleske, el ayudante de Stroop. Y el lema que aparece delante en letra gótica: «¡Se acabó el barrio judío de Varsovia!», fue invención de Stroop. Al principio se trataba sólo de evacuar el gueto, al parecer porque había riesgo de epidemia. Por eso escribí con letra caligráfica bajo las fotos: «¡Fuera de los negocios!». Sin embargo, luego nuestros hombres tropezaron con alguna resistencia: muchachos mal armados, pero también mujeres, entre ellas algunas del tristemente célebre movimiento de los *haluzzen*. De nuestro lado intervinieron SS armadas y una sección de zapadores de la Wehrmacht con lanzallamas, pero también hombres adiestrados en Trawiki: letones, lituanos y polacos voluntarios. Evidentemente, tuvimos también pérdidas. Pero no las capté con mi cámara. De todas formas, en las imágenes se veían pocos muertos. Más bien tomas de grupo. Una foto que se difundió después por todas partes decía: «¡Sacados del búnker a la fuerza!». Otra igualmente famosa: «Hacia el lugar de trasbordo». Todos iban a la rampa de carga. Y luego, corre que te corre, hacia Treblinka. Fue cuando oí esa palabra por primera vez. «Pusieron a salvo«» a unos ciento cincuenta mil. Pero hay también fotos sin rótulo, porque hablan por sí mismas. Una es graciosa: nuestros hombres charlando amistosamente con un grupo de rabinos. Sin embargo, después de la guerra la más famosa fue una foto que muestra a mujeres y niños con las manos en alto. A la derecha y al fondo, algunos de nuestros hombres con el fusil levantado. Y en primer plano un encantador niño judío con una gorra de visera ladeada y medias por la rodilla. Seguro que conocéis la foto. La han reproducido miles de veces. En el país y en el extranjero. Incluso como cubierta de libro. Es un verdadero culto, todavía hoy. Naturalmente, siempre sin citar nunca al autor de la foto... No cobro un *pfennig* por ella... Ni un maldito marco... Por no hablar de

derechos de autor... Ni de honorarios... Una vez lo
calculé... Porque si hubiera recibido cincuenta marcos por cada reproducción, tendría en mi cuenta,
sólo por esa foto... No, no disparé ni un tiro. Y, sin
embargo, estuve siempre en cabeza. Eso lo conocéis.
Sólo esas fotos... Y los títulos manuscritos, naturalmente... Con escritura gótica a la antigua usanza...
Documentos muy importantes, como se sabe hoy...

Siguió desbarrando mucho tiempo todavía.
Nadie lo escuchaba ya. El tiempo, fuera, estaba me-
jorando por fin. Todos querían aire fresco. Y por
eso, en grupos o individualmente, nos arriesgamos
a dar un garbeo contra aquel viento todavía fuerte.
Por senderos trillados sobre las dunas. Había prometido a mi hijito llevarle algunas conchas. Y las
encontré.

1944

Alguna vez tenía que producirse un choque. No es que la gresca se mascara, pero los encuentros de esa índole la traen consigo. Cuando sólo se podía hablar ya de retiradas —«Kiev y Lemberg caídos, el ruski ante Varsovia...»—, cuando el frente que rodeaba a Nettuno se hundió, Roma cayó sin lucha y la invasión dejó en ridículo la invencibilidad del Muro del Atlántico, cuando en Alemania las bombas destruían una ciudad tras otra, no había ya nada que comer y, en el mejor de los casos, los carteles sobre «No robes carbón» y «¡El enemigo te oye!» servían para gastar alguna broma, cuando nuestra tertulia de veteranos se complacía ya sólo en contar chistes sobre cómo aguantar, alguien —uno de aquellos hombres de compañías de propaganda, que en aquellos tiempos nunca estuvieron con la tropa y sólo sabían relinchar en puestos fáciles como sementales de escritorio y luego, cambiando ligeramente de estilo, fabricaron best-sellers— se sacó de la manga la sugerente expresión de «armas prodigiosas».

Respondió un griterío. El jefe máximo de las principales revistas del mercado exclamó:

—¡No sea ridículo!

Hubo incluso algún pitido. Pero el señor, ya anciano, no cejó. Tras una sonrisa provocadora, vaticinó un futuro al «mito de Hitler». Poniendo por testigos a Carlomagno, matador de sajones, naturalmente al gran Federico y, como es lógico, al «depredador Napoleón», levantó al «principio del Führer» un monumento con futuro. No tachó ni una palabra del artículo sobre las armas prodigiosas que, en el verano del cuarenta y cuatro, apareció en el *Völkischer Beobachter,* hizo furor y —claro está— reforzó la voluntad de aguantar.

Ahora se puso de pie, con la chimenea a la espalda, y se irguió.

—¿Quién mostró a Europa con lucidez el camino? ¿Quién, salvando a Europa, se opuso hasta el final a la ola bolchevique? ¿Quién dio, con las armas de largo alcance, el primer paso decisivo para desarrollar sistemas portadores de cabezas atómicas? Sólo él. Sólo en él se da la grandeza que quedará ante la Historia. Y, en lo que se refiere a mi artículo en el *Völkischer,* yo preguntaría a los aquí presentes: ¿no nos solicitan otra vez, aunque sólo sea en forma de esa ridícula Bundeswehr, como soldados? ¿No somos punta de lanza y baluarte a un tiempo? ¿No se demuestra hoy, aunque con retraso, que nosotros, que Alemania en realidad, ganó la guerra? Con admiración y envidia, el mundo contempla nuestra incipiente recuperación. Después de una derrota total, el exceso de energía nos da la fuerza económica. Otra vez somos alguien. Pronto estaremos en cabeza. Y también el Japón ha conseguido...

El resto se perdió entre estrépito, risas, respuestas y contrarrespuestas. Alguien le gritó a la cara: «*Deutschland über alles!*», citando así el título de su best-seller, popular desde hacía años. El gran jefe privó a nuestra tertulia de su presencia de huno, protestando en voz alta. El autor presente, sin embargo, se alegró de los efectos de su provocación. Volvió a sentarse y dio a su mirada un aire de fuerza visionaria.

Nuestro anfitrión y yo tratamos inútilmente de iniciar un debate un poco ordenado. Algunos querían sin falta resarcirse de la retirada y sobrevivir de nuevo al desastre de la batalla en la bolsa en Minsk, a otros el atentado de la Fortaleza del Lobo dio motivo para la especulación: «Si hubiera salido bien, un alto el fuego con los aliados occidentales habría estabilizado el frente oriental, de forma que, unidos a los americanos contra el ruski...», pero la mayoría se lamentaba de la pérdida de Francia, recordando días maravillosos en París y, en general, los atractivos del «estilo de vida francés», y se veían al principio de la invasión, en las playas de Normandía, tan perdidos en lo legendario como si sólo hubieran tenido noticia del gran desembarco en los años de la posguerra y, concretamente, por las películas americanas en cinemascope. Naturalmente, algunos contaban historias de faldas, como nuestro experto en submarinos y en arte, que lloraba a sus novias francesas en cada puerto, para luego volver a la caza del enemigo y la inmersión.

Sin embargo, el vejete, a quien el «mito de Hitler» llegaba al alma, insistió en recordarnos la concesión del premio Nobel de Química a un alemán. Su mensaje vino desde el banco de la chimenea, en donde, al parecer, había dado una cabezada:

—Eso ocurrió, señores, poco después de haber caído Aquisgrán y pocos días antes de comenzar nuestra última ofensiva, la de las Ardenas, cuando la Suecia neutral honró a Otto Hahn, destacado científico, porque fue el primero que descubrió la fisión nuclear. Evidentemente, demasiado tarde para nosotros. Sin embargo, si hubiéramos dispuesto antes que América —aunque hubiera sido en el último segundo— de aquella arma prodigiosa decisiva...

No había ya ruidos. Sólo silencio y un sordo meditar en las consecuencias de la oportunidad perdida. Suspiros, meneos de cabeza y carraspeos, a los que, sin embargo, no siguió ninguna declaración de peso. Hasta a nuestro submarinista, hombre bonachón de tipo brutote, se le habían acabado las historias de la mar.

Entonces el anfitrión se cuidó de ofrecer un *grog* al estilo frisio. Y el *grog* consiguió poco a poco que hubiera ambiente. Nos acercamos. Nadie quería salir afuera a la noche que comenzaba. Habían anunciado tormentas.

1945

Según dijo nuestro anfitrión, una baja presión huracanada se desplazaba desde Islandia en dirección a Suecia. Había oído el parte meteorológico. La presión estaba bajando rápidamente. Eran de esperar ráfagas de viento de una fuerza de doce.

—Pero no tengáis miedo, muchachos, esta casa, a pesar de todo, está hecha a prueba de tormentas.

Y aquel viernes, 16 de febrero de 1962, poco después de las diez de la noche sonaron las sirenas. Era como en la guerra. El huracán golpeó a la isla a lo largo, con toda su fuerza. Es comprensible que aquel espectáculo natural hiciera que algunos se animaran mucho. Años en el frente nos habían adiestrado a estar presentes, en lo posible en primera línea. Todavía éramos especialistas, yo también.

A pesar de las advertencias de nuestro anfitrión, un pelotón de ex corresponsales de guerra dejó la casa que, según nos habían asegurado, era a prueba de intemperie. Sólo con esfuerzo y encorvados nos abrimos camino, en efecto, nos arrastramos hacia delante desde la parte vieja de Westerland hasta el paseo de la playa, vimos allí mástiles de banderas rotos, árboles desgajados, techos de carrizo levantados, bancos y vallas por los aires. Y, a través, de la espuma, adivinábamos más que podíamos ver unas olas altas como casas que asaltaban la costa occidental de la isla. Sólo más tarde supimos lo que había causado la marea, Elba arriba, en Hamburgo, especialmente en el barrio de Wilhelmsburg: el nivel de las aguas era tres metros y medio por encima de la marca. Se rompieron diques. Faltaban sacos terreros. Más de trescientos muertos. La intervención del Bundeswehr. Alguien, que luego fue Canciller, daba órdenes, impidiendo lo peor...

No, en Sylt no hubo muertos. Pero la costa occidental fue arrancada hasta los dieciséis metros de profundidad. Incluso en el lado de aguas bajas de la isla se gritaba: «¡La tierra desaparece!». El acantilado de Keitum quedó sumergido por las olas. List y Hörnum en peligro. Ningún tren pasaba por la presa de Hindenburg.

Cuando la tormenta se calmó contemplamos los daños. Queríamos informar. Habíamos aprendido a hacerlo. En eso éramos especialistas. Sin embargo, cuando la guerra terminó y sólo hubiera habido que informar sobre pérdidas y daños, sólo se nos pidieron —hasta el final— llamamientos a resistir. Verdad es que escribí sobre el éxodo de los fugitivos de la Prusia oriental, que, desde Heiligenbeil, querían llegar a la Frische Nehrung pasando por la bahía helada, pero nadie, ningún *Signal* publicó mi relato de esa miseria. Vi cómo barcos sobrecargados de civiles, heridos y capitostes del Partido zarpaban de Danzig-Neufahrwasser, vi al *Wilhelm Gustloff* tres días antes de que se hundiera. No escribí una palabra al respecto. Y cuando Danzig estaba en gran parte en llamas, no conseguí escribir ninguna elegía que clamase al cielo, sino que, entre soldados dispersos y civiles fugitivos, me abrí paso hacia la desembocadura del Vístula. Vi cómo evacuaban el campo de concentración de Stutthof, cómo los reclusos, los que sobrevivieron a la marcha hasta Nickelswalde, fueron hacinados en gabarras y luego cargados en barcos fondeados ante la desembocadura del río. Nada de prosa del espanto, nada de crepúsculo de los dioses recalentado. Lo vi todo, pero no escribí nada sobre ello. Vi cómo, en el campo de concentración abandonado, quemaban apilados los cadáveres, vi cómo fugitivos de Elbing y Tiegenhof ocupaban con sus bártulos los barracones vacíos. Pero no vi ya guardianes. Después llegaron los trabajadores del campo. De vez en cuando había saqueos. Y siempre combates, porque la cabeza de puente de la desembocadura del Vístula resistió hasta mayo.

Todo eso con un tiempo de primavera hermosísimo. Me echaba entre los pinos de la playa a tomar el sol, pero no lograba escribir ni una línea, aunque todos, la campesina de Masuria que había perdido a sus hijos, un matrimonio anciano que se había abierto paso desde Frauenburg hasta allí y un profesor polaco, que era uno de los pocos reclusos del campo de concentración que había quedado, me daban la tabarra. No había aprendido a describir aquello. Para eso me faltaban palabras. De esa forma aprendí a callar cosas. Me escapé de allí en uno de los últimos barcos guardacostas, que desde Schiewenhorst puso rumbo al oeste y, a pesar de algunos ataques en vuelo rasante, llegué el 2 de mayo a Travemünde.

Ahora estaba entre otros que también se habían salvado y que, como este servidor, estaban acostumbrados a informar sobre avances y victorias y a silenciar el resto. Traté, como hacían los otros, de tomar nota de los daños causados por la tormenta en la isla de Sylt, y escuché, anotándolas, las lamentaciones de los dañados por las aguas. ¿Qué otra cosa hubiéramos podido hacer? Al fin y al cabo nos ganábamos la vida informando.

Al día siguiente, la banda se largó. Los ases que había entre los antiguos habían encontrado de todas formas alojamiento en los compactos chalés de playa de las celebridades. Para terminar, presencié, con tiempo invernal soleado y helado, una puesta de sol indescriptible.

Luego, cuando volvió a funcionar el tren, me fui de allí por la presa de Hindenburg. No, no hemos vuelto a encontrarnos en ninguna parte.

Mi siguiente reportaje lo escribí lejos, en Argelia, en donde, después de siete años de matanza continua, la guerra de Francia daba sus últimos estertores, aunque no acababa de terminar. ¿Qué quiere decir eso de paz? Para gente como nosotros, la guerra no termina jamás.

1946

Polvo de ladriyo, se lo digo yo, ¡por toas partes polvo de ladriyo! En el aire, en los trapos, entre los dientes y no sé dónde más. Pero a las mujeres eso no nos picaba. Lo importante era que por fin había paz. Y hoy quieren levantarnos un monumento. ¡Sí! Hay una iniciativa, como dicen: ¡La mujer quitaescombros de Berlín! Entonces, sin embargo, cuando por todas partes sólo había ruinas y entre los caminitos que se iban haciendo un montón de cascotes, la hora se pagaba sólo a sesenta y un *pfennig,* todavía me acuerdo. Sin embargo, había una cartiya de racionamiento mejor, se yamaba la dos, y era una cartiya de trabajador. Porque en las cartiyas de las amas de casa sólo había trescientos gramos de pan al día y siete gramos de grasa escasos. Qué se puede hacer con semejante ridiculez, ¿me quieren decir?

Qué trabajo más duro, desescombrar. Yo con Lotte, que es mi hija, golpeábamos en grupo: en el centro de Berlín, en donde casi todo es plano. Lotte estaba ayí siempre con el cochecito del niño. El chaval se yamaba Felix, pero le dio tisis, supongo que de tanto polvo de ladriyo. Se le murió luego en el cuarenta y siete, antes de que su marío volviera de la prisión. Se conocían apenas, los dos. Había sido una boda de guerra por poeres, porque él luchó primero en los Balcanes y luego en el frente del Este. El matrimonio no aguantó. Bueno, porque interiormente eran dos extraños. Y él no quería ayudar ni pizca, ni siquiera trayendo troncos del Tiergarten. Sólo quería estar echado, abriendo agujeros en el techo con los ojos. Bueno, porque en Rusia, supongo, vivió cosas bastante malas. Sólo se quejaba, como si las noches de bombardeo hubieran sido para nosotras un gran placer. Quejarse no servía de nada. Arrimábamos el hombro: ¡A desescombrar! ¡De desescombrar! Y a veces desescombrábamos también tejaos bombardeaos y plantas enteras. Los cascotes al cubo y luego bajar cinco tramos de escalera, porque no teníamos aún tobogán.

Y una vez, eso lo recuerdo aún, estuvimos revolviendo en un piso vacío, que había sufrío daños parciales. No quedaba nada, salvo el papel pintado hecho trizas. Sin embargo, Lotte encontró en un rincón un osito de trapo. Estaba tó yeno de polvo antes de que eya lo sacudiera. Y entonces pareció nuevo. Pero todos nos preguntamos qué habría sido del niño al que pertenecía el osito. Ninguna del grupo queríamos al osito, hasta que Lotte se lo yevó para su Félix, porque entonces vivía aún el pequeño. Sin embargo, la mayoría de las veces cargábamos con la pala vagonetas o quitábamos el mortero a los ladriyos todavía enteros. Al principio, volcaban los cascotes en los cráteres de bomba, pero luego, con camiones, los yevaban al montón de escombros, que entretanto se ha vuelto muy verde y ofrece una bonita vista.

¡Esazto! Los ladriyos toavía enteros se apilaban. Lotte y yo lo hacíamos a destajo: limpiar ladriyos. Éramos un grupo estupendo. Había en él
mujeres que, sin duda, habían conocido tiempos
mejores. Viudas de funcionarios y hasta una verdadera condesa. Lo recuerdo aún: se yamaba Von
Türkheim. Supongo que tenía sus tierras en el Este. ¡Y qué aspezto teníamos! Pantalones de mantas
viejas de la Wehrmacht, jerseys de restos de lana. Y
todas con un pañuelo en la cabeza, bueno, por el
polvo. Dicen que éramos unas cincuenta mil en
Berlín. No, sólo mujeres y ningún hombre. Había
demasiado pocos. Y los que todavía seguían vivos
no hacían nada o se dedicaban al mercado negro.
El trabajo duro no era para eyos.

Sin embargo, una vez, eso lo recuerdo aún,
mientras íbamos animosas a la colina de escombros porque teníamos que desenterrar una viga
de hierro, agarré un zapato. Esazto, detrás había
un hombre. Sin embargo, ya no se reconocía mucho de él: sólo que era de la Volkssturm, porque
lo ponía en el brazalete de su abrigo. Y aquel
abrigo parecía todavía muy utilizable. Lana pura,
género de antes de la guerra. ¡Vaya!, me dije, aga-
rrándolo, antes de que fueran a recoger al hombre. Hasta tenía tós los botones. Y en una manga
del abrigo había una armónica Hohner. Se la re-
galé a mi yerno, para animarlo un poquiyo. Pero
él no quiso tocar. Y si lo hacía, sólo cosas tristes.
En eso Lotte y yo éramos muy distintas. Había
que salir de alguna forma adelante. Y salimos, poquito a poquito...

¡Es verdad! Encontré trabajo en la cantina del ayuntamiento de Schöneberg. Y Lotte, que en la guerra había estado en las transmisiones, luego, cuando los escombros habían desaparecido bastante, estudió en la universidad popular taqui y mecanografía. Pronto consiguió un trabajo y ahora es algo así como secretaria, desde que se divorció. Pero todavía recuerdo cómo Reuter, que era el alcalde entonces, nos elogió a todas. Y casi siempre voy cuando las mujeres de los escombros se reúnen para tomar café y pasteles en el café Schilling de la Tauentzien. Siempre se pasa bien.

1947

Durante aquel invierno sin precedentes, en que padecimos temperaturas de veinte grados bajo cero y, por la congelación del Elba, Weser y Rhin, se hizo imposible transportar en barco el carbón del Ruhr dentro de las zonas occidentales, yo, concejal de la ciudad de Hamburgo, era responsable del suministro de energía de la ciudad. Como había subrayado el alcalde Brauer en discursos radiofónicos, nunca —ni siquiera en los años de la guerra— había sido tan desesperada la situación. En aquel período de heladas persistentes tuvimos que lamentar ochenta y cinco muertos por congelación. Y no me pregunte el número de los que fallecieron de gripe.

De alguna ayuda fueron los locales con calefacción instalados por la administración de la ciudad en todos los barrios, ya fuera en Eimsbüttel y Barmbeck, o en Langenhorn o Wandsbek. Como las reservas de carbón almacenadas el año anterior habían sido incautadas por las autoridades de ocupación británicas para los militares, y las empresas suministradoras de electricidad de Hamburgo sólo bastaban para unas semanas, hubo que decidir ahorros drásticos. Así, en todos los barrios de la ciudad hubo cortes de electricidad. El tren suburbano limitó sus servicios, y lo mismo el tranvía. Todos los restaurantes debían cerrar a partir de las siete de la tarde, y los teatros y cines en general. Más de cien colegios tuvieron que interrumpir sus clases. Y en las empresas cuya producción no era vital se aplicó generalmente la jornada reducida.

Sí; para ser exactos, las cosas fueron aún peores: hasta los hospitales se vieron afectados por los cortes de corriente. Las autoridades sanitarias tuvieron que poner fin a los exámenes radioscópicos en masa en el instituto de vacunación de la Brennerstrasse. A eso se unía que el suministro de víveres, de todas formas pobre en calorías, a causa de la mala cosecha de semillas oleaginosas del año anterior, sólo existía sobre el papel: a cada uno le correspondían mensualmente setenta y cinco gramos de margarina. Y, lo mismo que el deseo de una participación alemana en la flota ballenera internacional había sido rechazado por las autoridades británicas, tampoco se podía esperar ayuda de las empresas nacionales de margarina del consorcio holandés Unilever. ¡Nadie ayudaba! En general, reinaban el hambre y el frío.

Sin embargo, si me preguntan por los más afectados, todavía hoy señalo, sin dejar de acusar a los que ya entonces estaban mejor, a todos aquellos cuyas viviendas habían sido bombardeadas, tenían que alojarse en sótanos de inmuebles en ruinas y, en calidad de refugiados del Este, vivir en colonias de jardines obreros o barracas de chapa ondulada. Aunque, como concejal, no era de mi incumbencia la vivienda, no dejé de inspeccionar aquellos barrios miserables construidos deprisa con chapa abovedada sobre suelos de cemento, y lo mismo los jardines obreros de Waltershof. Allí ocurrían cosas indecibles. El viento silbaba por todas las grietas, pero la mayoría de aquellas estufas en forma de tubo de cañón permanecían apagadas. Los ancianos no salían ya de la cama. A quién podía extrañar que los más pobres entre los pobres, que en el mercado negro —en donde se podía conseguir cuatro briquetas por un huevo o tres cigarrillos— no disponían ya de nada que cambiar, se desesperasen o tomasen un camino ilegal; los niños de los expulsados por las bombas y los de los refugiados eran los que más participaban en el saqueo de los convoyes de carbón.

Reconozco de buena gana que ya entonces me negué a formular juicios de valor según los preceptos legales. Con los funcionarios de policía superiores pude observar aquellas actividades ilícitas en la estación de maniobra de Tiefstack; figuras protegidas por la oscuridad de la noche que no retrocedían ante ningún riesgo, entre ellas adolescentes y niños. Llegaban con sacos y canastos, aprovechando todas las sombras y revelados sólo en ocasiones por la luz de las lámparas de arco. Algunos lanzaban carbón desde los vagones, los otros lo recogían. Y enseguida desaparecían, pesadamente cargados y, cabe suponer, felices.

En consecuencia, rogué al jefe de operaciones de la policía de ferrocarriles que, por una vez, no interviniera. Sin embargo, la redada había comenzado ya. Los reflectores iluminaban los andenes. Voces de mando, amplificadas por los altavoces. Los perros de la policía ladraban. Todavía oigo los pitidos y veo los consumidos rostros de los niños. Si por lo menos hubieran llorado, pero ni siquiera eran capaces de eso.

No, no me pregunten, por favor, cómo me sentí. Para su reportaje sólo puedo decir una cosa más: seguramente no había otra solución. Los órganos de la ciudad, y en especial la policía, tenían órdenes de no permanecer inactivos. Hasta marzo el frío no cedió.

En realidad, mi mujer y yo quisimos tomarnos unas verdaderas vacaciones por primera vez. Siendo pensionistas modestos, teníamos que ser cicateros, aunque el marco del Reich no valiera casi nada. Sin embargo, como nunca habíamos sido fumadores —todo se conseguía entonces sólo con cupones—, podíamos defendernos con el mercado negro y hasta ahorrar un poquito.

De manera que nos fuimos hasta arriba, a Allgäu. Pero no hizo más que llover. Sobre eso escribió mi mujer más tarde, y sobre todo lo que nos ocurrió en la montaña y lo que pasó además, una verdadera poesía rimada, y además en dialecto auténtico de Renania, porque los dos somos de Bonn. La poesía decía así:

Tres días y noches, y venga a yover.
Ni cielo, ni monte, ni estreyas que ver...

Pero entonces empezaron a cuchichear en la pensión y en todas partes sobre el dinero nuevo, que por fin iba a venir, hasta que dijeron: ¡En dos días lo tenemos aquí!

Ni son vacaciones ni Dios que lo vea.
Pa colmo de males yegó la monea...

escribió poéticamente mi mujer. Entonces, rápidamente y en previsión, me corté el pelo con el peluquero del pueblo, más corto que de costumbre, pagándole en marcos del Reich. Mi mujer se tiñó de castaño el pelo y —costase lo que costase— se hizo una permanente nueva. Luego, sin embargo, tuvimos que hacer las maletas. ¡Se acabaron las vacaciones! Pero los trenes a todas partes, y especialmente a Renania, iban abarrotados, casi como en aquellos viajes para acaparar víveres, porque todo el mundo quería irse a casa rápidamente, y Anneliese hizo sus rimas:

El tren estaba lleno a reventar.
Y todos, por la moneda, locos de atar...

Y por eso, apenas llegamos a Bonn, fuimos corriendo a la caja de ahorros y sacamos el poquito que había aún, porque el domingo siguiente, exactamente el 20 de junio, empezaría el cambio. Primero hubo que hacer cola. Y eso lloviendo. Por todas partes, no sólo en Allgäu, llovía a mares. Estuvimos allí tres horas, de larga que era la cola. Cada uno recibió cuarenta marcos y, un mes más tarde, otros veinte, pero no marcos del Reich sino marcos alemanes, porque lo del Reich se había acabado de todas formas. Se suponía que era algo justo, pero no lo era. Desde luego no para los pequeños pensionistas. Porque lo que nos encontramos al día siguiente era para tener mareos. De repente, como por arte de birlibirloque, todos los escaparates estaban repletos. Salchichas, jamón, radios, zapatos normales, no de suela de madera, y trajes —¡de estambre!— de todas las tallas. Naturalmente, todo género acaparado. Nada más que estafadores que habían guardado sus existencias hasta que llegara el dinero bueno. Luego se dijo que eso teníamos que agradecérselo a Erhard, con su enorme puro. Sin embargo, fueron los yanquis los que imprimieron a escondidas el nuevo dinero. Y cuidaron también de que sólo hubiera marcos alemanes en la llamada «Trizona» y no en la zona soviética. Por eso los rusos imprimieron allí sus propios marcos y cerraron todos los caminos hacia Berlín, por lo que vino lo del Puente Aéreo y dividieron también nuestra Alemania en lo monetario. Pero el dinero escaseó pronto. Para los pensionistas modestos, de todas formas. Por lo que Anneliese escribió:

> *Así que no nos dieron nuestro cupo.*
> *Vivir sin fondos nunca nadie supo...*

No es de extrañar que, en nuestra asociación local, el camarada Hermann echara pestes: «¿Por qué hay de pronto tantas cosas? Porque la economía privada no sirve para cubrir la demanda, sino para hacer beneficios...». Tenía razón, aunque luego las cosas fueran un poquito mejor. Pero para los pensionistas modestos siempre hubo escasez. Desde luego, podíamos quedarnos ante los escaparates llenos y asombrarnos, pero nada más. Realmente bueno sólo era que, por fin, había fruta y legumbres frescas, cerezas, a cincuenta *pfennig* la libra, y coliflor a sesenta y cinco la pieza. Sin embargo, teníamos que tener cuidado.

Por suerte, mi mujer envió su poesía, «La huida de Allgäu» a un concurso del *Kölnische Rundschau*. Había que escribir sobre «Mis vacaciones más hermosas». Qué quieren que les diga: le dieron el segundo premio. Veinte marcos nuevos en mano. Y por la publicación en el *Rundschau,* otros diez. Los metimos en la caja de ahorros. En general, ahorrábamos en todo lo que podíamos. Sin embargo, en todos estos años eso no ha bastado para un viaje de vacaciones. Fuimos, como entonces se decía, «damnificados por la moneda».

1949

... y figúrate, mi querido Ulli, a veces pasan milagros, no te lo vas a creer, pero hace poco tuve un encuentro muy sorprendente a mis años: todavía vive, aquella hermosa Inge cuya fresca aparición (en esencia y presencia) nos acaloraba tanto en otros tiempos —¿debería decir en tiempos de Adolfo?— a todos los jóvenes de Stettin; nos hacía congestionarnos o tartamudear y, en cualquier caso, perder por completo la cabeza; hasta puedo afirmar que, con temblores de corazón, llegué a estar muy cerca de ella. No, no acampando en el golfo de Koenigsberg, sino cuando organizamos juntos la ayuda de invierno para el terrible frente del Este: mientras amontonábamos y empaquetábamos calzoncillos, jerseys, mitones y otras prendas de lana, caíamos el uno sobre el otro. Al final, sin embargo, aquello era sólo un besuquearse atormentado sobre un lecho de abrigos de piel y chaquetas de punto. Luego olíamos horriblemente a bolas de naftalina.

Para volver a la Inge actual: lo mismo que con nosotros, la edad le ha jugado una pasada, pero hasta surcada de arrugas y plateadamente encanecida, de la Dra. Stephan emana la misma fuerza de impulso juvenil que, en aquella época, la llevó a los puestos más altos. Lo recordarás sin duda: fue de ascenso en ascenso. Hacia el final, era jefa de sección de la Bund Deutscher Mädel, mientras que nosotros dos sólo llegamos a jefe de escuadra, yo, y a jefe de centuria, tú. Cuando luego nos pusieron el uniforme de auxiliar de la Luftwaffe, dejamos atrás la época de las camisas pardas, los pañuelos al cuello y los cordones de mando (también llamados «columpios de mono»). Inge, sin embargo, como me susurró vergonzosa, mantuvo unidas a sus chicas hasta los últimos días de la guerra: asistencia a los refugiados de la Pomerania Ulterior, lecciones de canto en el hospital militar. Sólo cuando los rusos llegaron renunció, sin sufrir daños físicos, a la Bund Deutscher Mädel.

Para no abusar de tu paciencia como lector de esta epístola: nos encontramos con motivo de la Feria del Libro de Leipzig, a cuyo programa básico pertenecía el lenguaje especializado, por lo demás tolerado por el Estado de los Obreros y Campesinos, de la Sociedad del Duden, entre cuyos miembros figuran dos clases de alemanes y yo también, pronto (como tú) catedrático emérito, pero cuyas sutilezas lingüísticas seguirán siendo solicitadas, con hermosa consecuencia, por el diccionario Duden del Oeste. Y como, hasta cierto punto, trabajamos con el Duden del Este sin dificultades, tuvo lugar ese encuentro, porque también Inge, como lingüista acreditada, pertenece a esa comunidad panalemana de empeoradores/mejoradores del lenguaje, en la que se deja hablar un poquito a los austríacos y los suizos de habla alemana.

Sin embargo, no quiero aburrirte con nuestras querellas en lo que a ortografía se refiere; esa montaña lleva mucho tiempo de parto, y algún día parirá el proverbial ratón.

Sólo interesa mi *tête à tête* con Inge. Nos citamos cortésmente para merendar en el Mädlerpassage e, invitado por ella, pude mordisquear una especialidad sajona llamada *eierschecke*. Después de hablar brevemente de asuntos profesionales, la emprendimos con nuestros años de juventud en Stettin. Al principio, sólo las historias de colegio habituales. Ella se resistía a revolver entre los fragmentos de recuerdos de nuestra época común de las Juventudes Hitlerianas, y utilizaba metáforas como «en aquellos años oscuros de fascinación...». O decía: «¡Cómo ensuciaron nuestros ideales y abusaron de nuestra fe!». Sin embargo, cuando llegué a la época posterior al cuarenta y cinco, no tuvo dificultad para calificar de «dolorosa conversión al antifascismo» su chaqueteo de sistema y al mismo tiempo de color al campo socialista, que se produjo después de sólo un año y medio de período de gracia. También en la Freie Deutsche Jugend hizo rápidamente carrera, porque estaba muy capacitada en todos los sentidos. Me habló de su participación en las celebraciones de la fundación de la RDA, que tuvo lugar en el cuarenta y nueve, como es sabido, en el antiguo Ministerio del Aire del Reich de Göring. Luego había estado en los festivales de la juventud mundial, los desfiles del 1º de mayo y, movilizando diligentemente a los tozudos campesinos, hasta en la colectivización agrícola. Sin embargo, durante aquella campaña de agitación forzada, «con estruendo de altavoces», tuvo, decía, las primeras dudas. A pesar de ello, nuestra bella Inge sigue siendo hasta hoy miembro del Partido Unitario Socialista de Alemania y, en calidad de tal, se esfuerza, como me aseguró, por «contrarrestar los errores del Partido con una crítica constructiva».

Luego divagamos acerca de las vías de huida de nuestras respectivas familias. La suya, por tierra, se asentó en Rostock, en donde pronto y como hija de trabajador demostrada —el padre de Inge fue soldador en los astilleros Vulkan— comenzó sus estudios y pudo iniciar su carrera posterior en el Partido. Mis padres, como sabes, fueron a parar, por mar, primero a Dinamarca, y luego a Schleswig-Holstein, mejor dicho, a Pinneberg. A Inge le dije: «Bueno, a mí, felizmente, el Elba me arrojó al Oeste, en donde me trincaron los ingleses», y luego le enumeré mis etapas: la prisión en el campo de Munster, la tía de Göttingen, el bachillerato recuperado, los primeros cursos en la universidad, el puesto de ayudante en Giessen, mi beca en los Estados Unidos, etcétera.

Mientras charlábamos, se me ocurrió qué desaventajada y aventajada a un tiempo fue nuestra evolución occidental: desapareció la camisa parda, pero no nos pusieron una camisa azul. «Ésas son cosas exteriores», dijo Inge. «Nosotros creíamos en algo, mientras que vosotros, con el capitalismo, perdisteis todo ideal.» Naturalmente, repuse: «Bueno, ¡no era fe lo que nos faltaba antes, cuando yo llevaba la camisa parda y tú, con tu blusa blanca impoluta y la falda por la rodilla eras una convencida!». «¡Éramos niños, nos habían seducido!», fue su respuesta. Luego se puso rígida. Eso lo supo hacer siempre. Es comprensible que no tolerase mi mano sobre la suya. Más bien para sí susurró su confesión: «En algún momento, algo se nos torció». Como de forma lógica surgió mi eco: «A nosotros también».

Luego nos dedicamos sólo a los hechos, y llegamos a la Sociedad del Duden y sus querellas panalemanas. Al final tratamos de la reforma ortográfica. Los dos opinamos que debía ser radical porque, si no, no sería eficaz. «¡No hay que hacer las cosas a medias!», dijo ella, y su rostro se coloreó un poco hasta la raíz del pelo. Yo asentí y medité en mi amor juvenil...

Como en otro tiempo, mucho antes de la guerra, fui panadero, los de Colonia me llamaban El Bobo del Bollo. Sin embargo, no era con mala intención, porque, después del gran Ostermann (Willi), yo era quien escribía los mejores valses para columpiarse del brazo. En el treinta y nueve, cuando celebramos por última vez el Carnaval y pudimos brindar con un *Kölle Alaaf*, el número uno fue *Tú, corzo alegre, tú...* y todavía, hasta hoy, se sigue oyendo *¡Ah del barco, capitán...!*, con el que inmortalicé el barquito *Müllheimer Bötchen*.

Luego, sin embargo, aquello fue el acabóse. Sólo cuando la guerra terminó y de nuestra querida Colonia sólo quedaban ruinas, cuando la Potencia de ocupación prohibió severamente nuestro Carnaval y el futuro tenía mal aspecto, tuve un gran éxito con *Somos nativos de Trizonesia*, porque los bufones de Colonia no dejaban que se les prohibiera nada. Por encima de los escombros y adornados con los trapos que nos habían quedado: la asociación Chispa Roja, la patulea de niños e incluso algunos inválidos de la Guardia del Príncipe salieron por la Puerta del Gallo. Y en el cuarenta y nueve, la primera tríada de bufones de después de la guerra —Príncipe, Campesino y Doncella— comenzaron a quitar cascotes del Gürzenich, totalmente destruido, con sus propias manos. Aquello tenía una intención simbólica, porque en el Gürzenich se han hecho siempre las mejores representaciones.

Sólo al año siguiente pudimos celebrarlo otra vez oficialmente. Fue un jubileo, porque los viejos romanos, en el año 50, fundaron nuestra ciudad como Colonia Agrippensis. «Colonia, como es y como fue hace 1.900 años», decía el lema. Pero, por desgracia, no fui yo quien escribió el éxito del Carnaval de aquella temporada, y tampoco lo fue ninguno de los profesionales, Jupp Schlösser o Jupp Schmitz; no, fue un tal Walter Stein, a quien, según se decía, se le ocurrió la idea de *Quién va a pagar todo esto, quién tiene tanto dinero* mientras se afeitaba. Tengo que confesar que captó el ambiente: «¿Quién tiene tanta pasta, quién tiene tanto dinero?». Sin embargo, la canción la lanzó alguien de la radio, llamado Feltz. Un pillo redomado, porque Stein y Feltz eran la misma persona. Fue una estafa deliberada y un auténtico compadreo coloniense, pero *Quién va a pagar todo esto...* hizo carrera, porque aquel Stein o Feltz había encontrado el tono adecuado. Nadie tenía nada en los bolsillos tras la reforma monetaria o, en cualquier caso, no la gente sencilla. Sin embargo, nuestro Príncipe Carnaval, Pedro III, siempre tuvo pasta suficiente: ¡Comercio de patatas al por mayor! Y nuestro Campesino llevaba una empresa de mármol en Ehrenfeld. Bien forrada estaba también nuestra Doncella Guillermina —de acuerdo con el reglamento tenía que ser un hombre— que era joyero y, además, orfebre. Aquella tríada tiró luego tanto dinero, cuando se celebró en el mercado la Noche de las Mujeres, precisamente con las mujeres del mercado...

Pero yo quería hablar del desfile del Lunes de Carnaval. Pasado por agua. A pesar de lo cual vino más de un millón de personas, incluso de Holanda y de Bélgica. Hasta los propios ocupantes lo celebraron, porque ahora casi todo volvía a estar permitido. Todo fue casi como antes, si se prescindía de las ruinas, que llamaban fantasmalmente la atención por todas partes. Fue un desfile histórico, con viejos germanos y viejos romanos. Comenzó con los ubios, de los que se supone que proceden los colonienses. Pero luego empezaron a levantar la pierna las chicas de la «Chispa», con música por delante. Y todas aquellas carrozas, unas cincuenta. Si en el último año la consigna había sido: «Aquí estamos otra vez y hacemos lo que podemos», aunque realmente no se «pudiera» hacer mucho, esta vez lanzaron desde las carrozas un montón de caramelos para los críos y los bufones, unos veinticinco quintales. Y, desde un surtidor coloreado, la empresa 4711 pulverizó varios miles de litros de agua de colonia auténtica sobre la multitud. Aquello sí que fue un buen balanceo: «Quién va a pagar todo esto...».

Esa canción de moda se mantuvo durante mucho tiempo. Por lo demás, sin embargo, en el desfile del Lunes de Carnaval no había nada especial desde el punto de vista político, porque la Potencia de ocupación estaba entre los espectadores. Sólo llamaron la atención en el desfile dos máscaras, siempre muy juntas. Hasta se besaban y bailaban. Eran, por decirlo así, uña y carne, lo que naturalmente resultaba bastante repulsivo y tenía también algo de mala idea, porque una de las máscaras reproducía fielmente al viejo Adenauer y la otra al Perilla del otro lado; sí, a ese Ulbricht. Claro está que la gente se reía del taimado jefe indio y de la cabra siberiana. Sin embargo, eso era lo único pangermánico que pasaba el Lunes de Carnaval. E iba sin duda más contra Adenauer, al que los bufones colonienses nunca quisieron, porque ya antes de la guerra, de primer alcalde, habló contra el carnaval. Como Canciller, le hubiera gustado prohibirlo. Y además para siempre.

1951

Distinguidos señores de la empresa Volkswagen:

Debo quejarme nuevamente por no haber
recibido respuesta de ustedes. ¿Se debe a que, por
haberlo querido así el Destino, tenemos nuestra residencia en la República Democrática Alemana?
Sin embargo, nuestra casa está cerca de Marienborn, muy cerca de la frontera, que no podemos
atravesar desde que, por desgracia, hubo que levantar el muro de protección.

¡No es justo que no respondan! Mi marido
estuvo con ustedes desde el principio, y yo después.
Ya en el treinta y ocho, él se formó en Brunswick
como ajustador de herramientas para la Volkswagen. Luego fue soldador y, cuando terminó la guerra,
ayudó a desescombrar, porque casi la mitad había
sido destruida por las bombas. Luego, cuando asumió la dirección el señor Nordhoff y otra vez comenzó el montaje, fue incluso controlador de calidad y, además, miembro del Consejo de Empresa.
Por la foto adjunta pueden ver que estaba ahí cuando, el 5 de octubre del cincuenta y uno, el Volkswagen número 250.000 salió de la cinta transportadora
y todos lo celebramos. El señor Nordhoff pronun-
ció un hermoso discurso. Todos estábamos de pie

rodeando al Escarabajo, que no habían pintado de amarillo fuerte, como el que hizo el millón y celebramos cuatro años más tarde. Sin embargo, la fiesta fue mejor que la de tres años antes, porque entonces, cuando se trataba del 50.000, no hubo suficientes vasos de cristal y tuvimos que utilizarlos de algún material sintético, con lo que huéspedes y colaboradores tuvieron serias molestias estomacales y más de uno vomitó en la misma nave o fuera de ella. Sin embargo, esta vez hubo verdaderos vasos. Solo fue una pena que, ese año, el profesor Porsche, que fue en realidad —y no aquel Hitler— quien inventó el Volkswagen, muriera en Stuttgart y no pudiera celebrarlo también. Él hubiera respondido a nuestras cartas, si hubiera visto nuestras cartillas de ahorro de antes.

Yo no empecé a trabajar en la VW-Wolfsburg hasta la guerra, inmediatamente después de Stalingrado, cuando todos tuvieron que ir a luchar. En aquella época, como recordarán sin duda, no se fabricaban escarabajos, sino un montón de vehículos cuadrados para la Wehrmacht. En las prensas en donde yo estampaba la chapa, trabajaban, sin cobrar la tarifa, muchas mujeres rusas, con las que, sin embargo, no nos hablábamos. Eran tiempos malos. Así que viví también los bombardeos. Pero, cuando todo empezó a funcionar de nuevo, tuve un trabajo más fácil en la cadena de montaje. Entonces conocí a mi marido. Sin embargo, sólo en el cincuenta y dos, cuando mi querida madre murió y nos dejó una casita con jardín en Marienborn, me vine a la zona de ocupación soviética. Mi marido se quedó aún un año escaso, hasta que tuvo aquel accidente grave. Quizá fue una equivocación por nuestra parte. Porque ahora el Destino ha querido que nos encontremos cortados de todo. Ni siquiera nuestras cartas responden ustedes. ¡Eso no es justo!

Sin embargo, el año pasado presentamos a tiempo nuestra declaración de ingreso en la mutua de la Volkswagen y les enviamos toda la documentación. Primero, el justificante de que mi marido, Bernhard Eilsen, desde marzo del cuarenta y nueve pagó cada semana al menos cinco marcos del Reich y, durante cuatro años, pegó cupones de ahorro para comprar un coche negro azulado «A la Fuerza por la Alegría», como entonces se llamaba todavía el VW. En total mi marido ahorró 1.230 marcos. Ése era entonces el precio en fábrica. En segundo lugar, recibieron ustedes un certificado de la inspección de coches del distrito, expedido por la sociedad nacionalsocialista «A la Fuerza por la Alegría». No obstante, como los pocos Volkswagen fabricados durante la guerra sólo se destinaban a los capitostes del Partido, mi marido se quedó *in albis*. Por eso, y porque ahora está inválido, reclamamos un escarabajo, y concretamente un VW 1500 de color verde manzana y sin extras.

Ahora que han salido ya de la cadena más de cinco millones de escarabajos y ustedes han construido hasta una fábrica para los mexicanos, sin duda les será posible atender nuestra reclamación del Volkswagen ahorrado, aunque tengamos nuestra residencia habitual en la RDA. ¿O es que no se nos considera ya alemanes?

Como el Tribunal Federal ha llegado a un acuerdo con la asociación benéfica de ex ahorristas de la Volkswagen de Karlsruhe, nos corresponde un descuento de 600 marcos alemanes. El resto se lo pagaremos de buena gana en nuestra moneda. Debe de ser posible... ¿no?

En espera de su respuesta, muy atentamente,
Elfriede Eilsen

1952

Lo digo siempre cuando los huéspedes nos preguntan: nos juntó el «espejo mágico», como llamaban al principio —no sólo en la revista *Hör zu*— a la televisión; el amor vino luego poco a poco. Fue en la Navidad del cincuenta y dos. Por todas partes, y también en Lüneburg, la gente se apiñaba ante los escaparates de las tiendas de radio y veía en la pantalla los primeros programas de televisión auténticos. Donde vivíamos nosotros sólo había un aparato.

Bueno, muy apasionante no era: al principio un cuento, que trataba de «Noche de paz, noche de amor», un maestro de escuela y un tallista de imágenes religiosas que se llamaba Melchior. Luego venía una farsa bailada, inspirada vagamente en Wilhelm Busch, en la que Max y Moritz hacían de las suyas. Todo con música de aquel Norbert Schulze al que los ex guripas debíamos no sólo *Lili Marleen* sino también *Bombas sobre Inglaterra*. Ah, al empezar, el director artístico de la Radiodifusión de la Alemania del Noroeste soltaba algo muy solemne; era un tal Dr. Pleister, al que los críticos llamaron luego «Dr. Plasta». Y había una locutora que, con su vestidito de flores, resultaba casi tímida y sonreía a todos, sobre todo a mí.

Era Irene Koss, que nos emparejó de ese modo, porque, en el enjambre de personas que se había formado ante la tienda de radio, Gundel estaba casualmente a mi lado. A Gundel le gustaba todo lo que se veía en el espejo mágico. El cuento de Navidad la conmovió hasta las lágrimas. Aplaudió a rabiar todas las tretas de Max y Moritz. Sin embargo, cuando, después de las noticias de actualidad —no sé ya qué dieron, salvo el mensaje del Papa—, me armé de valor y le dije: «¿Se ha dado cuenta, señorita, de que se parece usted muchísimo a la locutora?», sólo se le ocurrió un impertinente: «No que yo sepa».

Sin embargo, al día siguiente nos encontramos, sin haber quedado, ante el escaparate de nuevo asediado por la gente, ya a primeras horas de la tarde. Ella aguantó bien, aunque la transmisión del partido entre el F.C. St. Pauli y el Hamborn 07 le resultó aburrida. Por la noche vimos el programa, sólo a causa de la locutora. Y entretanto tuve suerte: Gundel, «para calentarse», aceptó mi invitación a un café. Me dijo que era refugiada de Silesia y trabajaba en Salamander. Yo, que entonces tenía planes ambiciosos y quería ser director o, por lo menos, actor de teatro, reconocí que, por desgracia, tenía que ayudar en el restaurante de mi padre, que iba más bien mal, y que en el fondo estaba sin trabajo, aunque lleno de ideas. «No sólo fantasías», le aseguré.

Después del noticiario vimos ante la tienda de radio una emisión, que nos pareció graciosa, sobre la preparación de bizcochos de Navidad. El amasado iba enmarcado por las humorísticas contribuciones de Peter Frankenfeld, que se hizo popular más tarde con su emisión de búsqueda de talentos titulada «El que quiere puede». Además, nos divertimos con Ilse Werner, que cantaba y silbaba, y sobre todo con la niña prodigio Cornelia Froboess, una mocosa berlinesa que, se hizo famosa con la pegadiza canción *Llévate el bañador*.

Y así seguimos. Nos encontrábamos ante el escaparate. Pronto empezamos a mirar cogidos de la mano. Pero la cosa no pasó de ahí. Sólo empezado el nuevo año presenté a Gundel a mi padre. A él le gustó el vivo retrato de la locutora Irene Koss, y a ella le gustó aquel restaurante situado en la linde del bosque. Para no hacer larga la historia: Gundel trajo vida al mal administrado Cántaro de la Landa. Supo convencer a mi padre, achicado desde la muerte de mi madre, pedir un crédito y poner en la gran sala un televisor, no un aparatito de mesa, sino el enorme trasto de Philips, una adquisición que valió la pena. Desde mayo, noche tras noche, en el Cántaro de la Landa no había ni una mesa ni una silla libre. Venían huéspedes desde lejos, porque el número de televisores privados siguió siendo escaso durante mucho tiempo.

Pronto tuvimos una clientela fiel, que no se limitaba a mirar, sino que consumía también a modo. Y cuando se hizo famoso Clemens Wilmenrod, el cocinero de la televisión, Gundel, que ahora no vendía ya zapatos sino que era mi prometida, copió sus recetas para enriquecer la carta, antes francamente monótona, del Cántaro de la Landa. A partir del otoño del cincuenta y cuatro —entretanto nos habíamos casado— la serie de *La familia Schölermann* atrajo cada vez más público. Y vivimos con nuestros huéspedes las vicisitudes de la pantalla, como si aquella familia televisiva se nos contagiara y fuéramos también los Schölermann, es decir, como se oía decir a menudo despectivamente, alemanes medios. Sí, es cierto. Hemos tenido dos hijos y un tercero está en camino. A los dos nos molestan algo nuestros kilos de más. Verdad es que he guardado entre naftalina mis planes ambiciosos, pero no estoy descontento de mi papel subalterno. Porque es Gundel quien —imitando aplicadamente a los Schölermann— lleva ahora el Cántaro de la Landa, también como pensión. Como muchos refugiados que tuvieron que empezar desde el principio, ella no para. Y nuestros huéspedes dicen: la Gundel sabe lo que quiere.

1953

La lluvia había cesado. Cuando el viento se levantó, nos crujió entre los dientes el polvo de ladrillo. Eso es típico de Berlín, nos dijeron. Anna y yo llevábamos allí medio año. Ella había dejado Suiza atrás, yo Düsseldorf. Ella aprendía con Mary Wigman, en una villa de Dahlem, danza expresiva de pies descalzos; yo quería aún ser escultor en el taller de Hartung de la Steinplatz, pero escribía, de pie, sentado o tumbado junto a Anna, poemas largos y breves. Y entonces ocurrió algo que nada tenía que ver con el arte.

Cogimos el suburbano hasta la estación de Lehrter. Su esqueleto de metal seguía en pie. Pasamos junto a las ruinas del Reichstag y la Puerta de Brandeburgo, en cuyo tejado se echaba en falta la bandera roja. Hasta la plaza de Potsdam, desde el lado occidental de la frontera del sector, no vimos lo que había pasado y lo que pasó en aquel instante o desde que la lluvia cesó. La Columbushaus y la Haus Vaterland humeaban. Había un quiosco en llamas. Propaganda carbonizada, que el viento había revuelto con humo, llovía negra del cielo, en copos. Y vimos tropeles de gente que iba de un lado a otro sin rumbo. No había *vopos*. Sin embargo, encajados en la multitud, tanques soviéticos T 34; conocía el modelo.

Como advertencia, un letrero: «¡Atención! Está usted saliendo del sector americano». Sin embargo, algunos adolescentes se atrevían a pasar, con bicicleta o sin ella. Nosotros nos quedamos en el Oeste. No sé si Anna vio otras o más cosas que yo. Los dos vimos a los soldados rusos de infantería, de rostro de niño, atrincherándose a lo largo de la frontera. Y más lejos vimos gente que tiraba piedras. Por todas partes había piedras suficientes. Con piedras contra los tanques. Hubiera podido dibujar su postura al lanzar, escribir de pie un poema, largo o breve, sobre el lanzamiento de piedras, pero no dibujé ningún trazo ni escribí ninguna palabra, aunque el gesto de lanzar piedras se me quedó grabado.

Sólo diez años más tarde, cuando Anna y yo, respectivamente acosados por los hijos, nos considerábamos mutuamente padres y veíamos la Potsdamer Platz como tierra de nadie y sólo cercada por muros, escribí una obra teatral que, en calidad de tragedia alemana, se tituló *Los plebeyos ensayan la rebelión* y molestó a los guardianes del templo de ambos Estados. Trataba, en cuatro actos, del poder y la impotencia, de la revolución preparada y la espontánea, de si podía cambiarse a Shakespeare, del aumento del rendimiento exigido y de un trapo rojo en jirones, de palabras y contrapalabras, de soberbios y apocados, de tanques y piedras, y de una rebelión obrera pasada por agua que, apenas sofocada y fechada un 17 de junio, fue tergiversada como alzamiento popular y declarada fiesta, con lo que en el Oeste, en cada celebración, costó de año en año más víctimas de tráfico.

En el Este, sin embargo, los muertos habían sido fusilados, linchados o ejecutados. Se imponían además penas de prisión. El presidio de Bautzen estaba abarrotado. Todo eso sólo se supo después. Anna y yo sólo vimos personas impotentes que lanzaban piedras. Desde el sector occidental guardamos nuestras distancias. Nos amábamos y amábamos mucho el Arte, y no fuimos obreros que tirasen piedras a los tanques. Sin embargo, desde entonces sabemos que esa lucha se reproducirá siempre. A veces, aunque con retraso de decenios, incluso ganan los que tiran piedras.

1954

Es verdad que no estuve en Berna, pero por la radio, que aquel día se vio asediada en mi cuarto de estudiante de Múnich por los de económicas, viví el pase de Schäfer dentro del área de penalti húngara. Incluso hoy, jefe entrado en años pero todavía activo de una empresa de consultores con sede en Luxemburgo, me parece ver cómo Helmut Rahn, al que todos llamaban Boss, recibe el cuero sin dejar de correr. Luego chuta sin pararse; no, dribla a dos contrarios que lo atacan, deja atrás a dos defensas más y, con el pie izquierdo, sacude el bombazo, desde más de quince metros de distancia, en el ángulo inferior izquierda de la puerta. Imparable para Grosics. Fue cinco o seis minutos antes del final: 3 a 2. Y los húngaros arremeten. Tras un buen centro de Kocsis, remata Puskas. Pero no le dan el gol. Sus protestas no sirven de nada. Al parecer, el mayor del Honvéd (el ejército húngaro) estaba fuera de juego. En el último minuto Czibor avanza con el balón y dispara en ángulo desde siete u ocho metros, pero Toni Turek se tira en plancha y para con ambas manos. Los húngaros ponen el balón en juego. Y entonces Mister Ling pita el final del partido. Somos campeones del mundo, se lo hemos demostrado, aquí estamos otra vez, no somos ya los vencidos, cantamos bajo los paraguas en el estadio de Berna, lo mismo que, apiñados en torno a la radio en mi residencia de Múnich, rugimos «*Deutschland, Deutschland über alles!*».

Sin embargo, mi historia no acaba ahí. En realidad es ahora cuando empieza. Porque mis héroes de aquel 4 de julio no se llamaban Czibor ni Rahn, Hidegkúti ni Morlock; no, durante decenios, aunque inútilmente, me he preocupado, como economista y asesor de inversiones, en definitiva desde mi puesto en Luxemburgo, del bienestar económico de mis ídolos Fritz Walter y Ferenc Puskas. Sin embargo, ellos no querían que los ayudara. Mi deseo de tender puentes por encima de todo nacionalismo fue inútil. Al contrario, después de aquel gran partido los dos fueron enemigos acérrimos, porque el mayor húngaro acusaba al goleador alemán de megalomanía teutónica y hasta de *doping*. Al parecer dijo que «jugaban echando espuma por la boca». Sólo años más tarde, cuando había sido contratado por el Real Madrid pero seguía sin poder jugar en campos de fútbol alemanes, se avino a disculparse por escrito, de forma que, en realidad, nada se hubiera opuesto ya a una relación comercial entre Walter y Puskas; y mi empresa trató enseguida de mediar como asesora.

¡Penas de amor perdidas! Es cierto que a Fritz Walter lo condecoraron y que fue llamado el Rey de Betzenberg, pero sus servicios publicitarios, demasiado subvalorados, para Adidas y para una cava de vino espumoso, que incluso podían utilizar su nombre en determinados productos —por ejemplo, «la bebida de honor de Fritz Walter»— fueron mal pagados; sólo cuando su best-seller sobre Sepp Herberger, llamado Bundessepp, entrenador del equipo, y la victoria imperecedera en el mundial le produjo buenos ingresos pudo abrir en Kaiserslautern, cerca de las ruinas del castillo, un sencillo cine con quinielas y lotería en el vestíbulo. Lamentable en realidad, porque no sacaba mucho. En cambio, a principios de los cincuenta hubiera podido hacer fortuna en España. El Atlético de Madrid envió para captarlo a alguien con un cuarto de millón de señal en un maletín. Pero el modesto, siempre demasiado modesto Fritz lo rechazó: quería vivir en el Palatinado y ser rey allí, sólo allí.

Muy distinto fue el caso de Puskas. Después de la sangrienta sublevación húngara se quedó en Occidente, porque estaba de viaje en Sudamérica con el equipo nacional, renunció a su acreditado restorán de Budapest y adquirió luego la nacionalidad española. No tuvo dificultades con el régimen de Franco, porque de Hungría, en donde el partido en el poder —lo mismo que los checos a su Zátopek— lo había exaltado como «héroe del Socialismo», había traído las experiencias del caso. Durante siete años jugó con el Real Madrid e hizo millones, que metió en una fábrica de embutidos: las Salchichas Puskas se exportaban incluso al extranjero. Y, de paso, aquel comilón, que siempre tuvo que combatir el exceso de peso, tenía un restorán para *gourmets:* el Pancho Puskas.

Es cierto que mis dos ídolos se comerciali-
zaron, pero no supieron aunar sus intereses y ven-
derse, por decirlo así, en envase doble. Ni yo ni
mi empresa especializada en fusiones conseguimos
hacer socios al muchacho ex obrero de un suburbio de Budapest y al ex meritorio de un banco del
Palatinado, por ejemplo ofreciendo las salchichas
del mayor Puskas con el mejor cava Coronación
de Fritz Walter, y reconciliando así de forma ren-
table al héroe de provincias con el ciudadano del
mundo. Desconfiando de toda fusión, los dos se
negaron o hicieron que otros se negaran por ellos.

El mayor del Honvéd sigue pensando al parecer que aquella vez, en Berna, no estaba fuera de
juego y puso el marcador en 3 a 3. Posiblemente
cree que Mister Ling, el árbitro, se vengó porque
un año antes Hungría había conseguido, en el sa-
grado estadio de Wembley, infligir a Inglaterra su
primera derrota en casa: los magiares ganaron por
6 a 3. Y la secretaria de Fritz Walter, que protegía
implacablemente al Rey de Betzenberg, se negó incluso a aceptar de mí como regalo un salchichón
Puskas que le ofrecí en persona. Un fracaso que sigo rumiando. Sin duda por eso me acomete a veces
una idea: qué hubiera sido del fútbol alemán si el
árbitro, cuando Puskas marcó, no hubiera pitado
«fuera de juego», nos hubiéramos quedado atrás en
la prórroga o hubiéramos perdido el inevitable partido de repetición, y nos hubiéramos ido nuevamente vencidos y no como campeones del mundo...

1955

Ya el año anterior terminaron nuestra vivienda unifamiliar, financiada en parte con un contrato de ahorro-vivienda —con Wüstenrot, creo— que Papá, como funcionario, había creído poder firmar en, como él decía, «condiciones relativamente buenas». Sin embargo, la casa, en cuyas cinco habitaciones y media no sólo nos sentimos pronto a nuestras anchas las tres chicas sino también Mamá y la Abuela, había sido construida sin refugio antiaéreo, a pesar de que Papá había asegurado una y otra vez que no le importaba pagar gastos suplementarios. Durante la planificación de la construcción había escrito carta tras carta a la empresa constructora y a las autoridades competentes, acompañando a las cartas fotos de hongos atómicos sobre campos de experimentación norteamericanos y de, como él decía, «refugios provisionales relativamente incólumes» de Hiroshima y Nagasaki. Incluso había aportado bocetos un tanto torpes para construir un sótano con capacidad para seis a ocho personas, con entrada de esclusa y puerta exterior a presión, y salida de emergencia de características parecidas. Su decepción fue tanto mayor cuando aquellas, como él decía, «medidas de protección imprescindibles en la era atómica para una parte relativamente importante de la población» no merecieron atención alguna. Faltaban, dijeron las autoridades de la construcción, directrices oficiales.

Papá, sin embargo, no era enemigo declarado de la bomba atómica. La aceptaba como un mal necesario, que había que tolerar mientras la paz mundial estuviera amenazada por el poderío soviético. Sin embargo, hubiera criticado sin duda con pasión los esfuerzos posteriores del Canciller Federal por impedir toda discusión en materia de protección civil.

—Son tácticas electorales —le oigo decir—, no quiere inquietar a la población; al considerar los cañones atómicos como una simple evolución posterior de la artillería, el viejo zorro resulta incluso inteligente.

En cualquier caso, allí estaba ahora nuestra casita, a la que pronto llamaron en la vecindad La casa de las tres chicas. Se podía cultivar también el jardín. A nosotras nos dejaban ayudar a plantar árboles frutales. Entonces, no sólo Mamá sino también las niñas nos dimos cuenta de que Papá se esforzaba por reservar en la zona umbrosa del jardín un rectángulo considerable. Sólo cuando la Abuela, siguiendo su costumbre, lo interrogó de plano, reveló sus planes y confesó que estaba proyectando un búnker subterráneo y, como él decía, «relativamente económico», de acuerdo con los conocimientos más recientes de la protección civil suiza. Cuando luego, en el verano, varios periódicos publicaron detalles horripilantes sobre unas maniobras atómicas, la «Operación Carte Blanche», que se habría realizado el 20 de junio de 1955, con participación de todas las potencias occidentales, toda Alemania, y no sólo nuestra República Federal, resultó ser escenario bélico y, haciendo un cálculo aproximado, se habló de unos dos millones de muertos y tres millones y medio de heridos —sin incluir, naturalmente, a los alemanes orientales—, Papá comenzó a moverse.

Por desgracia, no se dejó ayudar en sus planes. Los problemas con las autoridades habían hecho que, como él decía, quisiera confiar «en sus propias fuerzas». Ni siquiera la Abuela pudo detenerlo. Cuando luego se supo además el peligro que representaban desde hacía años las nubes que vagaban en torno al globo, con su carga peligrosamente radiactiva que había que contar en cualquier momento con alguna precipitación, la llamada «lluvia radiactiva», y, peor aún, que ya en el cincuenta y dos se habían descubierto nubes contaminadas sobre Heidelberg y sus alrededores, es decir, exactamente encima de nosotros, no hubo quien parase a Papá. Hasta la Abuela se convenció de la necesidad de, como ella decía, «esas excavaciones», y costeó varios sacos de cemento.

Papá, sin ayuda y después de terminar su trabajo diario —era jefe de servicio en el Catastro—, cavó una fosa de cuatro metros y medio. Sin ayuda consiguió, en un fin de semana, hormigonar unos cimientos redondos. También consiguió fabricar, de hormigón colado, las puertas de entrada y salida, y la cámara de esclusa. Mamá que, normalmente, era más bien parca en el elogio, lo alabó con entusiasmo. Quizá por eso Papá siguió renunciando a la ayuda cuando se trató de poner la bóveda a nuestro, como él decía, «búnker familiar antiatómico relativamente seguro», vertiendo cemento fresco. Lo consiguió también. Estaba dentro de aquella construcción de planta circular, inspeccionando el interior del búnker, cuando ocurrió la desgracia. El revestimiento cedió. Sepultado por la masa de cemento, la ayuda llegó demasiado tarde.

No, no hemos terminado su proyecto. No era sólo la Abuela quien estaba en contra. Yo, sin embargo, desde entonces he participado en las marchas antiatómicas de Pascua, lo que a Papá seguramente no le hubiera gustado. Durante años he estado en contra. E incluso en mi edad madura he ido con mis hijos a Mutlangen y Heilbronn, a causa de los misiles Pershing. Pero, como es sabido, no ha servido de gran cosa.

1956

En marzo de aquel año triste y sombrío, en el que uno de ellos murió en julio, poco después de cumplir los setenta, y el otro, que no tenía aún sesenta, en agosto, lo que hizo que el mundo me pareciera desierto y los escenarios teatrales vacíos, yo, estudiante de Germanística que fabricaba aplicadamente poemas a la sombra de los dos gigantes, me los encontré junto a la tumba de Kleist, un lugar apartado con vistas sobre el Wannsee en donde se había producido ya más de un encuentro singular, fuera casualmente o fuera por acuerdo previo.

Supongo que habían concertado en secreto la hora y el lugar, posiblemente con ayuda de mujeres mediadoras. Por casualidad estaba sólo yo, modesto estudiante, en segundo plano, y reconocí a la segunda ojeada al uno, calvo y con aspecto de buda, y al otro, frágil y marcado ya por la enfermedad. Me fue difícil mantenerme a distancia. Sin embargo, como aquel día de marzo helado y soleado ofrecía una calma absoluta, sus voces me llegaban, una suavemente refunfuñona y otra clara y ligeramente en falsete. No hablaban mucho y se permitían pausas. A veces estaban muy juntos, como sobre un zócalo común, y otras cada uno se preocupaba de respetar la distancia prescrita. Si el

uno pasaba en el Oeste de la ciudad por rey literario, y por ello sin corona, el otro era la autoridad
citable a placer de la mitad oriental de la ciudad.
Como en aquellos años había guerra entre el Este y
el Oeste, aunque sólo fuera fría, los habían enfrentado entre sí. Sólo mediante una doble astucia había podido celebrarse aquel encuentro al margen
del orden de combate establecido. Al parecer, a mis
ídolos les gustó escaparse de sus respectivos papeles
por una horita.

Así parecía, así se oía su convivencia. Lo
que yo combinaba, completando períodos o medias frases, no iba dirigido enemistosamente contra el otro. Lo que citaban no se refería a ellos mismos sino siempre al otro. Uno conocía el breve
poema *A los que han de nacer* y recitó su último
verso disfrutándolo como si fuera suyo:

> *Cuando se hayan agotado los errores*
> *tendremos como último acompañante*
> *la Nada enfrente.*

El otro declamó, del poema temprano *Un
hombre y una mujer en el barracón del cáncer,* el
verso final.

> *Aquí se hincha el campo en torno a cada lecho.*
> *La carne se nivela en suelo. Cede el rescoldo.*
> *Los humores se aprestan a fluir. Llama la tierra.*

Así se citaban con deleite los conocedores.
También se elogiaban entre cita y cita, lanzándose

en broma palabras que los estudiantes conocíamos de sobra. «Le ha salido muy bien desde el punto de vista de la extrañeza fenotípica», decía el uno, y el otro le respondía en falsete: «Su tanatorio occidental apoya mi teatro épico, tanto monológica como dialécticamente». Y otras pullas para su mutua diversión.

Luego se burlaron de Thomas Mann, fallecido el año anterior, parodiando sus «*leitmotiv* para uso diario». Luego les tocó a Johannes R. Becher y Arnold Bronnen, con cuyos apellidos se podía hacer juegos de palabras. Por lo que se refiere a su propia cosecha de pecados políticos, sólo apuntaron brevemente el uno contra el otro. Así, uno de ellos soltó burlonamente dos versos de un himno partidista del otro: «... y el gran jefe de la recolección, Josef Stalin, habló del mijo, habló del estiércol y del viento de secano...», y entonces el otro trajo a colación el transitorio entusiasmo de su interlocutor por el Estado del Führer en su escrito propagandístico *El mundo dórico,* y un discurso pronunciado en honor del futurista y fascista Marinetti. El otro elogió a su vez, irónicamente, la obra teatral *La medida,* como «mundo expresivo de un auténtico Tolomeo», para disculpar enseguida a los dos pecadores reunidos junto a la tumba de Kleist con una cita del gran poema *A los que han de nacer.*

> *Vosotros, que surgiréis de la corriente*
> *en la que nosotros nos hundimos*
> *pensad también*
> *cuando habléis de nuestras debilidades*

en los oscuros tiempos
de los que os habéis librado.

Ese «vosotros» se refería sin duda a mí, nacido después y oyente atento aunque apartado. Tuve que contentarme con esa exhortación, aunque había esperado de mis ídolos un reconocimiento más claro de sus orientadores errores. Sin embargo, no hubo más. Adiestrados en el silencio, los dos se ocuparon sólo de su salud. Uno, al ser médico, se preocupaba por el otro, al que un tal profesor Brugsch había recomendado recientemente una estancia de cierta duración en el hospital de la Charité, y que por ello se golpeó expresivamente el pecho. Luego el uno se preocupó por el «alboroto público» que le esperaba con motivo de la celebración de sus setenta años —«¡me bastaría con una cerveza bien fría!»—, mientras que el otro insistía en sus disposiciones testamentarias: nadie, tampoco el Estado, tenía derecho a exponer públicamente su cadáver. No debía pronunciarse discurso alguno ante su tumba... Es verdad que el otro estuvo de acuerdo, pero luego, con reservas: «Es bueno preverlo todo. Pero ¿quién nos protegerá de nuestros epígonos?».

Nada sobre la situación política. Ni una palabra sobre el rearme del Estado occidental, del oriental. Riéndose de los últimos chistes sobre vivos y muertos, dejaron la tumba de Kleist, sin haber mencionado ni citado al poeta, condenado allí a la inmortalidad. En la estación de Wannsee, el uno, que vivía en Schöneberg cerca de la plaza de

Baviera, tomó el suburbano; al otro lo esperaba un coche con chófer, que, había que suponer, lo llevaría a su villa de Buckow o al teatro de Schiffbauerdamm. Cuando luego llegó el verano y los dos murieron con escasa diferencia, yo decidí quemar mis poemas, renunciar a la Germanística y estudiar diligentemente en lo sucesivo, en la Universidad Técnica, ingeniería mecánica.

1957

Querido amigo:

Después de una colaboración tan larga, quiero sin falta escribirte esta carta. Aunque nuestros caminos se hayan separado, confío en la continuidad de nuestra camaradería, y espero también que recibas este escrito confidencial; por desgracia, en esta patria nuestra dividida hay que comportarse con precaución.

En cuanto al motivo de este amistoso mensaje: después de dar por terminada, tanto en vuestro lado como en el nuestro, la fase de reconstrucción del Bundeswehr y del Nationale Volksarmee, el 1º de mayo de este año me concedieron la medalla al mérito de bronce del NVA. Durante el solemne reconocimiento de mi labor tuve conciencia de que ese honor te corresponde en parte no pequeña: los dos juntos hemos hecho mucho por desarrollar el casco de acero alemán.

Por desgracia, en la ceremonia (por razones sin duda comprensibles) se olvidó mencionar la historia anterior del modelo M 56; los dos, durante la última guerra mundial, fuimos encargados de producir el casco de acero en la fábrica siderúrgica y metalúrgica A.G. Thale, desarrollando, como ingenieros competentes, los cascos B y B II diseñados por el Prof. Fry y el Dr. Hänsel y sometidos luego a pruebas de tiro. Como recordarás, el mando superior del Ejército nos prohibió desechar el casco M-35, aunque sus deficiencias —paredes laterales oblicuas y ángulos de incidencia de hasta 90 grados— habían quedado demostradas por pérdidas de personal considerables. Los nuevos cascos, probados ya en el cuarenta y tres en la academia de infantería de Döberitz, demostraron, con ángulos de incidencia planos, una mayor resistencia al impacto, y probaron plenamente su eficacia en la utilización del lanzagranadas antitanque de 2 centímetros y del de 8 centímetros —llamado «tubo abierto»—, así como en la de telescopios de tijera y de los radiotransmisores «Dora». También revelaron otras ventajas, confirmadas por diversos dictámenes: menor peso del casco, mayor libertad de movimientos de la cabeza en la utilización de toda clase de armas e instrumentos, y una mayor capacidad de escucha, al quedar suprimidos todos los ruidos parásitos.

Por desgracia, como sabes, hasta el final se siguió usando el casco M-35. Sólo ahora, al ser reconstruido el Nationale Volksarmee, pude seguir desarrollando en la VEB Eisenhüttenwerk Thale los modelos B y B II, nuevamente probados, y hacer que se produjeran en serie como casco NVA M 56. De momento calculamos producir unas cien mil unidades. El acondicionamiento interno se encargó a la VEB Taucha de géneros de cuero y talabartería. Nuestro casco está francamente bien, y rechazo por inmotivado el sarcasmo, que a veces se ha expresado, de que se parece a otros modelos checos.

¡De eso nada, querido amigo! Como puedes comprobar, en nuestra República (aunque no se diga) se han utilizado los modelos prusianos tanto en la forma de los cascos como en el corte de los uniformes, y hasta se han adoptado las acreditadas botas de soldado y las botas altas de oficial, mientras que, entre vosotros, la fatídica Oficina Blank quiere despedirse, al parecer, de toda tradición. Por eso, de la forma más sumisa, se ha aceptado el modelo de casco americano. El gris de campaña de los uniformes se ha aguado, convirtiéndose en gris pizarra de Bonn. Espero que no te moleste que haga constar una cosa: ese Bundeswehr se esfuerza sin duda por presentarse hacia fuera como despreocupado y cívico, pero, a pesar de su disfraz, que resulta ridículo, no puede ocultar su voluntad de agresión. Sin embargo, como hemos decidido hacer también nosotros, para dirigir a sus tropas tiene que recurrir a beneméritos generales de la Wehrmacht.

Con todo, quiero referirme otra vez al honor que me ha sido (y, en principio, te ha sido) concedido, porque cuando, en el marco de las celebraciones del 1º de mayo, me dieron la medalla de bronce, me acordé del profesor Schwerd, de la Escuela Superior Técnica de Hanóver. Al fin y al cabo fue él quien, en el año quince, creó aquel casco de acero utilizado primero ante Verdún y luego en todos los frentes, eliminando así el lamentable casco puntiagudo. Nosotros nos consideramos sus discípulos. De todas formas, me sentí lleno de gratitud cuando me (y, en el fondo, te) hicieron tan gran honor. Y, sin embargo, mi alegría no fue perfecta: por desgracia hay ahora dos ejércitos alemanes frente a frente. Nuestra patria está desgarrada. El dominio extranjero lo ha querido así. Sólo cabe esperar que, en día no muy lejano, vuelva a ser cierta la unidad alemana. Entonces, como en nuestros días jóvenes, podremos peregrinar por el Harz sin tropezar con fronteras. Y, unidos, nuestros soldados podrán llevar el casco que, en el curso de dos guerras mundiales se ha desarrollado hasta adquirir una forma que permite la máxima desviación de los disparos pero, al mismo tiempo, se ajusta a la tradición alemana. ¡A eso, mi querido amigo y camarada, hemos contribuido nosotros!

Un abrazo,
Erich

Una cosa es segura: lo mismo que tras la moda de comer vino la de viajar, con el milagro económico vino el milagro de la chica alemana. Sin embargo, ¿qué *covergirls* fueron las primeras? ¿Quién tuvo, ya en el cincuenta y siete, un titular en *Stern*? ¿Cuáles, entre las muchas bellas que se sucedieron, fueron conocidas por su nombre, cuando el milagro de las chicas cruzó el Atlántico y *Life* desplegó en su portada la «*Sensation from Germany*»?

Como *voyeur* de la última hornada, ya a principios de los cincuenta me había enamorado de las gemelas, en cuanto vinieron del otro lado, de Sajonia, para visitar en las vacaciones a su padre, que había dejado plantada a su madre. Se quedaron en Occidente, aunque lloraron un poco por su escuela de *ballet* de Leipzig, en cuanto, gracias a mí, comenzaron a actuar en el Varieté Palladium, porque Alice y Ellen querían llegar a lo más alto y habían soñado con un contrato con la ópera de Düsseldorf: *El lago de los cisnes* y más.

Resultaba irresistiblemente cómica la forma en que exhibían su acento sajón cuando, con medias de color lila, las paseaba ante los escaparates de la Königsallee de Düsseldorf, al principio para que llamaran la atención, pero pronto como algo sensacional. Por eso nos descubrieron los directores del Lido que buscaban talentos y, gracias a mi mediación con el padre de las gemelas, las contrataron en París. De manera que yo también hice el equipaje. De todas formas, los remilgos de Düsseldorf se me habían hecho tremendamente aburridos. Y como, después de la muerte de Mamá, no quise casarme con el consejo de administración de nuestra floreciente producción de detergentes, mi consorcio me pagó de una forma tan generosa que desde entonces tengo siempre liquidez y pude permitirme viajes, los mejores hoteles, un Chrysler con chófer y, poco después, un chalé cerca de Saint-Tropez, es decir, una vida típica de *playboy*, sin embargo, asumí ese papel sólo externamente divertido a causa de las gemelas Kessler. Me atraía su doble belleza. Me enamoré de aquellas dos plantas cultivadas de Sajonia. Su esbeltez celestialmente exagerada daba un objetivo a mi inútil existencia, objetivo que evidentemente no alcancé nunca, porque Alice y Ellen, Ellen y Alice, sólo veían en mí un perrito faldero, aunque con medios de fortuna.

De todas formas, en París no resultaba fácil tener acceso a ellas. Miss Bluebell, la Campanilla, un verdadero dragón que en realidad se llamaba Leibovici, mantenía a las dieciséis chicas de largas piernas de su revista como si fueran monjas de convento: ¡Nada de visitas masculinas en el guardarropa! ¡Nada de tratar con los clientes del Lido! Y, después de la representación, sólo se admitían en los taxis que las llevaban al hotel taxistas de más de sesenta años. Entre mis amigos —en aquella época me relacionaba con una *clique* internacional de libertinos— se decía: «Es más fácil forzar la caja fuerte de un banco que a una de las Bluebell Girls».

Sin embargo, tuve oportunidad, o me la dio la severa domadora, de llevar a pasear a mis adoradas criaturas gemelas por los Campos Elíseos. Además, me encargó que consolara una y otra vez a las dos, porque, por su origen teutónico, las mujeres del guardarropa no les hacían caso y las chicas francesas las trataban mal. Con su tamaño superesbelto, tenían que responder por todos los crímenes de guerra de los *boches*. ¡Qué dolor! ¡Qué desgarradoramente lloraban por ello! Con qué entusiasmo de coleccionista secaba yo sus lágrimas...

Sin embargo, más tarde, con el éxito, los ataques cedieron. Y en los Estados Unidos, la admiración por la «*Sensation from Germany*» no se vio empañada por ninguna injuria. En fin de cuentas, hasta París estaba a sus pies. Maurice Chevalier o Françoise Sagan, Gracia Patricia de Mónaco o Sofía Loren, todos las ponían por las nubes en cuanto les habían presentado a las gemelas Kessler. Sólo Liz Taylor puede haber mirado con envidia el talle de mis liliáceas sajonas.

¡Ay Alice, ay Ellen! Por muy codiciadas que fueran, probablemente ninguno de los sementales alcanzó sus fines con ellas. Ni siquiera durante el rodaje de *Trapecio*, cuando Tony Curtis y Burt Lancaster trataron incansablemente de conquistar a la una y la otra, tuvieron éxito, sin que yo tuviera que hacer de guardián. No obstante, eran buenos ami-

gos y se gastaban bromas. Si las estrellas de Holly-
wood gritaban burlonamente: «¡Helados!», en cuanto Ellen y Alice aparecían, mis criaturas respondían:
«¡Perritos calientes! ¡Perritos calientes!». E incluso
aunque Burt Lancaster, como se dijo luego, se hubiera acostado realmente con una de las dos, no debió de sacar mucho, ni supo muy bien con cuál de
las dos.

Sólo servían para ser contempladas. Y eso
podía hacerlo yo siempre y donde quisiera. Sólo
yo, hasta que ellas siguieron su propio camino, que
el éxito les había allanado. Su brillo lo eclipsaba todo, hasta ese milagro con frecuencia invocado que
hay que atribuir a la economía alemana, porque
con Alice y Ellen comenzó el milagro de las chicas
sajonas que todavía hoy nos asombra.

1959

Lo mismo que Anna y yo —en el cincuenta
y tres— nos encontramos en aquel Berlín de enero
frío en la pista de baile del Cáscara de Huevo, bailábamos ahora, porque sólo fuera de los salones de la
Feria del Libro, con sus veinte mil novedades y sus
tropecientos mil expertos parloteantes, se podía encontrar refugio, por cuenta de la editorial (¿Luchterhand o la flamante «Colmena» de S. Fischer?, desde luego no en el encerado parqué de Suhrkamp;
no, era un local alquilado por Luchterhand); ligeros
de pies como siempre, Anna y yo, nos buscamos y
encontramos bailando, a los acordes de una música
con ritmo de nuestros años jóvenes —¡Dixieland!—,
como si sólo bailando pudiéramos salvarnos de
aquella barahúnda, de aquella inundación de libros,
de todas aquellas personas importantes, escapar así
ágilmente a su cháchara —«¡un éxito! Böll, Grass
y Johnson son los ganadores...»— y al mismo tiempo superar, girando rápidamente, nuestro presenti-
miento: ahora acaba algo, ahora empieza algo, ahora
tenemos un nombre, y eso con piernas elásticas, muy
apretados o a la distancia de las yemas de los dedos,
porque aquel murmullo de los salones de la Feria
—«*Billar, Conjeturas, Tambor de hojalata...*»— y el
susurro de aquella fiesta —«por fin ha nacido la lite-

ratura alemana de la posguerra...»— o bien partes
militares —«a pesar de Friedrich Sieburg y el *Frankfurter Allgemeine Zeitung*, hemos logrado romper el
frente...»— sólo podían oírse de pasada, locos por la
música y sueltos, porque el Dixieland y el latido de
nuestros corazones eran más fuertes, nos daban alas
y nos hacían ingrávidos, de forma que el peso del
novelón —setecientas treinta páginas— se había
suspendido en el baile y nosotros ascendíamos de
edición en edición, quince, no, veinte mil, y entonces Anna, cuando alguien gritó: «¡Treinta mil!», y
conjeturó contratos con Francia, el Japón y Escandi-
navia, de pronto, como estábamos sobrepasados por
el éxito y bailábamos desprendidos del suelo, perdió
su combinación de tres volantes, ribeteada con una
tira de ganchillo, cuando el elástico cedió o perdió,
como nosotros, toda inhibición, con lo que Anna, liberada, flotó sobre la prenda caída, la empujó con la
punta del pie libre hacia donde teníamos espectadores, gente de la Feria, lectores incluso que, por cuenta de la editorial (Luchterhand), celebraban el que era
ya un best-seller gritando: «¡Oskar!», «¡Está bailando
Oskar!»; pero no era Oskar Matzerath quien, con
una señora de la central telefónica, hacía una exhibición de *Jimmy the Tiger*, sino que éramos, compene-
trados en el baile, Anna y yo, que habíamos dejado a
Franz y Raoul, sus hijitos, con unos amigos y habíamos venido en tren, concretamente desde París,
en donde, en un cuchitril húmedo, yo había alimen-
tado con carbón la calefacción de nuestras dos habitaciones y, ante unas paredes que chorreaban, había
escrito capítulo tras capítulo, mientras Anna, cuya

combinación caída era heredada de su abuela, su-
daba diariamente en la barra de *ballet* de Madame
Nora en la Place Clichy, hasta que yo mecanografié
las últimas páginas, envié las pruebas de imprenta
corregidas a la editorial, a Neuwied, y pinté también
la cubierta del libro con un Oskar de ojos azules, de
forma que el editor (Reifferscheid se llamaba) nos
invitó a la Feria del Libro de Francfort para que los
dos pudiéramos vivir, saborear, pregustar y regustar
el éxito; sin embargo, Anna y yo seguimos bailando,
también luego, cuando nos habíamos hecho un nombre, aunque entre baile y baile tuviéramos cada vez
menos que decirnos.

1960

¡Qué lástima! Es cierto que en Roma participó de nuevo en los Juegos Olímpicos un equipo de toda Alemania, pero Adidas se dividió definitivamente. Y fue por culpa de Hary. No es que él tuviera intención de provocar una disputa entre los dos hermanos, pero aumentó nuestras desavenencias, aunque, comercialmente, nuestros caminos se hubieran separado mucho antes, al establecer mi hermano aquí, en las proximidades de Fürth, para hacerme la competencia, su empresa Puma, que en realidad no alcanzó ni de lejos las cifras de ventas de Adidas.

Es cierto que las dos empresas dominaron el mercado mundial de zapatillas de deportes y botas de fútbol. Pero es verdad también que Armin Hary nos enfrentaba mutuamente, al tomar la salida para batir sus récords unas veces con clavos de Adidas y otras con clavos de Puma. Las dos empresas se lo pagaban. Por eso en Roma corrió con los clavos de mi hermano, pero, sin embargo, tras haber conseguido el oro con su legendaria carrera, subió al podio de los vencedores con zapatillas Adidas. Además fui yo quien, después de su récord mundial de los diez segundos en Zurich, puse sus zapatillas en nuestro museo y creé el «9,9», modelo con futuro, para que Hary corriese en Roma con él.

Fue una lástima que se dejara captar por mi hermano, y típico de nuestra contienda familiar el que, después de aquella abundancia de oro —Hary ganó también con el equipo de relevos de los cuatrocientos metros—, se presentaran a la prensa deportiva ocho modelos de Puma con su monograma. Comenzaban por los llamados «Salida de Hary» y «Sprint de Hary» y acababan con el «Victoria de Hary». No sé cuánta pasta tuvo que aflojar Puma para ello.

Hoy, sin embargo, cuando es demasiado tarde ya para dar marcha atrás y reconciliarse, la empresa se ha vendido al extranjero, mi hermano ha muerto y toda enemistad ha quedado enterrada, comprendo con dolorosa lucidez que nunca hubiéramos debido dejarnos llevar por aquel muchacho, al que no sin razón llamaban el Galgo. Pronto nos pasaron la cuenta de nuestra esplendidez. Apenas había conseguido él homologar por fin su récord mundial, comenzaron los escándalos. En Roma ya, aquel muchacho mimado se peleó con funcionarios del deporte a causa del equipo de relevos. Al año siguiente, su carrera como velocista había terminado prácticamente. Y eso después de un ascenso meteórico. Qué va, el motivo no fue un accidente de coche, como se dijo, sino graves infracciones de las normas sobre el deporte aficionado. Y nosotros —Adidas y Puma— habíamos sido al parecer quienes sedujimos al muchacho. Naturalmente es un disparate, aunque tengo que reconocer que mi hermano, sin ninguna vergüenza, siempre supo captar corredores, costasen lo que costasen. Fuera Fütterer, Germar o Lauer, lo intentaba con todos. Sin embargo, con Hary se dio un buen batacazo, aunque hoy estimo que el tribunal deportivo decidió con falta de generosidad excesiva, impidiendo así a aquel incomparable fenómeno de la distancia corta —hasta el negro Jesse Owens le estrechó con admiración la mano— cualquier otra victoria o récord.

Sigo pensando lo mismo: ¡Fue una lástima! Aunque la evolución de aquel genio de la carrera pusiera de relieve el insuficiente respaldo moral de sus facultades, cuando luego, con frecuencia, se vio mezclado en escándalos, como corredor de fincas o empresario, y finalmente, a principios de los ochenta, involucrado en aquella ciénaga de maquinaciones de la empresa sindical Nuevo Hogar y del archiepiscopado de Múnich que le costó dos años de prisión por malversación de fondos y estafa, yo sigo teniendo ante los ojos a aquel muchacho alto, y así debió de verlo también mi hermano cuando Hary logró los cien metros en un tiempo récord con cuarenta y cinco zancadas, y se le midió un tranco máximo de dos metros veintinueve.

¡Aquellas salidas suyas! Apenas abandonaba los hoyos, dejaba a todos atrás, incluidos los corredores negros. Durante muchos años, aquella marca mundial de velocidad de un blanco se mantuvo. Qué lástima que no pudiera superar él mismo su famoso diez coma cero. Porque, si Armin Hary se hubiera quedado con Adidas y no se hubiera dejado arrastrar por Puma y mi hermano, hubiera logrado sin duda un 9,9. Jesse Owens lo creía capaz de conseguir incluso un 9,8.

1961

Aunque hoy no le importe a casi nadie, ni le interese siquiera, tengo que decirme: bien mirado, aquella época fue para ti la mejor. Te solicitaban, te exigían. Durante un año viviste peligrosamente, te mordías las uñas de miedo y corrías peligros sin preguntarte dos veces si al hacerlo perderías también el próximo curso. Yo era estudiante de la Universidad Técnica y ya entonces me interesaba por la calefacción a distancia, cuando, de la noche a la mañana, construyeron el Muro de parte a parte.

¡Qué jaleo se armó! Muchos participaron en manifestaciones y protestaron ante el Reichstag o donde fuera, pero yo no. Ya en agosto pasé a Elke, que estudiaba pedagogía al otro lado. Fue bastante fácil con un pasaporte alemán occidental que, en su caso, no planteaba problemas de fechas ni de foto. Sin embargo, ya a fines de mes tuvimos que falsificar pases y trabajar en grupos. Yo era agente de contacto. Con mi pasaporte federal expedido en Hildesheim, de donde soy realmente, la cosa funcionó hasta principios de septiembre. A partir de entonces, al salir del sector oriental había que entregar los pases. Posiblemente los hubiéramos fabricado también si alguien nos hubiera facilitado a tiempo el típico papel de la Zona.

Pero de todo eso nadie quiere saber hoy. Y mis hijos mucho menos. No me escuchan o dicen: «Muy bien, Papá. Vosotros erais mucho mejores que nosotros, ya lo sabemos». Bueno, quizá más adelante mis nietos, cuando les cuente cómo hice pasar a la Abuela, que estaba presa al otro lado, y cómo colaboré luego en la «Agencia de Viajes», como nos llamábamos para disimular. Teníamos especialistas que utilizaban huevos duros para falsificar sellos. Otros hacían virguerías con cerillas de madera afiladas. Casi todos éramos estudiantes muy de izquierdas, pero también había miembros de corporaciones de derechas y gente que, como yo, no se interesaban por la política. Es verdad que había elecciones en el Oeste y que quien mandaba en Berlín era el candidato de los socialdemócratas, pero no puse mi crucecita por Brandt y sus compañeros ni por el viejo Adenauer, porque entre nosotros no valían ideologías ni fanfarronadas. Sólo contaban los hechos. Teníamos que «descolgar y colgar», como decíamos, fotos de pasaporte, utilizando también pasaportes extranjeros, suecos u holandeses. O bien conseguíamos, a través de contactos, pasaportes con fotos y datos parecidos: color de pelo, color de ojos, estatura, edad. Y además periódicos, calderilla y billetes de transporte usados, las típicas cosillas que alguien, por ejemplo alguna joven danesa, llevaba encima. Era un trabajo de mil pares de demonios. Y todo gratis o a nuestra costa.

Sin embargo hoy, cuando nada es gratis, no te creen que, de estudiantes, no cobráramos nada por ello. Sí, es cierto, hubo algunos que después, en la construcción del túnel, pusieron la mano. Por eso el proyecto de la Bernauer Strasse resultó bastante idiota. Un grupito de tres, sin que nosotros lo supiéramos, cobró de una compañía de televisión norteamericana 30.000 marcos por dejarlos filmar en el túnel. Estuvimos cavando tres meses. ¡Arena de la Marca de Brandeburgo! Aquel tubo tenía más de cien metros. Y cuando hicimos pasar secretamente al Oeste a unas treinta personas, abuelas y niños incluidos, yo pensé que aquello era un documental para más adelante. Pero nada de eso, lo estaban pasando ya por televisión y hubiera hecho volar por los aires rápidamente aquel paso, si el túnel, a pesar de la costosa instalación de bombeo, no se hubiera inundado un poco antes. Sin embargo, seguimos trabajando en otro lugar.

No, entre nosotros no hubo muertos. Ya lo sé. Esas historias dan más juego. Los periódicos se forraban cuando alguien saltaba por la ventana de algún edificio fronterizo, desde tres pisos de altura, y se estrellaba en el asfalto exactamente al lado de la lona que habían tendido los bomberos. O cuando, un año más tarde, Peter Fechter quiso atravesar Checkpoint Charlie, dispararon contra él y, como nadie quiso ayudarlo, se desangró. Nosotros no podíamos ofrecer nada parecido, porque apostábamos sobre seguro. Y, sin embargo, les podría contar historias que más de uno no se creía ya entonces. Por ejemplo, la de cómo hicimos pasar a mucha gente por las alcantarillas. Y cómo apestaba a amoníaco allí abajo. A una de aquellas vías de escape, que iba desde el centro de la ciudad hasta

Kreuzberg, la llamábamos «colonia 4711», porque todos, los fugitivos y nosotros, teníamos que vadear con aguas fecales hasta la rodilla. Yo fui luego el encargado de la tapadera y, en cuanto la gente había pasado y estaba ya en camino, tapaba la entrada, porque los últimos fugitivos solían ser presas del pánico y se olvidaban de hacerlo. Y lo mismo ocurrió en el canal de agua de lluvia que pasaba bajo la Esplanadenstrasse en el norte de la ciudad, cuando algunos, apenas llegaron al Oeste, armaron un estrépito del demonio. De alegría, claro. Pero los *vopos* que montaban guardia al otro lado se dieron cuenta. Y tiraron gases lacrimógenos al canal. O lo que pasó con el cementerio, cuyo muro era parte del Muro general y en el que habíamos cavado un túnel apuntalado para arrastrarse, directamente hasta las tumbas con urnas, de forma que nuestros clientes, todos gente de aspecto inocente con flores y otros adornos funerarios, desaparecían súbitamente. Unas cuantas veces resultó muy bien, hasta que una mujer joven, que quiso pasar con un niño pequeño, dejó junto a la tapadera de entrada el cochecito del niño, lo que enseguida llamó la atención...

Había que contar con esos contratiempos. Sin embargo, ahora, si quieren, otra historia en la que todo salió bien. ¿Que ya les basta? Comprendo. Estoy acostumbrado a que la gente se harte. Hace unos años, cuando todavía existía el Muro, era distinto. Entonces los compañeros con que trabajo aquí, en la central de calefacción, me decían los domingos por la mañana ante un jarro de cerveza: «¿Cómo fue aquello, Ulli? Cuéntanos lo que ocurrió cuando hiciste pasar al otro lado a tu Elke...». Sin embargo, hoy nadie quiere saber nada de eso, por lo menos no en Stuttgart, porque, ya en el sesenta y uno, los suabios no se enteraron prácticamente de nada cuando en Berlín, de parte a parte... Y luego, cuando el Muro desapareció de pronto, menos aún. Más bien estarían contentos si hubiera todavía Muro, porque entonces no existiría el «Soli», el impuesto de solidaridad que tienen que aflojar desde que el Muro cayó. De manera que ya no hablo de eso, aunque aquella época en que recorríamos los canales con aguas fecales hasta la rodilla fuera para mí la mejor... O cuando nos arrastrábamos por aquel túnel... En cualquier caso, mi mujer tiene razón cuando dice:

—Entonces eras muy distinto. Entonces vivíamos de verdad...

1962

Lo mismo que el Papa, cuando viaja y quiere ver a su gente en África o Polonia, sin que le pase nada, el gran director de transportes, cuando estaba en nuestro país ante el tribunal, estaba metido en una jaula, sólo cerrada, sin embargo, por tres lados. Por uno de ellos, en donde los señores magistrados tenían su mesa, la celda de vidrio estaba abierta. Así lo prescribía la seguridad, y por eso sólo cubrí la estructura por tres lados con un cristal especial, un costoso cristal blindado. Con un poco de suerte, mi empresa obtuvo el pedido, porque teníamos siempre clientes con deseos especiales. No, filiales de bancos de todo Israel y joyeros de la Dizengoffstrasse, que mostraban sus escaparates y vitrinas llenos de preciosidades carísimas y querían protegerse de cualquier posible violencia. Sin embargo, ya en Nuremberg, que en otro tiempo era una hermosa ciudad y en donde antes vivía toda mi familia, mi padre era el Maestro de una fábrica de vidrio, que suministraba hasta Schweinfurt e Ingolstadt. No, hubo suficiente trabajo hasta el treinta ocho, cuando por todas partes hicieron muchas cosas *kaputt*, ya puede imaginarse por qué. Yo había maldecido de muchacho del Dios Justiciero, porque mi padre era severo y yo tenía que hacer turnos de noche un día tras otro.

Con un poco de suerte nos escapamos, mi hermano pequeño y yo. Los únicos. Todos los demás, cuando había ya guerra, las últimas mis dos hermanas y todas las primas, fueron primero a Theresienstadt y luego, qué sé yo, a Sobibor, tal vez a Auschwitz. Sólo Mamá murió antes, como suele decirse, de forma por completo natural, concretamente de fallo cardíaco. Sin embargo, tampoco Gerson, que es mi hermano, pudo saber más cuando luego, al llegar por fin la paz, buscó en Franconia y por todas partes. Sólo averiguó cuándo fueron transportadas, el día exacto, porque desde Nuremberg, en donde vivió siempre mi familia, salían trenes enteros llenos.

Bueno, ahora estaba allí, aquél a quien todos los periódicos llamaban el «transportista de la muerte», en mi estructura de vidrio, que debía ser a prueba de bala y lo era. Perdone, mi alemán es un poco malo quizá, porque tenía diecinueve años cuando, con mi hermano pequeño de la mano, desaparecí hacia Palestina en barco, pero ese que estaba en su caja, enredando continuamente con los auriculares, hablaba todavía peor. Los señores magistrados todos, que podían hablar bien alemán, lo decían también, cuando soltaba frases largas como solitarias, de forma que no había quien se enterase. Pero yo, sentado entre gentes normales, pude entender muy bien que lo había hecho todo sólo cumpliendo órdenes. Y que había muchos también que lo habían hecho todo cumpliendo órdenes, pero con un poco de chiripa seguían libres por ahí. Hasta estaban muy bien pagados, uno de ellos incluso como secretario de Estado de Adenauer, con el que había tenido que tratar nuestro Ben Gurion para conseguir dinero.

Entonces me dije: ¡Ya lo oyes, Jankele! Hubieras tenido que construir cien, no, mil de esas celdas de cristal blindado. Con tu empresa y algunas personas contratadas más lo habrías hecho, aunque no todas las cajas a la vez. No, entonces, cada vez que se hubiera citado a alguien nuevo por su nombre, quizá, por ejemplo, a Alois Brunner, se hubiera podido poner vitrinas muy pequeñas, sólo con el nombre y, un poco simbólicamente, entre la vitrina de Eichmann y el banco de los magistrados. En una mesa especial. Pronto hubiera estado llena.

Se ha escrito mucho sobre eso, no, sobre el Mal, y que resulta un poco trivial. Sólo después de que lo ahorcaron se escribió un poco menos. Sin embargo, mientras duró el proceso, todos los periódicos estuvieron llenos de él. Sólo Gagarin, el celebrado soviético en su cápsula espacial, hacía competencia a nuestro Eichmann, de forma que nuestra gente y los americanos estaban muy envidiosos de él. Pero yo me dije entonces: ¿no encuentras, Jankele, que los dos están en situación parecida? Cada uno totalmente encapsulado. Sólo que ese Gagarin está todavía mucho más solo, porque nuestro Eichmann tiene siempre a alguien con quien poder hablar sin parar, desde que nuestra gente se lo llevó de la Argentina, en donde criaba pollos. Porque le gusta hablar. De lo que más le gusta hablar es de que quiso enviarnos a los judíos allí abajo, a Madagascar, y no al gas. Y de que él, en general, no tiene nada en absoluto contra los judíos. Hasta nos admira por la idea del Sionismo, y porque una idea tan buena se sepa organizar tan bien. Y, si no hubiera tenido órdenes de ocuparse del transporte, quizá los judíos le estarían todavía hoy agradecidos, por haberse ocupado tan personalmente de las emigraciones en masa.

Entonces me dije: también tú, Jankele, tendrías que estar agradecido a Eichmann por tu poquito de suerte, porque Gerson, que es tu hermano pequeño, pudo escaparse aún en el treinta y ocho. Sólo por el resto de la familia no le debes estar agradecido, por tu padre no, ni por todas las tías y tíos, tus hermanas todas y las hermosas primas, lo que hace unas veinte personas. De eso me hubiera gustado hablar con él posiblemente, porque él sabía muy bien, no, adónde iban los transportes y adónde fueron a parar finalmente mis hermanas y mi severo padre. Pero no me dejaron. Había testigos suficientes. Además, yo estaba contento de poder ocuparme de su seguridad. Posiblemente le gustaba su celda de cristal blindado. Lo parecía cuando se sonreía un poco.

1963

Un sueño habitable. Una aparición que duró y que estaba firmemente anclada. ¡Cómo me entusiasmé! Un barco, un velero audazmente diseñado y, al mismo tiempo, un trasatlántico musical, yace asalmonado cerca de ese odioso Muro que todo lo separa, varado en un entorno yermo, ofrece con su alta proa la frente a la barbarie y, como puede verse luego, se despega hacia lo superreal de las muchas construcciones cercanas, por modernas que sean.

Dijeron que mi alegría era exageradamente juvenil, incluso colegial, pero no me avergoncé de mi entusiasmo. Pacientemente, quizá también con orgullosa serenidad, soporté las burlas de las encargadas del guardarropa, mayores, porque sabía que, siendo hija de un campesino de la Wilstermarsch y ahora, gracias a una beca, aplicada estudiante de música que sólo de vez en cuando y por el maldito dinero trabajaba en el guardarropa, no debía mostrarme arrogantemente sabihonda. Además, las burlas de mis maduras compañeras de detrás del mostrador no eran malintencionadas. «Nuestra flautista ensaya otra vez las notas más altas», dijeron aludiendo a mi instrumento, la flauta travesera.

La verdad es que fue Aurèle Nicolet, mi respetado maestro, quien me animó, y animó sin duda a más de una alumna con tendencia a la exaltación, a expresar elocuentemente su entusiasmo, ya fuera por una idea que sirviera a la Humanidad, ya por un buque varado llamado *Philarmonie;* porque también él es un cabeza fogosa, al que el rizado pelo le flamea y —como encontraba en otro tiempo— le sienta de una forma seductoramente atractiva. En cualquier caso, tradujo enseguida al francés mi comparación con el buque varado: *«bateau échoué».*

Los berlineses, en cambio, ejercitaron nuevamente su ingenio, combinando los elementos de tienda de campaña del edificio con la posición central que ocupaba su director y aplicando sin consideración a aquel grandioso diseño el fácil mote de Circo Karajani. Otros lo elogiaron y rezongaron a un tiempo. Se explayó la envidia profesional de los arquitectos. Sólo el profesor Julius Posener, al que respeto igualmente, dijo algo acertado con su observación: «Hans Scharoun ha sido el único capaz de construir un espacio piranésico, transformando su carácter carcelario en algo solemne...». Sin embargo, yo insisto: es un barco, si queréis un barco-prisión, cuya vida interior está habitada, animada y dominada, si queréis, por la música cautiva, y al mismo tiempo liberada en ese espacio.

¿Y la acústica? Fue elogiada por todos, por casi todos. Yo estaba allí, me dejaron estar allí mientras ensayaban. Poco antes de la solemne inauguración —¡naturalmente, Karajan se atrevió con la

Novena!— me introduje, sin pedir permiso, en la
sala de concierto en penumbra. Apenas se podía
adivinar dónde estaban las filas. Sólo el estrado,
muy abajo, estaba iluminado por focos. Entonces,
desde la oscuridad, una voz gruñonamente amable
me llamó: «¡No se quede ahí, joven! Necesitamos
ayuda. ¡Suba rápidamente al estrado!». Y aunque,
tozuda hija de aldeano de la marisma, normalmente no me faltan respuestas, obedecí a aquella voz,
bajé apresuradamente las escaleras, me quedé, tras
algún rodeo, en la luz, y dejé que un hombre, que
luego supe era técnico de sonido, me pusiera en la
mano un revólver y me diera unas explicaciones
breves. Entonces vino otra vez de la oscuridad de la
sala de concierto, estratificada alrededor como una
colmena, la voz malhumorada: «Los cinco tiros se-
guidos. No tenga miedo, chica, son sólo cartuchos
sin bala. ¡Ahora, ahora!».

Levanté obedientemente el revólver, lo hice
sin asustarme y, al hacerlo, según me dijeron luego, tenía un aspecto «angélicamente hermoso». Así
pues, de pie, apreté cinco veces el gatillo con breves
intervalos, para que pudieran hacer las mediciones
acústicas. Y he aquí que todo había salido bien. Sin
embargo, la voz gruñona que venía de la oscuridad
pertenecía al arquitecto-ingeniero Hans Scharoun,
a quien desde entonces respeto tanto como antes a
mi profesor de flauta. Por eso —y sin duda también
obedeciendo a una voz interna— he dejado la música y ahora estudio, entusiasmada, arquitectura.
No obstante, de vez en cuando —y porque ahora
no tengo beca— sigo ayudando en la Filarmónica

en el guardarropa. De esa forma veo de concierto en concierto cómo se complementan mutuamente música y arquitectura, especialmente cuando el constructor de un barco sabe a un tiempo capturar y liberar la música.

1964

Es cierto, sólo más tarde me di cuenta de todos los horrores que pasaron y de todo lo relacionado con ellos, concretamente cuando tuvimos que casarnos deprisa porque estaba embarazada, y en el Römer, que es donde está en Francfort el registro civil, nos perdimos por completo. Pues sí, por las muchas escaleras y la excitación. En cualquier caso nos dijeron:

—Se han equivocado. Es dos pisos más abajo. Aquí se está desarrollando el proceso.

—¿Qué proceso? —pregunté yo.

—Bueno, el proceso contra los responsables de Auschwitz. ¿No lee los periódicos? Están llenos.

De manera que volvimos a bajar a donde nuestros testigos esperaban ya. Mis padres no, porque al principio estuvieron en contra de la boda, pero la madre de Heiner estaba allí, toda excitada, y también dos amigas mías de la central telefónica. Luego fuimos al Palmengarten, en donde Heiner había reservado una mesa, y lo celebramos como es debido. Sin embargo, después de la boda no lo podía olvidar, y fui allí una y otra vez, también cuando estaba ya en el quinto o sexto mes y la Justicia había trasladado el proceso a la Frankenal-

lee, en donde, en la Bürgerhaus Gallus, había una
sala bastante grande que ofrecía más espacio, especialmente para los espectadores.

Heiner no me acompañó nunca, ni siquiera
cuando, en la estación de mercancías donde trabajaba, tenía servicio de noche y hubiera podido hacerlo. Sin embargo, yo le contaba lo que de todo
aquello se podía contar. Todas aquellas cifras espantosas, de millones, no se podían entender porque
siempre daban como verdaderas otras. Es cierto,
unas veces decían que habían sido tres, y luego que
todo lo más dos millones los gaseados o muertos de
algún modo. Pero lo demás, lo que aparecía ante el
tribunal, era igualmente terrible o más terrible aún,
porque se tenía ante los ojos, y yo se lo podía contar a Heiner hasta que él me dijo:

—Déjalo ya. Yo tenía cuatro años, todo lo
más cinco cuando pasó. Y tú acababas de nacer.

Eso es verdad. Pero el padre de Heiner y su
tío Kurt, que en el fondo es francamente simpático,
eran soldados los dos, y estaban muy lejos en Rusia,
como me contó una vez la madre de Heiner. Sin
embargo, cuando les quise hablar a los dos, después
del bautizo de Beate, en el que por fin se juntó toda
la familia, del proceso en la Bürgerhaus Gallus y de
Kaduk y Boger, sólo me dijeron:

—De eso no supimos nada. ¿Cuándo di-
ces que fue? ¿En el cuarenta y tres? Entonces no
había más que retiradas...

Y el tío Kurt me dijo:

—Cuando tuvimos que dejar Crimea y,
por fin, vine de permiso, nos habían bombardea-

do la casa. Sin embargo, del terror que los yanquis y los ingleses emplearon contra nosotros no habla nadie. Claro, porque ellos ganaron y los culpables son siempre los otros. ¡Déjalo ya, Heidi!

Sin embargo, Heiner tuvo que escucharme. Casi lo obligué, porque sin duda no fue casualidad que, cuando íbamos a casarnos, nos perdiéramos en el Römer, tropezando de esa forma con Auschwitz y, peor aún, con Birkenau, en donde estaban los hornos. Al principio él no quería creer nada de todo aquello, por ejemplo que un acusado ordenara a un recluso que ahogase a su propio padre, que el recluso se volviera loco y por eso, sólo por eso, el acusado lo matara en el acto de un tiro. O lo que pasaba en el pequeño patio, entre el bloque 11 y el bloque 12, contra la pared negra. ¡Fusilamientos! Más o menos millares. Porque, cuando se habló de eso, nadie sabía la cifra exacta. En general resultaba difícil acordarse. Cuando luego le hablé del columpio al que dieron el nombre de Wilhelm Boger, el cual inventó ese artilugio para hacer hablar a los reclusos, al principio no quería comprenderme. Entonces, en un trozo de papel, le hice un dibujo exacto de lo que un testigo había mostrado en un modelo construido expresamente para el proceso. De la barra de arriba colgaba, como un muñeco, un recluso vestido a rayas, y tan bien atado que el *boger* le golpeaba exactamente entre las piernas y, concretamente, en los testículos. Sí, exactamente en los testículos.

—Imagínatelo, Heiner —le dije—, cuando el testigo contó todo eso al tribunal, Boger, que estaba sentado de medio lado en el banquillo de los acusados, es decir, detrás de los testigos, se sonrió realmente, torciendo la boca...

¡Es verdad! ¡También yo me lo pregunté! ¿Es un ser humano? Sin embargo, hubo testigos que dijeron que ese Boger, por lo demás, fue siempre bastante correcto y cuidaba de las flores de la Comandancia. Al parecer, sólo odiaba realmente a los polacos, y a los judíos mucho menos. Bueno, todo eso de las cámaras de gas y el crematorio del campo principal y de Birkenau, en donde había un montón de gitanos en barracones especiales que fueron todos gaseados, era mucho más complicado de entender que lo del columpio. Sin embargo, no conté, naturalmente, que Boger tenía cierto parecido con Kurt, el tío de Heiner, especialmente cuando miraba tan bonachonamente, porque eso hubiera sido una bajeza hacia el tío Kurt, que al fin y al cabo es totalmente inofensivo y la amabilidad en persona.

Sin embargo, lo del columpio y todo lo demás que era un hecho quedó pendiente entre Heiner y yo, de forma que siempre, cuando es nuestro aniversario de boda, tenemos que recordarlo, también porque entonces estaba embarazada de Beate y porque luego nos hemos dicho:

—Ojalá la niña no se haya enterado de nada.

Sin embargo, el invierno pasado me dijo Heiner:

—En el verano, cuando me den las vacaciones, quizá vayamos a Cracovia y Kattowitz. Mamá quiere hacerlo desde hace tiempo, porque en realidad viene de la Alta Silesia. Y yo he estado ya en Orbis. La oficina de viajes polaca...

Sin embargo, no sé si eso nos conviene, ni si saldrá, aunque, entretanto, es fácil conseguir un visado. Es cierto. Desde Cracovia, al parecer, Auschwitz no está lejos. Hasta se puede visitar, lo dice este prospecto...

1965

Echando una ojeada al retrovisor, devorar kilómetros otra vez. De camino entre Passau y Kiel. Hacer escala en todas partes. Para cazar votos. Al volante de nuestro DKW alquilado va Gustav Steffen, estudiante de Münster que, como no es de una familia demasiado distinguida sino que se ha criado en un ambiente católico proletario —su padre estuvo antes en el Centro—, tuvo que hacer el bachillerato nocturno, por la segunda vía de acceso, de aprendiz de mecánico y ahora, porque, igual que yo, quiere hacer propaganda por los socialdemócratas, sensata y puntualmente —«nosotros somos distintos. ¡No llegamos tarde!»— va marcando los plazos de nuestra gira electoral: ayer en Maguncia, hoy a Würzburg. Muchas iglesias y campanas. Un nido de oscurantismo con algunos claros en los márgenes...

Y entonces aparcamos ante las naves de la planta metalúrgica. Como dependo del espejo retrovisor, leo el letrero de una pancarta que los muchachos, siempre correctamente peinados, de la Unión Juvenil sostienen en alto como mensaje de Pascua, primero invertido y luego al derecho: «¿Qué se le ha perdido a un ateo en la ciudad de San Kilian?», y sólo en la sala abarrotada, cuyas primeras filas ocupan estudiantes de corporaciones, reconocibles por los adornos del reloj, encuentro una respuesta apaciguadora para los siseos generalizados —«¡busco a Tilman Riemenschneider!»—, evocando a aquel escultor y alcalde de la ciudad a quien, en la época de la Guerra de los Campesinos, el gobierno de los príncipes obispos mutiló ambas manos y que ahora, tan claramente evocado, da a mi discurso respiro, párrafo tras párrafo, y posiblemente audiencia: «¡A ti te canto, Democracia!»... Walt Whitman, ligeramente modificado a efectos electorales...

Lo que no se puede ver en el retrovisor, sino sólo en el recuerdo: el viaje lo han organizado estudiantes de la Federación Socialdemócrata Universitaria y de la Federación de Estudiantes Liberales que, en Colonia, Hamburgo o Tubinga, eran grupos dispersos y a los que yo, cuando todo era sólo un plan que despertaba esperanzas, cociné en la Niedstrasse del barrio de Friedenau una conspiradora sopa de lentejas. Hasta entonces, el Partido Socialdemócrata de Alemania (SPD) no sospechaba su inmerecida suerte, pero luego, cuando salimos de viaje, encontró al menos logrado nuestro cartel, aquel gallo mío que cantaba «Es-Pe-De». También sorprendió a los compañeros el que, aunque cobrábamos la entrada, las salas estuvieran de bote en bote. Sólo en lo que se refiere al contenido no les gustaron algunas cosas, por ejemplo mi reivindicación, citada por todas partes, de que se reconociera de una vez la frontera Oder-Neisse, es decir, que se renunciara expresamente a la Prusia oriental, Silesia, Pomerania y —lo que me dolía especialmente— Danzig. Eso iba más allá de todas las decisiones del partido, lo mismo que mi polémica contra el párrafo 218; sin embargo decían: por otra parte, se veían muchos votantes jóvenes, por ejemplo en Múnich...

Hoy, el Circo Krone, con sus tres mil quinientos asientos, está a reventar. Contra los siseos, también aquí epidémicos, de una pandilla de extrema derecha, ayuda mi poema de circunstancias *El efecto caldera de vapor,* que siempre, y también aquí, sirve para crear ambiente: «... Mirad a esa gente que sisea al unísono. Siseoman, siseoplex, siseophil, sisear los iguala, cuesta poco y calienta. Pero alguien costeó esa elite ingeniosa y siseante...». Qué suerte ver en el Circo Krone por el retrovisor a amigos, entre ellos algunos que han muerto. Hans Werner Richter, mi padre literario, que antes de salir yo de viaje se mostraba escéptico, pero luego me dijo:

—Hazlo. Yo he dejado ya atrás todo eso. El Círculo de Grünwald, la lucha contra la muerte nuclear. Ahora tienes que gastarte tú...

No, querido amigo, nada de desgaste. Aprendo, exploro el aire tanto tiempo viciado, sigo la huella del caracol. Voy a comarcas en que todavía hace estragos la Guerra de los Treinta Años; ahora, por ejemplo, a Cloppenburg, más negra que Vilshofen o Biberach junto al Riss. Gustav Steffen nos lleva silbando por la plana Münsterland. Vacas, por todas partes vacas, que en el espejo retrovisor se multiplican y plantean la cuestión de si en este país hasta las vacas son católicas. Y cada vez más tractores totalmente cargados que, como nosotros, se dirigen a Cloppenburg. Son familias numerosas de aldeanos que quieren estar presentes cuando, en la sala de Münsterland que hemos alquilado, hable el Diablo en persona...

Dos horas necesito para el discurso *Hay que elegir,* que normalmente pasa veloz en menos de una hora. Hubiera podido entonar también, con la partitura delante, mi *Panegírico a Willy* o *El traje nuevo del Emperador,* pero ni una lectura del *Nuevo Testamento* hubiera acallado aquel tumulto. Reacciono al lanzamiento de huevos aludiendo a subvenciones «desperdiciadas» en la agricultura. Aquí no sisean. Actúan más contundentemente. Algunos hijos de campesinos que me tiraron huevos con puntería y me dieron me invitarán cuatro años más tarde, ya jóvenes socialistas conversos, a una segunda gira en Cloppenburg; sin embargo, esa vez exhorto a los lanzadores de huevos con sabiduría católica de cenagosa profundidad: «¡No hagáis eso, muchachos! Si no, el próximo sábado tendréis que confesárselo al cura...».

Cuando dejamos el lugar de los hechos, obsequiados con un cesto de huevos —la comarca que rodea a Vechta y Cloppenburg es conocida por sus granjas avícolas pletóricas— y yo, bastante manchado, hago de copiloto, Gustav Steffen, que pocos años más tarde perdió la vida, tan joven aún, en un accidente de tráfico, dijo:

—Seguro que la elección saldrá mal. Pero se han conseguido votos.

De vuelta a Berlín, mientras yo dormía como un leño, la puerta de nuestra casa ardió, asustando a Anna y los niños. Desde entonces en Alemania han cambiado algunas cosas, salvo en materia de incendios provocados.

1966

El ser, *das Sein* o *das Seyn*, escrito con «i» o con «i griega», las sublimes palabras, de pronto, no me decían ya nada. De pronto, como si la esencia, la razón, todos los entes y la nadificadora nada fueran sólo sonoras expresiones, me veía en entredicho y, al mismo tiempo, llamado a dar testimonio aquí. Después de una huida de años tan larga, y como en la agitación actual se festejan toda clase de hechos memorables dispares, como el marco alemán, porque comenzó a rodar hace cincuenta años, o el ominoso año sesenta y ocho, como si se tratara de unos saldos, voy a escribir lo que me ocurrió una tarde del semestre de verano actual. Porque de pronto, después de haber introducido mi seminario de los miércoles con alusiones más bien cautas a las coincidencias textuales entre los poemas *Fuga de muerte* y *Todtnauberg*, pero dejando de momento de lado el memorable encuentro entre el filósofo y el poeta, me vi asaltado muy profundamente, mientras las primeras aportaciones de mis estudiantes de ambos sexos divagaban hacia lo conceptualmente arbitrario, por preguntas que en realidad se presentaban de una forma demasiado relacionada con el momento para poder ponderarlas tan existencialmente: ¿quién era yo entonces? ¿Quién soy ahora? ¿Qué ha sido de aquel sesentayochista en otro tiempo ajeno al ser pero al fin y al cabo radical, que ya dos años antes, aunque sólo fuera por casualidad, estaba allí cuando en Berlín se formó la primera protesta anti Vietnam?

Qué va, nada de cinco, apenas dos mil debían de ser los que —debidamente anunciados y autorizados— fueron, cogidos del brazo y gritando a voz en cuello, desde la Steinplatz, pasando por la Hardenbergstrasse, hasta la Casa de América. Habían convocado la manifestación toda clase de grupos y grupúsculos, la Federación de Estudiantes Alemanes Socialistas, la Federación de Universitarios Socialdemócratas, la Federación de Estudiantes Liberales y el Club de Debate, así como la Comunidad de Estudiantes Evangélicos. Algunos habían ido antes a Butter-Hoffmann, seguramente yo también, para comprar alevosamente huevos de los más baratos. Con ellos cubrimos aquella, como la llamábamos, «Sucursal del Imperialismo». No sólo entre los campesinos renuentes, también en los medios estudiantiles estaba de moda tirar huevos. Oh sí, también yo los he tirado y he gritado con los otros «¡Yanquis fuera de Vietnam!» o «¡Johnson asesino!». En realidad, hubiera debido de haber algún debate, y el director de la Casa de América, hombre que se las daba de liberal, estaba incluso dispuesto, pero los huevos comenzaron a volar y, después de aquel lanzamiento colectivo y mientras la policía permanecía al margen, volvimos a la Steinplatz, pasando por el Kurfürstendamm y luego por la Uhlandstrasse. Recuerdo algunos letreros de las pancartas, por ejemplo: «¡Aunque seas de Marines, no asesines!», o «¡Unidos contra la guerra!». Pero fue de lamentar que algunos funcionarios del SED del otro lado se hubieran unido a la protesta, para tratar —inútilmente— de provocarnos. Sin embargo, a la prensa de Springer su presencia le vino al pelo.

¿Y yo? ¿Cómo llegué a marchar entre las filas? ¿A agarrarme del brazo? ¿A quedarme ronco gritando? ¿A lanzar huevos con los demás? Criado en un medio burgués y, al mismo tiempo, conservador, estudié con Taube religión y un poco de filosofía, probé con Husserl, disfruté de Scheler, inhalé a Heidegger y me veía dispuesto a seguir ese camino; era contrario a toda técnica, a la simple «estructura», y todo lo evidente, por ejemplo, la política, lo había descalificado hasta entonces como «ajeno al ser». Entonces, sin embargo, tomé de pronto partido, desprecié al Presidente de los Estados Unidos y a sus aliados, el dictador Thieu y su general Ky, de Vietnam del Sur, aunque todavía no estuviera dispuesto a desinhibirme por completo gritando Ho-Ho-Ho-Chi-Minh. Entonces, ¿quién era yo realmente treinta años antes?

Mientras que las aportaciones al seminario, dos o tres exposiciones breves, reclamaban sólo de mí una atención distraída, aquella pregunta no me dejaba. Mis estudiantes debieron de notar la ausencia parcial de su profesor, pero la pregunta que una estudiante me hizo directamente de por qué el escritor había eliminado en la primera versión del poema *Todtnauberg* la frase «esperanza, hoy, en una palabra que vendrá (que sin demora vendrá) de un pensante», ya que en la última versión del poema, que está en el libro *Coerción de luz*, las palabras entre paréntesis no aparecían ya, esa pregunta esencial me devolvió a la cotidianidad universitaria y, al haber sido formulada de un modo tan bruscamente directo, me recordó también una situación en la que me vi abandonado de joven: antes de que comenzara el semestre de invierno de 1966-1967, abandoné el asfalto berlinés, inquieto y pronto animado por manifestaciones de protesta cada vez mayores, para estudiar en Friburgo.

De allí vine acá. Además, me había cautivado el germanista Baumann. Yo traté de interpretar mi regreso como un «viraje» heideggeriano. A mi estudiante, sin embargo, cuya pregunta desafiantemente formulada hubiera debido obligarme a una respuesta «sin demora», le di, aludiendo al acercamiento temporal del filósofo al Estado del Führer y a su silencio encubridor de cualquier fechoría, una respuesta evasiva y sin duda insuficiente, sobre todo porque inmediatamente después volví a preguntármelo a mí mismo.

En efecto, fue la proximidad del gran chamán la que yo buscaba al huir a Friburgo. O él o su aura me atrajeron. Muy temprano me resultaron familiares las palabras sublimes, porque, ya de niño, mi padre, que, como médico jefe de un sanatorio de la Selva Negra, dedicaba su limitado tiempo libre a hacer excursiones, me llevaba de Todtnau a Todtnauberg y nunca dejaba de señalarme la modesta cabaña del filósofo...

1967

Aunque mi prolongado seminario de los miércoles, si se prescinde de una mariposa que entró volando desorientada por la ventana abierta, parecía animado por un interés sólo modesto, era sin embargo suficientemente desnivelador para arrojarme una y otra vez a mi caducado ser y situarme al mismo tiempo ante preguntas de gran calibre: ¿qué fue —realmente— lo que me echó de Berlín? ¿No hubiera debido estar allí el 2 de junio? ¿No hubiera debido buscar mi puesto entre los que protestaban ante el ayuntamiento de Schöneberg? ¿No hubiera sido también yo, que creía odiar al Shah de Persia, un objetivo apropiado para los festejantes persas con sus ripias de madera?

A todo eso se podía responder afirmativamente con escasas reservas. Desde luego, hubiera podido proclamar mi solidaridad por medio de una pancarta con la inscripción «¡Libertad inmediata para los estudiantes iraníes!» y hacérselo saber a la policía. Y como en el ayuntamiento, coincidiendo con la visita del Shah, una comisión parlamentaria deliberaba sobre el aumento de las tasas universitarias, me hubiera resultado fácil cantar a coro, con otros manifestantes, aquella estúpida canción de Carnaval de entonces: «¿Quién va a pagar todo esto?». Y cuando, por la noche, el Shah con su Farah Diba, oficialmente acompañado por el Primer Alcalde de la ciudad, fue a la Deutsche Oper de la Bismarckstrasse, también a mí, si no me hubiera escapado miedosamente a Friburgo, los grupos especiales de la policía me hubieran empujado hacia la manguera entre la Krumme y la Seenheimer Strasse y —mientras en la ópera se desarrollaba ya el solemne programa— me hubieran aporreado. Efectivamente, me pregunté o me sentí preguntado en lo más íntimo, cuando se ejecutó el plan de la policía «Caza del zorro», ¿no hubieran podido dispararme a mí a corta distancia en lugar de al estudiante de Filología Alemana y Románica Benno Ohnesorg?

Lo mismo que yo, él se consideraba pacifista y era miembro de la Comunidad de Estudiantes Evangélicos. Como yo, contaba veintiséis años y, como a mí, le gustaba llevar en verano sandalias sin calcetines. Sí señor, hubiera podido tocarme a mí, ser yo el eliminado. Sin embargo, me había quitado de en medio y, con ayuda de un filósofo, que después de su viraje se había entregado a la serenidad, me había situado a una distancia ontológica. De modo que lo molieron a palos a él y no a mí. De modo que Kurras, funcionario de la policía judicial de paisano, no apuntó su pistola de servicio, después de haber quitado el seguro, modelo PPK, hacia mi cabeza, sino que acertó a Benno Ohnesorg encima de la oreja derecha, de forma que la bala le atravesó el cerebro y le destrozó el cráneo...

De pronto sobresalté a mis estudiantes, al interrumpir en voz alta su ímpetu interpretativo en relación con dos poemas importantes:

—¡Fue una vergüenza! El policía Kurras resultó absuelto en dos procesos y trabajó luego, hasta su jubilación, en la central de control por radio de la policía berlinesa...

Luego guardé silencio otra vez, pero vi desde luego la mirada desafiante y burlona de la mencionada estudiante fija en mí, la sentí incluso en lo más hondo y me encontré sin embargo repleto de preguntas que acosaban a mi ser intimidado desde los días de mi infancia. ¿Cuándo se produjo mi viraje? ¿Qué me impulsó a despedirme del simple ente? ¿Y desde cuándo exactamente se apoderó de mí lo sublime durante todos aquellos años, para —a pesar de alejamientos temporales— no abandonarme ya nunca?

Pudo ser un mes más tarde, aquel 24 de julio, cuando el poeta, convaleciente tras una enfermedad bastante larga, llegó a Friburgo, en donde, venciendo su vacilación inicial, se entrevistó por fin con el filósofo, cuyo dudoso pasado lo había hecho dudar, antes de leer solemnemente para nosotros sus poemas. Sin embargo, Paul Celan no quiso ser fotografiado junto a Heidegger. Más adelante, es verdad, se mostró dispuesto a la foto; pero para una fotografía oportuna del memorable encuentro faltó tiempo.

Conté esa anécdota y otras, liberado ahora de mi interrogatorio interior, a mi seminario de la tarde, porque, con intervenciones afortunadas, habían conseguido, sobre todo aquella estudiante, li-

brarme de las coacciones retrospectivas y, por decirlo así, hacerme hablar como testigo de aquel
complejo enfrentamiento; porque fui yo quien, por
indicación del profesor Baummann, vigilé los escaparates de las librerías de Friburgo. Por deseo
del filósofo, todos los volúmenes de poesía del poeta
debían ser expuestos dignamente. Y he aquí que,
desde el libro temprano *Amapola y memoria*, hasta
Rejas verbales y el volumen *La rosa de nadie*, estaban todos, inconcebibles y, sin embargo, asequibles;
hasta aparecieron, gracias a mi celo, raras ediciones especiales.

Así que fui yo también quien, para las primeras horas de la mañana del día siguiente, pre-
paré cuidadosamente la visita del poeta, allí arriba
en la Selva Negra, en donde aguardaba la cabaña
del filósofo. Sin embargo, otra vez criticó Celan la
conducta de Heidegger durante los años oscuros,
lo llamó incluso, autocitándose, un «Maestro de Alemania» y así, aunque sin mencionarla, trajo a colación la muerte. De forma que no era seguro si
aceptaba la invitación. Durante mucho tiempo va-
ciló el poeta, mostrándose inaccesible.

Sin embargo, luego fuimos muy de mañana,
aunque el cielo se había crispado plomizamente.
Después de visitar la cabaña y de aquel memorable diálogo o silencio, que nadie, tampoco yo, pudo
presenciar, nos encontramos en St. Blasien, en donde un café nos acogió a todos. Nada parecía inter-
ponerse. Al parecer, el pensador resultaba ahora
aceptable para el poeta. Pronto estuvieron los dos de
camino hacia la turbera de Horbach, desde cuyo

borde oriental todos anduvimos un trecho por un sendero de troncos redondos. Sin embargo, como el tiempo seguía siendo abominable y los zapatos del poeta eran demasiado urbanos o, como dijo él, «no suficientemente rústicos», la excursión se interrumpió pronto, y tomamos plácidamente el almuerzo, en el rincón de altar de la posada. Qué va, no se habló de política actual, por ejemplo de los disturbios de Berlín ni de la muerte, recientemente anunciada, de un estudiante; se charlaba sobre la flora, y resultó que el poeta conocía por su nombre tantas plantas, si no más, que el pensador. Además, Paul Celan supo nombrar muchas plantitas no sólo en latín sino también en rumano, húngaro y hasta yiddish. Al fin y al cabo procedía de Czernowitz, que como es sabido se encuentra en la políglota Bukowina.

Todas esas cosas memorables y otras revelé a mis estudiantes, pero sólo pude responder a la pregunta hecha desde un ángulo especial, sobre qué se habló o se calló en la cabaña, recurriendo al poema *Todtnauberg*. En él se encuentran muchas cosas, dije. Por ejemplo, «árnica», cultamente conocida por «eufrasia», permite toda clase de interpretaciones. Y es evocadora la fuente que hay ante la cabaña, con el cubo en forma de estrella al que se alude. Además, en posición central, por decirlo así, como núcleo, se menciona en el poema el libro de huéspedes en el que el poeta se inscribió, haciendo una pregunta recelosa sobre «qué nombre acogería antes del mío», indudablemente con «una esperanza, hoy, de la palabra de un pensante que ha de venir, en el corazón...», y hay que decir otra vez que las palabras entre paréntesis «que sin demora vendrá», luego suprimidas por el poeta, fueron expresión reivindicadora de la urgencia de su deseo que, como es sabido, no se cumplió. Sin embargo, lo que, por lo demás, pudo hablarse en la cabaña o se silenció no se sabe, sigue siendo incierto, apenas puede conjeturarse, aunque al mismo tiempo mantiene abierta la herida...

Algo así dije a mis estudiantes, sin revelarles, ni mucho menos a la persona mencionada, con cuanta frecuencia me he imaginado aquella conversación en la cabaña; porque entre el poeta de ninguna parte y el Maestro de Alemania, el judío de estrella amarilla invisible y el en otro tiempo rector de la Universidad de Friburgo, con distintivo del Partido redondo y, sin embargo, suprimido, entre el nombrador y el silenciador, y también entre el superviviente siempre dado por muerto y el pregonero del ser y del Dios que vendrá hubiera tenido que encontrar palabras lo indecible, pero no encontró ninguna.

Y su silencio siguió guardando silencio. También oculté al seminario los motivos de mi huida de Berlín, me dejé explorar como si no me afectara por la mirada de la estudiante y no revelé qué fue lo que, temporalmente, me enajenó de lo sublime y ya al año siguiente, de nuevo como si huyera, me llevó desde Friburgo a las turbulencias de Francfort, un lugar, por cierto, en el que Paul Celan, inmediatamente después de haber abandonado nuestra pequeña ciudad universitaria, escribió la primera versión del poema *Todtnauberg*.

1968

El seminario parecía haber recuperado la calma, pero yo seguía inquieto. Apenas había logrado, gracias a una autoridad cautamente transmitida, interpretar aquel poema de la cabaña como eco tardío de la «Fuga de muerte» y un desafío al importante, pero también personificado como muerte, «Maestro de Alemania», me sentí de nuevo insistentemente puesto en tela de juicio: ¿qué fue lo que, inmediatamente después de la Pascua del año siguiente, te expulsó de Friburgo? ¿Qué viraje hizo que tú, que hasta entonces habías escuchado el silencio entre las palabras y te habías dejado arrastrar a lo sublimemente fragmentario, al paulatino enmudecimiento de Hölderlin, te convirtieras en un sesentayochista radical?

Sin duda, si no fue, tardíamente, el asesinato del estudiante Benno Ohnesorg, con toda seguridad fue el atentado contra Rudi Dutschke lo que, al menos verbalmente, te convirtió en revolucionario, haciéndote renunciar a la jerga de la autenticidad y comenzar a discurrir en otra jerga, la de la dialéctica. Algo así me dije, aunque no estaba seguro de las razones profundas de mi cambio de lenguaje, y traté, mientras mi seminario de los miércoles se entretenía sólo, de calmar aquel tumulto súbito de mis errores.

En cualquier caso —de momento—, rompí en Francfort con la germanística y, como para demostrar mi nuevo viraje, me matriculé en sociología. De forma que escuché a Habermas y Adorno, al que —yo, muy pronto, como miembro de la Federación de Estudiantes Alemanes Socialistas— apenas dejábamos hablar, ya que para nosotros era una autoridad discutible. Y como, por todas partes y en Francfort de forma especialmente vehemente, los estudiantes se rebelaban contra sus maestros, se llegó a ocupar la universidad, que, sin embargo, cuando Adorno, el gran Adorno, se vio obligado a llamar a la policía, pronto fue despejada. Uno de nuestros oradores más dotados, cuya elocuencia cautivó incluso al Maestro de la Negación, concretamente Hans-Jürgen Krahl, quien por cierto pocos años antes había pertenecido a la Federación fascista de Ludendorff y luego a la reaccionaria Unión Juvenil, y ahora, después de un viraje absoluto, se consideraba sucesor directo de Dutschke y autoridad contra el poder, ese Krahl fue detenido, pero unos días más tarde estaba otra vez en libertad y actuando enseguida, ya fuera contra las leyes de emergencia o contra su maestro, sumamente respetado a pesar de todo. Por ejemplo, el último día de la Feria del Libro, 23 de septiembre, cuando una mesa redonda en la Casa Gallus, en la que en el noventa y cinco había concluido el primer proceso de Auschwitz, una mesa redonda de la que en definitiva fue Adorno la víctima, amenazó naufragar en turbulencias.

¡Qué época más apasionada! Suspendido en mi seminario en calma chicha e irritado sólo por las preguntas provocadoras de una jovencita especialmente obstinada, traté de saltarme la huida de aquellos treinta años ya vividos e involucrarme en un debate que se convirtió en tribunal. ¡Qué placer hacer uso de la palabra violenta! También, entre la multitud, yo interrumpía, encontraba palabras desgarradoras, creía tener que superar el celo de Krahl, me dedicaba con él y con otros a desnudar por completo, lo que conseguimos, al maestro de la dialéctica que, con su cabeza esférica, todo lo descomponía en contradicciones y que ahora, perplejo y desconcertado, guardaba silencio. A los pies del catedrático se sentaban, muy apiñadas, unas estudiantes que, poco antes, habían desnudado ante él sus pechos, obligándolo a interrumpir su clase. Ahora querían verlo desnudo a él, el sensible. Él, terso y rechoncho, que vestía de forma cuidada y burguesa, debía ser, por decirlo así, despojado de sus envolturas. Más delicado aún: tenía que desechar, prenda a prenda, la teoría que lo protegía y —tal como Krahl y otros demandaban— permitir la utilización de su autoridad recién despedazada, en su estado pobremente remendado, al servicio de la revolución. Decían que tenía que ser útil. Lo necesitaban aún. Pronto, en la marcha desde todas partes sobre Bonn. Frente a la clase dominante, se veían obligados a sacar provecho de su autoridad. Sin embargo, en principio, había que eliminarlo.

Eso último lo grité yo sin duda. ¿O quién o qué lo gritó por mi boca? ¿Qué fue lo que me hizo gritar a favor de la violencia? En cuanto volvieron a resurgir los rostros de mis estudiantes que, en el se-

minario actual sobe Celan, se ganaban sus califica-
ciones con celo moderado, dudé de mi radicalismo
de entonces. Quizá sólo queríamos, quería gastar
una broma. O estaba confuso y había entendido mal
alguna frase demasiado sutil, como la de la tolerancia represiva, lo mismo que en otro tiempo había interpretado mal el veredicto del Maestro contra todo
olvido del ser.

A Krahl, considerado el discípulo más dotado de Adorno, le gustaba tender el lazo final en am-
plios círculos, y agudizar al máximo los conceptos
que un momento antes todavía eran romos. Desde
luego, se podían escuchar también voces en contra.
Por ejemplo la de Habermas, que, sin embargo, desde el congreso de Hanóver, con su advertencia
siempre latente sobre el amenazante fascismo de izquierdas, se había hundido para nosotros. O aquel
escritor bigotudo que se había vendido al Es-Pe-De
y ahora creía poder reprocharnos un «accionismo
ciego y rabioso». La sala rugió. Y tengo que admitir
que yo también rugí. Sin embargo, ¿qué me movió
a dejar antes de tiempo aquella sala abarrotada? ¿Fue
falta de radicalismo? ¿Acaso no podía soportar ya la
vista de Krahl que, como era tuerto, llevaba siempre
gafas de sol? ¿O bien evité la imagen dolorosa que
ofrecía el humillado Adorno?

Cerca de la salida de la sala, donde seguía
habiendo un público muy apretado, un señor de
edad y, evidentemente, visitante de la Feria del Libro, me habló con ligero acento:

—Qué tonterías ha dicho usted. En mi
país, en Praga, desde hace un mes hay tanques so-

viéticos por todas partes, y ustedes desbarran aquí sobre el proceso de aprendizaje colectivo del pueblo. Vengan rápidamente a la hermosa Bohemia. Allí podrá ver en un «colectivo» qué es poder y qué es impotencia. No sabéis nada, pero os las dais de sabihondos...

—Ah sí —dije de pronto por encima de mis estudiantes, que, asustados, levantaron la vista de su interpretación textual de los dos poemas—, a finales del verano del sesenta y ocho sucedió también otra cosa. Checoslovaquia fue ocupada y en la ocupación participaron soldados alemanes. Y apenas un año más tarde Adorno murió: fallo cardíaco, dijeron. Por lo demás, Krahl se mató en febrero de 1970 en un accidente de tráfico. Y en París, en ese mismo año, sin haber recibido de Heidegger la palabra que había esperado, Paul Celan tiró al agua desde un puente lo que le quedaba de vida. No sabemos el día exacto...

Luego mi seminario de los miércoles se dispersó. Sólo la estudiante consabida siguió sentada. Como, al parecer, no tenía más preguntas, yo también me quedé callado. Sin duda, le bastaba con estar un rato conmigo a solas. De modo que guardamos silencio. Únicamente cuando se fue le quedaban todavía dos frases:

—Me voy —dijo—. De todas formas, de usted no se puede esperar ya nada.

1969

Debió de ser una época estupenda, aunque entonces me consideraran difícil. Continuamente decían: «Carmen es difícil» o «especialmente difícil», o «Carmen es una niña con problemas». Y no sólo porque mi madre viviera en trámites de divorcio y mi padre estuviera casi siempre muy lejos, haciendo montajes. Sin embargo, en nuestro *kinderladen*, nuestra guardería alternativa, había otros niños con problemas, incluso algunos que, en realidad, hubieran debido ser adultos, por ejemplo nuestros estudiantes de la universidad del Ruhr, que en un principio abrieron la guardería sólo para las estudiantes que educaban solas a sus hijos, y que querían manejarlo todo, absolutamente todo, de forma antiautoritaria, incluso con los hijos de proletarios, como nos llamaban a nosotros cuando entramos también. Eso produjo al principio jaleos, porque estábamos acostumbrados a una mano más bien dura, y nuestros padres, por supuesto, también. Sólo mi madre, que luego limpiaba aquellas dos habitaciones, que debían de haber sido oficinas o algo así, porque las estudiantes madres eran demasiado delicadas para hacerlo, dijo al parecer a otras madres de la vecindad: «Dejad a los rojos, para que prueben cómo funciona algo así», porque en

Bochum el grupo de iniciativas que había querido que el *kinderladen* fuera también para los hijos de los llamados «desaventajados» era muy de izquierdas, y por eso siempre se producían «fraccionamientos», como los llamaban, y las asambleas de padres, que casi siempre duraban hasta pasada la medianoche, corrían una y otra vez el riesgo de disolverse definitivamente, como mi madre me contaba.

Sin embargo, en aquella época reinaba, al parecer por todas partes y no sólo entre los niños, una especie de caos. En la sociedad, adondequiera que se mirase, había jaleo. Y además estábamos en campaña electoral. Sin embargo, delante de nuestra guardería colgaba una pancarta en la que, como recuerda aún mi madre, se podía leer: «¡Lucha de clases y no de partidos!». Así que la tuvimos. Todo el tiempo había peleas, porque todos, especialmente nosotros, hijos de proletarios, queríamos los juguetes que los estudiantes de izquierdas habían reunido para nuestra guardería. Sobre todo yo, según mi madre, debía cogerlo todo para mí. Sin embargo, por lo demás no nos enteramos apenas de la campaña electoral. Sólo una vez nos llevaron nuestros estudiantes a una manifestación, delante mismo de la universidad, que era un bloque enorme de cemento. Y allí tuvimos que gritar con los demás: «¡Alguien nos ha traicionado! ¡El SPD es el malvado!». Sin embargo, fue el SPD quien, con su Willy Brandt, ganó más o menos las elecciones. De eso los niños no nos enteramos, naturalmente, porque en la televisión se vio todo el verano algo totalmente distinto: el primer alunizaje. Para nosotros, que en nuestra casa o en la de la señora Pietzke, la vecina, mirábamos la tele, aquello era mucho más interesante que lo que pasaba en la campaña electoral. Y por eso, con grandes lápices de colores y colores de tubo, que podía coger, de forma absolutamente antiautoritaria, quien quisiera, pintamos en todas las paredes del *kinderladen* algo parecido al alunizaje. Naturalmente, los dos hombrecitos en la luna, con sus cómicos trajes. Y además el módulo lunar, que se llamaba *Eagle*, es decir, águila. Debió de ser realmente divertido. Sin embargo, yo, como niña con problemas, fui al parecer motivo de jaleo otra vez en la asamblea de padres, porque no sólo garrapateé en la pared a los dos hombrecitos —Armstrong y Aldrin se llamaban— y los pintarrajeé de colores, sino que también, como había visto muy bien en la tele, también la bandera americana, con muchas barras y estrellas, que ahora ondeaba en la luna. Aquello les sentó mal a nuestros estudiantes, claro, por lo menos a los más de izquierdas. ¡Se imponía una gran acción pedagógica! Pero las buenas palabras no sirvieron conmigo. Y mi madre recuerda que sólo una minoría, concretamente los estudiantes simplemente antiautoritarios, que no eran maoístas ni nada revolucionario, votaron en contra cuando en el consejo de padres se decidió que mi pintura, es decir, *Stars and Stripes*, como dice siempre mi madre, se borrase por completo de la pared del *kinderladen*. No, no lloré ni un poquito siquiera. Sin embargo, debí de mostrarme muy cabezota cuando uno de los estudiantes —exacto, ese que es ahora en Bonn algo así como secretario de Estado—

me quiso convencer para que plantara en la luna una bandera roja como un tomate. No quise. No estaba dispuesta. No, no tenía nada contra lo rojo. Sólo que en la televisión no había sido roja sino aquella otra... Entonces, como aquel estudiante no cejaba, debí de organizar un verdadero caos, pisoteando todas las tizas y tubos, también los de los otros niños, de forma que mi madre, que limpiaba a diario la guardería y cobraba por eso de las estudiantes que eran también madres, tuvo que esforzarse mucho luego para rascar todas las manchas de color, por lo que todavía hoy, cuando se reúne con madres de entonces, les dice: «Mi Carmen era entonces una auténtica niña problemática...».

En cualquier caso, yo educaré a mis hijos, si todavía los tengo, de una forma muy distinta, es decir, normal, aunque aquel año en que se llegó a la luna y, poco después, mi madre votó a su Willy, debió de ser una época estupenda y todavía hoy sueñe yo a veces, de forma muy clara, con nuestro *kinderladen*.

1970

El periódico no me lo aceptará jamás. Quieren alguna historia sentimental. Algo así como: «Asumió toda la culpa...» o «El Canciller cayó súbitamente de rodillas...» o, cargando más las tintas: «¡Se arrodilló por Alemania!».

De súbitamente, nada. Estaba muy bien pensado, hasta en los últimos detalles. Estoy seguro de que ese zorro, sí, ese intermediario y negociador, que sabe presentar como triunfo aquí la ignominiosa renuncia a tierra alemana, le sugirió ese número de circo. Y ahora va su jefe, ese borracho, y se las da de católico. Se arrodilla. Aunque no cree en nada. Un *show* nada más. Sin embargo, desde el punto de vista puramente periodístico, era, como titular, un noticrión. Hizo el efecto de un bombazo. Quedaba muy bien al margen del protocolo. Todos pensaron que la cosa transcurriría, como siempre, igual que en un escenario: depositar una corona de claveles, ordenar las cintas colgantes, retroceder dos pasos, bajar la cabeza, levantar de nuevo la barbilla, mirar fijamente a lo lejos. Y luego, con centelleantes luces azules, al castillo de Wilánow, a la noble residencia en donde aguardan ya la botellita y las copas de coñac. Pero no, se permite hacer algo distinto: no en el primer escalón, lo que no hubiera sido arriesgado, sino encima mismo del granito húmedo, sin apoyarse en una mano ni en la otra y doblando magistralmente las corvas, cae de rodillas, manteniendo las manos cruzadas ante los testículos, y pone cara de Viernes Santo, como si fuera más papista que el Papa, aguarda los clics de la jauría de fotógrafos, se mantiene paciente durante un minuto largo, y luego se levanta otra vez, no de la forma más segura —primero una pierna, luego la otra—, sino de golpe, como si lo hubiera ensayado días enteros ante el espejo; se levanta, ¡zas!, se queda de pie y mira, como si se le hubiera aparecido el Espíritu Santo en persona, por encima de todos nosotros, como si tuviera que demostrar, no sólo a Polonia sino al mundo entero, lo fotogénicamente que se puede pedir perdón. Tengo que confesarlo, fue magistral. Hasta el asqueroso tiempo colaboró. Sin embargo, retorcidamente tecleado así en un registro cínico, mi periódico no me lo aceptará nunca, aunque nuestra redacción quisiera que ese Canciller genuflectante se fuera cuanto antes, derribado o derrotado en las urnas o como sea, ¡pero fuera!

De modo que tomo carrerilla otra vez y tiro de todos los registros del órgano: donde en otro tiempo estuvo el gueto de Varsovia, que en mayo de 1943 fue destruido y brutalmente aniquilado, de forma tan absurda como cruel, se ha arrodillado ahora solo, delante de un monumento ante el que diariamente, y también en este día frío y húmedo de noviembre, llamas desgarradas por el viento jadean desde dos candelabros de bronce, el Canciller Federal, expresando arrepentimiento, arrepentimiento por todas las fechorías cometidas en nombre de Alemania, y asumiendo esa culpa inmensa; él, que no fue culpable de nada, cayó sin embargo de rodillas...

Ya está. Eso lo imprime cualquiera. ¡El *sherpa*, el eccehomo! ¿Quizá un poco de colorido local como complemento? Unas cuantas pequeñas infamias. No estarán de más. Por ejemplo, algo sobre la extrañeza de los polacos por el hecho de que el alto huésped de Estado no se arrodillara ante el monumento al soldado desconocido, que es un santuario nacional, sino precisamente ante los judíos. Sólo hace falta preguntar, profundizar un poco, y enseguida se ve que el verdadero polaco es antisemita. Al fin y al cabo no hace mucho tiempo, hace poco más de dos años, los estudiantes polacos pensaron, lo mismo que los de Alemania o París, que podían hacer el tonto. Pero entonces la milicia, a cuya cabeza estaba el actual Ministro del Interior Moczar, dejó que machacaran a los que se llamó «provocadores sionistas». Unos miles de funcionarios del Partido, catedráticos, escritores y otras personalidades intelectuales, en su mayoría judíos, fueron expulsados, hicieron las maletas y se largaron, a Suecia o Israel. De eso nadie habla ya. Dejar que carguemos con toda la culpa, sin embargo, es de buen tono. Se habla de «postura católica que llega al corazón de todo polaco honrado» cuando ese traidor a la patria, que ha luchado contra los alemanes vistiendo el uniforme noruego, viene aquí con un gran séquito —Beitz, el alto directivo de

Krupp, algunos escritores de izquierdas y otras personalidades intelectuales—, entrega en bandeja a los polacos nuestra Pomerania, Silesia y Prusia oriental, y luego, como propina de circo, se pone de rodillas en un pispás.

Es absurdo. No se publicará. El periódico preferirá no pronunciarse. Una noticia de agencia y se acabó. Además, ¿qué me importa? Yo soy de Krefeld, soy un temperamento alegre del Rhin. ¿Por qué excitarse? ¿Breslau, Stettin, Danzig? Me debería importar un rábano. Escribiré sencillamente algo sobre el ambiente: sobre la costumbre polaca de besar la mano, lo bonita que es la ciudad vieja, que han reconstruido, el castillo de Wilánow y otros edificios suntuosos, aunque, adondequiera que se mire, la situación económica es miserable... No hay nada en los escaparates... Colas ante todas las carnicerías... Por eso toda Polonia confía en recibir un préstamo de miles de millones, que sin duda el genuflectante Canciller ha prometido ya a sus amigos comunistas. ¡Ese emigrante! Qué mal me cae. No porque sea hijo ilegítimo... Eso puede ocurrir... Sino por lo demás... Todo su comportamiento... Y cuando se arrodilló en medio de la llovizna... Repulsivo... Cómo lo odio.

Bueno, se llevará una sorpresa cuando vuelva a casa. Los harán pedazos a él y a sus pactos con el Este. No sólo mi periódico... Sin embargo, la verdad es que fue logrado ese caer simplemente de rodillas.

1971

De verdad, se podría escribir una novela. Era mi mejor amiga. Habíamos imaginado las cosas más disparatadas, incluso peligrosas, pero no aquella desgracia. La cosa empezó cuando por todas partes abrieron discotecas y yo, que en realidad prefería ir a conciertos y aprovechaba mucho el abono teatral de mi madre, que ya entonces tenía achaques, convencí a Uschi para que probara conmigo algo distinto. Sólo echaremos una ojeada, nos dijimos, pero nos quedamos en la primera discoteca en que entramos.

Uschi tenía un aspecto gracioso, con el pelo rojizo y rizado, y pecas en la naricilla. Y había que ver cómo hablaba en suabo, ¿eh? Un poco impertinente, pero siempre con gracia. Era envidiable su forma de ligar con los chicos, pero sin dejarse arrastrar a nada serio, pensaba yo, y a veces me sentía junto a Uschi como una patosa sin gracia que daba mucha importancia a cada palabra.

Y sin embargo, ¡cómo me dejaba atronar los oídos!: «*Hold that train...*». Naturalmente, Bob Dylan. Pero también Santana, Deep Purple. Nos gustaba sobre todo Pink Floyd. ¡Cómo nos excitaba! «*Atom Heart Mother...*» Sin embargo, Uschi prefería a Steppenwolf —«*Born to be wild...*». Entonces podía dejarse llevar por completo, algo que yo no conseguía del todo.

No, realmente exagerado no fue nunca. Un porro pasado de mano en mano; otro, no más. Y, sinceramente, ¿quién no se fumaba entonces un canuto alguna vez? No se podía hablar de verdadero peligro. De todas formas, en mi caso, el umbral de inhibiciones era demasiado alto; me faltaba poco para pasar mi examen final de azafata y pronto me destinaron a vuelos interiores, de forma que casi no me quedaba tiempo para discotecas y perdí a Uschi un poco de vista, lo que sin duda fue de lamentar, pero inevitable, sobre todo porque desde agosto del setenta comencé a volar con más frecuencia a Londres con la BEA y venía cada vez menos a Stuttgart, en donde, como mi madre estaba realmente cada vez más decrépita y me esperaban problemas muy distintos, sobre todo porque mi padre... Pero dejemos eso.

En cualquier caso, durante mi ausencia, Uschi debió de dedicarse a cosas más fuertes, probablemente mierda del Nepal. Y luego, de pronto, se pasó a la aguja y empezó a meterse heroína. Yo me enteré de todo el proceso demasiado tarde, a través de sus padres, que eran realmente simpáticos y discretos. La situación de Uschi empeoró de veras al quedarse embarazada, sin saber siquiera de quién. Hay que decirlo. Fue una desgracia para ella, porque la chica estaba todavía estudiando en la escuela de interpretación, pero en realidad se hubiera hecho con gusto azafata como yo. «¡Viajar mucho, ver mundo!» Dios santo, qué idea tan infantil tenía de mi profesión, que es tan dura, especialmente en los vuelos de larga distancia. Pero Uschi seguía siendo mi mejor amiga. Y por eso la animaba: «Quizá lo consigas, todavía eres joven, ¿eh?...».

Y entonces ocurrió aquello. Aunque Uschi quería tener el niño, se decidió a abortar a causa de su adicción a la heroína y fue de médico en médico, naturalmente en vano. Cuando quise ayudarla, enviarla a Londres, porque allí se podía hacer algo hasta el tercer mes con un billete de mil y, más tarde también, con un pequeño suplemento, y, a través de una compañera, conocí direcciones, por ejemplo el Nursing Home de Cross Road, y ofrecí a Uschi además el vuelo de ida y vuelta y, lógicamente, los gastos y la estancia, ella quería y no quería y, lo que desde luego no fue por mi culpa, se volvió de trato cada vez más difícil.

Luego se hizo provocar un aborto, en algún lugar de los Alpes suabos, por un curandero (al parecer era un matrimonio, él con un ojo de cristal). Debió de ser realmente algo muy radical, con una solución de jabón de lavar y una enorme inyección directamente en el cuello de la matriz. No tardó mucho. Inmediatamente después del aborto, todo fue a parar a la taza del retrete. Y tiraron sencillamente de la cadena. Al parecer era un niño.

Todo aquello destruyó a Uschi más que la heroína. No, hay que partir de la base de que las dos cosas, la aguja, de la que no se libró, y aquella horrible visita a los fabricantes de angelitos, llevaron a la muchacha hasta el límite. Y, sin embargo, trató de luchar con valentía. Pero no quedó realmente «limpia» hasta que por fin conseguí, por medio de la Deutscher Paritätischer Wohlfahrtverband, una dirección en el campo, cerca del lago de Constanza. Una aldea terapéutica; no, en realidad se trataba de una granja más bien grande, en la que un grupo de antropósofos realmente simpáticos estaba creando algo así como un centro terapéutico y trataban de apartar de la aguja a un primer grupo de drogadictos, utilizando los métodos de Rudolf Steiner, es decir, euritmia terapéutica, pintura, cría de hortalizas biológico-dinámica y la correspondiente cría de animales.

Metí allí a Uschi. El sitio no le disgustó. Volvió a reírse un poco y revivió realmente, aunque en la granja, por otros conceptos, las condiciones eran extremas. Continuamente se escapaban las vacas. Lo pisoteaban todo. ¡Y qué retretes! Faltaba lo más necesario, porque el parlamento regional de Stuttgart denegaba toda subvención. Y también por otros motivos muchas cosas salían mal, sobre todo en la terapia de grupos. Pero eso no molestaba a Uschi. Se limitaba a reírse. Incluso cuando el edificio principal del sanatorio se quemó, porque, como se descubrió más tarde, unos ratones habían hecho su nido acumulando paja en una chimenea oculta, por lo que se produjo primero un fuego sin llama y finalmente un incendio abierto, ella se quedó allí, ayudó a construir alojamientos de urgencia en el granero y todo fue realmente bien, hasta que, bueno, en una de esas revistas ilustradas apareció en grandes titulares: «¡Hemos abortado!».

Por desgracia, fui yo quien, uno de los días de visita, llevé aquel reportaje abundantemente ilustrado y de cubierta llamativa, porque creí que podría ayudar a la chica saber que varios centenares de mujeres, entre ellas muchas famosas, lo habían reconocido con su foto de pasaporte: Sabine Sinjen, Romy Schneider, Senta Berger, etcétera, grandes estrellas del cine que figuraban en la lista de celebridades. Naturalmente, el fiscal hubiera tenido que actuar, porque se trataba de algo delictivo. Al parecer lo hizo. Sin embargo, a las mujeres que habían confesado no les pasó nada. Eran demasiado famosas. Las cosas son así. Pero mi Uschi se puso «realmente *high*», como dijo, y quiso participar en aquella campaña, por lo que escribió al jefe de redacción, enviándole su foto de pasaporte y su currículo. Enseguida llegó el rechazo. La detallada descripción hecha por Uschi —heroína y curandero— era un caso demasiado extremo. Publicar algo tan llamativo hubiera perjudicado a la buena causa, dijeron. Tal vez más adelante. La lucha contra el párrafo 218 no había terminado, ni mucho menos.

Para subirse por las paredes. Aquella rutina fría. Para Uschi fue excesivo. Pocos días después del rechazo desapareció. La buscamos por todas partes. Sus padres y yo. En cuanto me lo permitía mi trabajo, me ponía a ello, recorriendo discoteca tras discoteca. Pero la chica había desaparecido y siguió así. Y cuando, finalmente, la encontraron en la estación central de Stuttgart, estaba caída en los servicios de mujeres. La sobredosis habitual, el «pico de oro», como suele llamarse.

Naturalmente me hago reproches, todavía hoy. Al fin y al cabo era mi mejor amiga. Hubiera debido cogerla de la mano, llevarla en avión a Londres, depositarla en Cross Road, pagar de antemano, ir a buscarla luego, recogerla, apoyarla moralmente, ¿eh, Uschi? Y, en realidad, nuestra hijita hubiera debido llamarse Uschi, Úrsula, pero mi marido, que es muy comprensivo y se ocupa de nuestra hija de una forma conmovedora, porque yo sigo volando con la BEA, opinó que era mejor que yo escribiera sobre Uschi...

1972

Yo soy él ahora. Vive en Hanóver-Langen-hagen y es maestro. Él —no soy yo ya— nunca ha tenido una vida fácil. En el instituto acabó el séptimo curso. Luego interrumpió su formación profesional en la escuela de comercio. Fue vendedor de tabaco, llegó a cabo en el ejército, lo intentó otra vez en una escuela de comercio privada, pero no pudo presentarse al último examen porque no tenía el bachillerato elemental. Se fue a Inglaterra para mejorar sus conocimientos de idiomas. Allí trabajó como lavacoches. Quiso aprender español en Barcelona. Sin embargo, sólo en Viena, en donde un amigo trató de darle seguridad en sí mismo mediante una especie de psicología del éxito, se armó de valor, tomó otra vez impulso, asistió en Hanóver a la Academia de Administración y lo consiguió, pudo estudiar aun sin tener el bachillerato, pasó el examen final de maestro y ahora es miembro del Sindicato de Educación y Ciencia y presidente incluso de la comisión de maestros jóvenes, un hombre de izquierda pragmático que quiere cambiar la sociedad paso a paso, que es con lo que él sueña en su sillón de orejas comprado barato en una almoneda. En ese momento llaman en su casa de la Walsroder Strasse, segundo piso derecha.

Yo, es decir él, abro. Es una muchacha de pelo largo y castaño, que quiere hablarme, hablarle.

—¿Podéis alojar a dos personas por poco tiempo?

Ha dicho «podéis» porque sabe, por alguien, que él o yo vive o vivo con una amiga. Él y yo dicen que sí.

Más tarde, dice él, me entraron dudas y también a mi amiga en el desayuno.

—Sólo cabe sospechar que... —dijo ella.

Pero por de pronto nos fuimos a la escuela, porque ella da clases como yo, aunque en una escuela integrada. A mí me esperaba una visita con la clase al Vogelpark, que está cerca de Walsrode. Luego seguíamos teniendo dudas:

—Posiblemente se habrán instalado ya, porque le he dejado la llave del piso a la del pelo largo...

Por eso él habla con un amigo, y también yo, sin duda, hubiera hablado con algún buen amigo. El amigo dice lo mismo que la amiga había dicho ya en el desayuno:

—Llama al 110...

Él (con mi acuerdo) marca el número y dice que le pongan con el Comando Especial BM. Los del comando le escuchan y dicen: «Seguiremos su indicación» y lo hacen efectivamente, de paisano. Pronto están inspeccionando ocularmente la escalera con el portero. Mientras lo hacen, suben hacia ellos una mujer y un joven. El portero les pregunta a quién buscan. Dicen que al maestro.

—Sí —dice el portero—, es en el segundo piso, pero no estará en casa.

Luego el joven vuelve a salir, busca fuera una cabina telefónica y, mientras está echando monedas, lo detienen; lleva pistola.

El maestro, sin duda alguna, está más a la izquierda que yo. A veces, sentado en su sillón de orejas comprado en una almoneda, se imagina en sueños un futuro progresista. Cree en un «proceso de emancipación de los desaventajados». Está totalmente de acuerdo con un catedrático de Hanóver, que es casi tan conocido en los sectores izquierdistas como Habermas y que, en relación con la BM, ha dicho al parecer: «Las antorchas que querían encender con sus bombas son en realidad fuegos fatuos».

—Esa gente ha dado a la derecha argumentos para difamar a toda la izquierda.

Yo opino lo mismo. Por eso él y yo, él como maestro y sindicalista y yo como profesional liberal, marcamos el 110. Por eso están ahora los policías de la brigada de investigación criminal en un piso que es el piso del maestro y en el que hay un sillón de orejas comprado en una almoneda. La mujer que, cuando la policía llama, abre la puerta del piso, parece enfermiza con su pelo corto y desgreñado y, escuálida como está, no se parece en nada a la foto de la requisitoria. Quizá no sea la que buscan. Se la ha dado varias veces por muerta. Los periódicos dijeron que había fallecido a consecuencia de un tumor cerebral.

—¡Cerdos! —dice cuando la detienen. Sin embargo, sólo cuando los policías encuentran en el piso del maestro una revista abierta en la que está la radiografía del cráneo de la persona que buscan, se siente seguro el Comando Especial de a quién ha echado mano. Luego los policías encuentran más cosas en el piso: munición, armas de fuego, granadas de mano y un neceser con una bomba de cuatro kilos y medio.

—No —dice el maestro luego en una entrevista—, tuve que hacerlo.

Y yo también opino que, de otro modo, hubiera resultado implicado en el asunto con su amiga.

Dice:

—Sin embargo, tuve una sensación desagradable. Al fin y al cabo, en otro tiempo estaba a veces de acuerdo con ella, antes de que empezara a poner bombas. Por ejemplo con lo que escribió en *Konkret* después del atentado a los almacenes Schneider de Francfort: «En contra del incendio en general está el que pueden peligrar personas a las que no se quiere poner en peligro...». Pero sin embargo luego, en Berlín, cuando liberaron a Baader, ella participó y un simple empleado resultó gravemente herido. Luego ella pasó a la clandestinidad. Luego hubo muertos por ambas partes. Luego llegó a mi casa. Y luego yo... Pero en realidad pensaba que ella no vivía ya.

Él, el maestro en el que me veo, quiere dedicar la elevada recompensa que, por haber marcado el 110, le pagará el Estado, al inminente proceso, a fin de que todas las personas detenidas hasta entonces, también Gudrun Ensslin, que llamó la atención al visitar en Hamburgo una boutique elegante, tengan un juicio justo, en el que, como él dice, «se muestren las circunstancias sociales...».

Yo no lo hubiera hecho. Sería una pena con tanto dinero. ¿Por qué habrían de beneficiarse esos abogados, Schily y no sé quién más? Él hubiera hecho mejor en dedicar el dinero a su escuela y a otras escuelas, a fin de ayudar a los desaventajados de los que se ocupa. Sin embargo, dé el dinero a quien lo dé, el maestro se atormenta porque, durante toda su vida será el hombre que marcó el 110. A mí me ocurre lo mismo.

1973

¡Nada de choque saludable! En eso no conocen a mis yernos, los cuatro. No están casados con mis hijas sino, en secreto, con sus coches. Los limpian sin cesar, también los domingos, de arriba abajo. Se quejan de la más mínima abolladura. Hablan constantemente de otros cacharros caros, Porsches y demás, a los que miran de reojo como si fueran chicas estupendas con las que se pudiera echar una cana al aire de cuando en cuando. Y ahora hacen cola ante todos los surtidores de gasolina. ¡La crisis del petróleo! Qué impacto, se lo aseguro. Un choque sin duda, pero no saludable. Bueno, claro, habían acaparado gasolina. Los cuatro. Y Gerhard, que por lo demás habla como un apóstol salutífero —«¡Por Dios, nada de carne! ¡Nada de grasas animales!»— y jura y perjura por el pan integral, chupó tanto tiempo de la manguera al trasvasar a unos bidones que llenó también como reserva, que estuvo a punto de intoxicarse. Ganas de vomitar, dolor de cabeza. Tuvo que beber leche a litros. Y Heinz-Dieter llenó incluso la bañera, con lo que todo el piso apestaba y la pequeña Sophie se desmayó.

¡Mis queridos yernos! Los otros dos no son mejores. Se lamentan continuamente de que ha-

yan limitado la velocidad a cien. Y como en la oficina de Horst sólo permiten una temperatura de
diecinueve grados, cree que tiene que temblar como un friolero. Por añadidura, su eterno rezon-
gar: «¡La culpa la tienen los árabes, esos camelle-
ros!». Luego son los israelíes, porque otra vez han
hecho la guerra, irritando así a los pobres sauditas.

—Se comprende —dice Horst— que ha-
yan cerrado el grifo del petróleo para que escasee
y, posiblemente, siga escaseando...

Con lo que Heinz-Dieter está al borde de
las lágrimas:

—No vale la pena ahorrar para el nuevo
BMW si sólo se puede ir por las autopistas a cien
y remolonear por las carreteras a ochenta...

—Ésa es la uniformización socialista. ¡Qué
más quisiera ese Lauritzen, que se llama a sí mismo
Ministro de Transporte...! —maldice Eberhard, mi
yerno de más edad, y se pelea en serio con Horst,
que es del partido, aunque también le chiflen los
coches—: Ya veréis cuando lleguen las elecciones...

Los dos se insultaron.

Entonces dije yo:

—Escuchadme todos: vuestra suegra autó-
noma, que siempre ha sido peatona, ha tenido una
idea estupenda.

Porque, desde la muerte de padre, cuando
mis chicas apenas podían volar solas, soy yo el cabeza de familia y, desde luego, cuando hace falta,
me meto con algo, pero mantengo también a la
familia unida y, en caso necesario, digo lo que hay
que hacer, por ejemplo cuando se nos viene enci-

ma una auténtica crisis de energía, de la que los del Club de Roma habían advertido tan insistentemente, y todos los de mi familia se ponen a hacer el idiota.

—De manera que oídme todos —les dije por teléfono—, ya sabéis que siempre he visto venir el fin del crecimiento. Ahora tenemos el cacao aquí. Pero no hay motivo para deprimirse, aunque mañana sea día de difuntos. Como todos los domingos futuros, estará estrictamente prohibido utilizar el coche. Por eso haremos una excursión familiar. A pie, claro está. Cogeremos el tranvía de la línea 3, y luego andaremos desde la última estación por esos bosques tan bonitos que hay en torno a Kassel. ¡Todos al bosque de Habicht!

Lamentaciones. «¿Y si llueve?» «Si realmente diluvia, iremos sólo hasta el castillo de Wilhelmshöhe, veremos los Rembrandt y los otros cuadros, y bajaremos otra vez a pie.» «Ya hemos visto todos esos mamarrachos.» «¿Quién anda en noviembre por el bosque, cuando no queda una hoja en los árboles?» «Si tiene que ser un día en familia, ¿por qué no vamos al cine...?» «Podemos reunirnos en casa de Eberhard, encender la chimenea del vestíbulo y sentarnos tranquilamente alrededor...»

—¡Nada de eso! —dije—. No hay pretexto que valga. Los niños están ya ilusionados.

Y por eso fuimos todos, al principio bajo un calabobos, con capas de lluvia y botas de goma, desde la estación del valle del Drusel al bosque de Habicht, que, aunque esté desnudo, tiene su belleza. Durante dos horas estuvimos subiendo y bajando pendientes. Hasta vimos ciervos desde lejos, cómo nos miraban y se largaban luego de un salto. Y yo les explicaba a los niños los árboles:

—Ésa es un haya. Éste de aquí un roble. Y las coníferas de ahí tienen la copa corroída. La culpa es de la industria y de los muchos, muchísimos coches. Los gases de escape hacen eso, ¿comprendéis?

Y luego enseñé a los niños bellotas y hayucos y les conté que, en la guerra, recogíamos las bellotas y los hayucos. Y vimos ardillas que subían y bajaban por los troncos. ¡Qué bonito era! Luego, sin embargo, a toda prisa, porque empezó a llover más fuerte, entramos en una posada, en donde yo, suegra mala y abuelita buena, invité a todo el clan a café y torta. Para los niños, limonada. Y, naturalmente, hubo también copitas. «Hoy pueden beber hasta los que conducen», les tomé el pelo a mis yernos. Y a los niños tuve que contarles todas las cosas que escaseaban en la guerra, no sólo la gasolina, y también que, si se pelan muchos hayucos, se puede sacar un verdadero aceite de cocina.

Pero no me pregunten qué pasó luego. No conocen a mis yernos. De agradecidos, nada. Refunfuñaron por haber tenido que andar tontamente por ahí con aquel tiempo de perros. Además, dijeron que, con mi «exaltación sentimental de la economía de la escasez», había dado a los niños un ejemplo equivocado. «¡No vivimos en la edad de piedra!», vociferó Heinz-Dieter. Y Eberhard, que en toda ocasión inoportuna se califica a sí mismo de liberal, se peleó realmente con Gudrun, mi hija mayor, y finalmente tuvo que sacar sus sábanas de la alcoba. Adivinen dónde durmió el pobre. Exacto, en el garaje. Concretamente, en su viejo Opel, que domingo tras domingo lava y relava.

¿Cómo es cuando uno se siente doble ante la tele? Quien está acostumbrado a seguir al mismo tiempo dos caminos, no debería irritarse cuando, en ocasiones especiales, encuentra a su yo de una forma y de la otra. Se sorprende sólo moderadamente. Uno ha aprendido a no pasarse consigo mismo, con ese yo de dos especies, no sólo en la dura etapa de formación sino también mediante la práctica. Y luego, cuando uno había pasado ya cuatro años en el establecimiento penitenciario de Rheinbach y sólo entonces consiguió, tras un proceso laborioso, y por decisión de la pequeña sala penitenciaria, autorización para tener televisor propio, uno tenía conciencia desde hacía tiempo de esa existencia alojada en la escisión, pero en el setenta y cuatro, cuando uno estaba aún en el centro penitenciario de Colonia-Ossendorf, en prisión preventiva, y se le concedió el deseo de tener un televisor en la celda, sin condiciones, durante todo el campeonato mundial de fútbol, los acontecimientos de la pantalla acabaron por desgarrarme en múltiples sentidos.

No cuando los polacos, en medio de un diluvio, desarrollaron un juego fantástico; no cuando se ganó contra Australia y se consiguió contra Chile un empate al menos..., sucedió cuando Alemania jugó contra Alemania. ¿De qué parte estaba uno? ¿De qué parte estaba yo o yo? ¿A qué bando había que jalear? ¿Qué Alemania ganaba? ¿Qué, cuál conflicto interno se desencadenó en mí, qué campos de fuerza me solicitaron cuando Sparwasser marcó el gol?

¿A favor? ¿En contra? Como cada mañana me transportaban a Bad Godesberg para interrogarme, el Departamento Federal de Investigación Criminal hubiera debido saber que aquella y otras pruebas de rotura no me eran desconocidas. Sin embargo, en el fondo no se trataba de pruebas de rotura, sino más bien de un comportamiento atribuible a la doble nacionalidad alemana y cuya observancia era un doble deber. Mientras tuve que demostrar mi valía como el colaborador más fiable del Canciller y su interlocutor además en situaciones de soledad, de una forma doble, aguanté la tensión y no la viví como conflicto, sobre todo porque no sólo el Canciller estaba contento de mis servicios, sino que la Central de Berlín, a través de contactos, me demostraba la misma satisfacción y, desde la esfera más alta, por el compañero Mischa, había sido elogiada mi actuación. Uno estaba seguro de que entre él, que se consideraba el «Canciller de la Paz», y yo, entregado a mi misión de «Explorador de la Paz», existía, de forma productiva, cierta consonancia. Fue una buena época aquella en que las fechas de la vida del Canciller armonizaban con los plazos de su colaborador en materia de paz. Uno prestaba servicio con celo.

Sin embargo, vacilé entre uno y otro cuando en el estadio del Volkspark de Hamburgo, el 22 de junio, se disputó el partido RDA-RFA ante sesenta mil espectadores. Es cierto que en el primer tiempo no se marcaron tantos, pero cuando el pequeño y ágil Müller, en el minuto 40, puso en cabeza a la República Federal por un pelo, al dar sólo en el poste, casi hubiera caído en éxtasis gritando ¡gol, gol, gol!, y hubiera celebrado en mi celda la ventaja del Estado separatista occidental, lo mismo que, por otro lado, estuve a punto de dar rienda suelta a mi júbilo cuando Lauck regateó limpiamente a Overath, y lo mismo que, en lo que quedaba del partido, dejó plantado incluso a Netzer, pero falló por muy poco el gol de los alemanes federales.

A qué duchas alternas se veía uno sometido. Uno acompañaba con sus comentarios partidistas hasta las decisiones del árbitro uruguayo, que unas veces favorecían a una Alemania y otras a la otra. Me sentía indisciplinado, por decirlo así, dividido. Sin embargo, por la mañana, cuando Federau, el comisario superior de investigación criminal, me interrogó, había conseguido, desde el principio, atenerme al texto escrito. Se trataba de mi actividad en el distrito de Hesse-Sur del SPD, muy de izquierdas, en donde me habían considerado un compañero eficiente, aunque conservador. Reconocí de buena gana haber pertenecido al ala derecha y más pragmática de los socialdemócratas. Luego me vi enfrentado con el material de mi laboratorio fotográfico incautado. En esos casos se suele quitar importancia, se hace referencia a una actividad anterior como fotógrafo profesional, se alude a las fotos de vacaciones y a un *hobby* que se ha conservado en parte. Sin embargo, entonces aparecieron mi potente cámara Super-8 de paso estrecho y dos casetes de película extrarresistente y muy sensible, especialmente apropiadas, según dijeron, «para trabajar como agente». Bueno, aquello no era una prueba; todo lo más un indicio. Como conseguí atenerme al texto escrito, volví tranquilo a mi celda y disfruté del partido.

Lo mismo aquí que allá, nadie hubiera podido sospechar que era aficionado al fútbol. Hasta entonces, yo no sabía siquiera que Jürgen Sparwasser, en su país, jugaba con éxito en el Magdeburg. Pero ahora pude contemplarlo y vi cómo, en el minuto 78, después de recibir un pase de Hamann, adelantó el balón de un cabezazo; corriendo, dejó a un lado a Vogts, jugador correoso; dejó clavado también a Höttges y disparó el balón, imparable para Maier, contra la red.

Uno a cero a favor de Alemania. ¿De qué Alemania? ¿De la mía o de la mía? Sí, en mi celda rugí desde luego ¡gol, gol, gol!, pero al mismo tiempo me dolía que la otra Alemania fuera perdiendo. Mientras Beckenbauer trataba de organizar el ataque una y otra vez, yo animaba al once federal. Y a mi Canciller, al que naturalmente no derribamos gente como nosotros —posiblemente fue Nollau y, antes que nadie, Wehner y Genscher— le envié una postal con mi pésame por el resultado del partido, lo mismo que le seguí escribiendo luego en las fiestas y para el 18 de diciembre, día de su cumpleaños. Pero no me respondió. Pero uno puede estar seguro de que también él acogió el gol de Sparwasser con sentimientos encontrados.

1975

¿Un año también como los otros? ¿O son ya los tiempos de plomo y nos han ensordecido nuestros propios gritos? Sólo puedo recordarlos difusamente o, a lo sumo, aquella inquietud sin objeto, porque en mi casa, bajo mi techo, ya fuera en Friedenau o bien en Wewelsfleth junto al Stör, no reinaba la paz conyugal, porque Anna, porque yo, porque Veronika, por lo que los hijos resultaban lastimados o se iban de casa y yo me había refugiado —¿en dónde si no?— en mi manuscrito, me había escapado al cuerpo cavernoso del *Rodaballo* y descendía por los siglos y tempotransitaba con nueve o más cocineras que —unas veces con severidad, otras con tolerancia— llevaban los pantalones, mientras, al margen de mis intentos de fuga, la actualidad se desfogaba y por todas partes, ya fuera en las celdas de Stammheim o alrededor de las obras de la central nuclear de Brokdorf, la violencia afinaba sus métodos, pero por lo demás, desde que Brandt se había ido y Schmidt, como Canciller, lo objetivaba todo, no pasaban grandes cosas; sólo en la pantalla había aglomeraciones.

Insisto: no fue un año especial o lo fue sólo porque nosotros, los ciudadanos occidentales, cuatro o cinco, dejábamos que nos controlaran en la frontera y nos reuníamos luego en el Berlín oriental con cinco o seis ciudadanos orientales, que habían llegado igualmente con un manuscrito encima del corazón; Rainer Kirsch y Heinz Czechowski incluso desde Halle. Al principio nos juntábamos en casa de Schädlich, luego en la de Sarah Kirsch o la de Sibylle Hentschke, en la de éste o aquél, para leernos, después del café y la tarta (y las bromas habituales entre Este y Oeste), poemas rimados y sin rimar, capítulos demasiado largos y relatos breves, lo que se hacía en aquella época a ambos lados del Muro y que, en su detalle, debía significar el mundo.

¿Es entonces ese ritual, los controles de frontera más o menos dilatados, el traslado al punto de encuentro (Rotkäppchenweg o Lenbachstrasse), las escaramuzas, unas veces graciosas y otras preocupadas, y el canto de lamentaciones de toda Alemania, y además los ríos de tinta leídos de autores rabiosos por escribir y luego la crítica en parte vehemente y en parte callada de lo leído, aquella copia, reducida a lo más íntimo, del Grupo 47, y finalmente, poco antes de medianoche, la marcha precipitada —control de frontera de la estación de Friedrichstrasse— el único acontecimiento memorable del calendario de aquel año?

Muy lejos pero tan cerca, en la televisión cayó Saigón. Presas del pánico, los últimos norteamericanos abandonaron Vietnam desde la azotea de su embajada. Pero aquel final había sido previsible y, ante el pastel de migas o de crema, no era tema de conversación para nosotros. Ni el terrorismo de la RAF, que no sólo se daba en Estocolmo (toma de rehenes) sino que ahora era habitual también entre los reclusos de Stammheim, hasta que, al año siguiente, Ulrike Meinhof se ahorcó o fue ahorcada en su celda. Sin embargo, ni siquiera esa cuestión de larga vida nos conmovió especialmente a los plumíferos reunidos. Todo lo más resultaban nuevos, después de la sequía del verano, aquellos incendios de bosques en la landa de Lüneburg, en cuyo extenso desarrollo fallecieron cinco bomberos, rodeados por las llamas.

Tampoco ése era un tema entre el Este y el Oeste. Sin embargo, antes de que Nicolas Born nos leyera de su *Lado oculto*, Sarah berlineara sus poemas de la Marca, Schädlich nos turbara con alguna de aquellas historias que luego, en el Oeste, aparecieron con el título de *Intento de aproximaciones* y yo pusiera a prueba un fragmento del *Rodaballo*, nos presentamos como novedad el suceso que, en la parte occidental de la ciudad, ocupó la cabecera de los periódicos: en la ribera del Gröben en Kreuzberg, cerca del puesto fronterizo de Oberbaumbrücke, un niño turco de cinco años (Cetin) se cayó al canal del Spree, que señalaba la frontera entre las dos partes de la ciudad, por lo que nadie —ni la policía del Berlín occidental, ni los marineros del Ejército Popular en su buque patrullero— quiso o pudo ayudar al niño. Y como en el Oeste nadie se arriesgaba a entrar en el agua y en el Este había que esperar la decisión de un oficial de mayor rango, el tiempo fue pasando, hasta que para Cetin fue demasiado tarde. Cuando los bomberos pudieron recuperar por fin el cadáver, en la orilla occidental del canal comenzaron las mujeres turcas sus cantos fúnebres, que duraron mucho y debieron de escucharse hasta muy lejos en el Este.

¿Qué más se hubiera podido contar ante un café con tarta de aquel año que pasó como otros años? En septiembre, cuando volvimos a reunirnos, con nuestros manuscritos, la muerte del Emperador de Etiopía —¿asesinato, cáncer de próstata?— me hubiera dado oportunidad de contar una vivencia infantil. En el Fox Movietone, el espectador de cine que había en mí había visto al Negus Haile Selassie, que, en una barcaza motorizada, visitaba un puerto (¿Hamburgo?), con llovizna típica. Pequeño, con barba y un salacot demasiado grande estaba allí bajo una sombrilla, que un criado sostenía abierta. Parecía triste o preocupado. Debía de ser en el treinta y cinco, poco antes de que entraran los soldados de Mussolini en Abisinia, como entonces se llamaba a Etiopía. De niño me hubiera gustado tener por amigo al Negus y lo hubiera acompañado cuando tuvo que huir de un país a otro ante la superpotencia italiana.

No, no estoy seguro de si en nuestros encuentros entre Este y Oeste se habló del Negus, ni mucho menos de Mengistu, el gobernante más reciente, comunista. Sólo era seguro que, antes de medianoche, teníamos que enseñar en el vestíbulo del control de fronteras, llamado «Palacio de las Lágrimas», nuestro pasaporte y la autorización de entrada. Y también siguió siendo seguro que en el

Berlín occidental y en Wewelsfleth, en donde yo buscaba siempre un techo con mi *Rodaballo* fragmentario, no reinaba la paz conyugal.

1976

Dondequiera que nos encontrásemos en el Berlín oriental, creíamos que había escuchas. Sospechábamos que había por todas partes, bajo el enlucido, en la lámpara del techo, incluso en los jarrones de flores, pequeños micrófonos cuidadosamente ocultos, y por eso hablábamos irónicamente de aquel Estado tutelar y de su insaciable necesidad de seguridad. Lenta y claramente, para que lo apuntaran, revelábamos secretos que ponían de relieve el carácter esencialmente subversivo de la poesía y atribuían al uso deliberado del subjuntivo intenciones conspiradoras. Aconsejábamos a la «Empresa», como se llamaba en confianza a la Seguridad del Estado de la Potencia de los Obreros y Campesinos, que pidiera ayuda oficialmente a la competencia (Pullach o Colonia), si resultaba que nuestras sutilezas intelectuales y metáforas decadentes sólo podían descifrarse de forma transfronteriza, es decir, mediante una colaboración panalemana. Arrogantemente, jugábamos con la Stasi y sospechábamos —medio en serio y medio en broma— que en nuestro grupo había un chivato al menos, asegurándonos amistosamente que «en principio» cualquiera de nosotros era sospechoso.

Veinte años después, Klaus Schlesinger, que había examinado en el departamento que llevaba el nombre de «Gauck» todo el celo de la Stasi en relación con él, me envió algunos informes de soplones relativos a nuestras reuniones conspiradoras (de mediados de los setenta). Sin embargo, allí se podía leer sólo quién se había reunido con quién ante la librería de la Friedrichstrasse, quién había besado a quién como saludo o le había entregado algún regalo, por ejemplo una botella envuelta en papel de colores, y también con qué Trabi (matrícula) habían viajado los interesados adónde, en qué casa (calle, número) habían desaparecido y en qué momento todas las personas observadas y cuándo —después de más de seis horas de vigilar al «objeto»—, todos habían abandonado la casa designada como tal «objeto» y se habían ido en diversas direcciones: los del Oeste a su lugar de procedencia, algunos riéndose y haciendo ruido, después de haber hecho un consumo de alcohol al parecer elevado.

De forma que nada de micrófonos. No había chivatos en nuestro grupo. No había nada escrito sobre nuestros ejercicios de lectura. Nada, —¡qué decepción!— sobre la materia explosiva de la poesía rimada o sin rimar. Y ninguna alusión a las conversaciones subversivas ante café y tarta. De modo que no quedó recogido lo que los del Oeste podían informar de sensacional sobre la película *Tiburón*, recientemente estrenada en un cine del Ku'damm. Las valoraciones sobre el proceso que se desarrollaba en Atenas contra los coroneles de la Junta se perdieron en el aire sin ser escuchadas. Y cuando informamos a nuestros amigos, yo en calidad de conocedor del lugar, acerca de la batalla contra la central nuclear de Brokdorf, en la que la policía empleó por primera vez y con éxito inmediato la llamada «maza química», probada en los Estados Unidos, para luego, con helicópteros en vuelo rasante, acosar por los campos llanos de la marisma de Wilster a los miles de ciudadanos que protestaban, las autoridades orientales dejaron de enterarse también de la eficiencia de las intervenciones de la policía occidental.

¿O quizá no se dijo nada en nuestra peña sobre Brokdorf? ¿Podría ser que cuidáramos de no estropear a nuestros colegas aislados del otro lado del Muro su imagen de Occidente relativamente intacta, y les ahorrásemos el uso de la porra química y la descripción, demasiado deprimente, de policías que golpeaban, golpeaban y derribaban incluso a mujeres y niños? Más bien supongo que Born o Buch, o yo, citaríamos de forma intencionadamente objetiva aquel gas impronunciable (cloracetofenón), con el que se llenaban los pulverizadores utilizados en Brokdorf, relacionándolo con el gas que se empleó ya en la Primera Guerra Mundial con el nombre de «cruz blanca», y que luego Sarah o Schädlich, Schlesinger o Rainer Kirsch opinaron que la Volkspolizei no estaba todavía tan bien armada, aunque eso podría cambiar en cuanto se dispusiera de más divisas, porque en principio lo que el Oeste lograba era también deseable para el Este.

Especulaciones inútiles. Nada de eso se encuentra en los papeles de la Stasi de Schlesinger. Y lo que no se encuentra allí no existió nunca. Sin embargo, todo hecho reflejado en el papel con indicación de fecha, nombre del lugar y señas personales era un hecho y tenía su peso y decía la verdad. Así pude leer en el regalo de Schlesinger —eran fotocopias— que en una de las visitas al Berlín oriental observadas cada vez hasta llegar a la puerta de la casa, me había acompañado una persona —mujer, alta, de pelo rubio y rizado— que, como supo completar el control de frontera, había nacido en Hiddensee, isla del Báltico y llevaba consigo su labor de punto pero, hasta entonces, era desconocida en los círculos literarios.

Así apareció Ute en los expedientes. Desde entonces ella es un hecho. Ningún sueño puede llevársela. Porque en adelante ya no tuve que perderme de aquí allá, en donde no reinaba la respectiva paz conyugal. Más bien escribí *El Rodaballo* a sotavento de ella, capítulo tras capítulo y sobre la piel pedregosa, y seguía leyendo a mis amigos, en cuanto nos reuníamos, ya fuera algo gótico sobre los «Arenques de Escania», ya alguna alegoría barroca «Sobre la pesadumbre de un tiempo malo». Sin embargo, lo que Schädlich, Born, Sarah y Rainer Kirsch o yo leímos realmente en lugares cambiantes no figura en los papeles de Schlesinger, de forma que no es un hecho, no cuenta con la bendición de la Stasi ni con la del «Gauck»: a lo sumo, cabe suponer que yo, cuando Ute se convirtió en un hecho, leí «La otra verdad», continuación del cuento, y que

Schädlich nos leyó ya entonces, o sólo en al año siguiente, el comienzo de su *Tallhover*, historia del soplón inmortal.

1977

Eso tuvo consecuencias. ¿Pero qué no tenía consecuencias? Un terrorismo que inventó su antiterrorismo. Y preguntas que quedaron sin respuesta. Por eso hasta hoy sigo sin saber cómo entraron en la sección de máxima seguridad los dos revólveres y la munición con los que, al parecer, Baader y Raspe se suicidaron en Stammheim, ni cómo pudo ahorcarse Gudrum Ensslin con un cable de altavoz.

Eso tuvo consecuencias. ¿Pero qué no tenía consecuencias? Por ejemplo, en el año anterior, la privación de nacionalidad del cantautor Wolf Biermann, al que en adelante faltó el firmemente amurallado Estado de los Obreros y Campesinos y —en cuanto empezó a cantar en escenarios occidentales— la caja de resonancia. Hasta hoy lo recuerdo en la Niedstrasse de Friedenau, en donde, en visita temporal autorizada por el Estado, habló primero divertidamente de sí mismo en nuestra mesa de comedor, del verdadero comunismo y de nuevo de sí mismo, y luego, en mi estudio, con guitarra y un pequeño público —Ute, los muchos niños y sus amigos— ensayó el programa de su actuación, graciosamente autorizada, en Colonia, y recuerdo cómo, al día siguiente, volvimos a verlo

live en la televisión, porque lo había ensayado todo, ensayado cada grito contra la arbitrariedad del
Partido gobernante, cada risa burlona que le pro-
ducía el espíritu de denuncia nacionalizado, cada
sollozo por el traicionado comunismo, traicionado
por los compañeros dirigentes, cada acorde insólito
y graznido nacido del dolor, ensayado, digo, hasta
el asomo de una incipiente afonía, hasta la literalidad
de los lapsus espontáneos, cada parpadeo, cada cara de payaso y de sufrimiento, desde hacía meses,
años, ensayado mientras la estricta prohibición de
actuar fuera de su cueva (frente a la «Representación
Permanente» de la República Federal) lo había hecho enmudecer, aprendido su gran actuación número tras número; porque todo lo que en Colonia
conmovió a la masa de espectadores que lo escuchaba había tenido ya éxito el día anterior ante el
pequeño público. Tan lleno de intenciones ensayadas estaba. Tanto le importaba su precisión de tiro.
Y tan ensayado subía al escenario su valor.

Apenas expulsado, todos esperábamos que
ese valor tuviera consecuencias, que se pusiera a
prueba en el Oeste. Pero no pasó ya mucho. Más
tarde, mucho más tarde, cuando el Muro estaba a
punto de caer, Biermann se sintió ofendido porque
hubiera ocurrido aquello sin su intervención. Recientemente le han concedido el premio nacional.

Después de la expulsión de Biermann nos
reunimos por última vez en el Este de la ciudad.
En casa de Kunert, con sus muchos gatos, nos leímos primero mutuamente (como si lo tuviéramos
ensayado), pero luego se añadieron otros que ha-

bían protestado contra la privación de nacionalidad de Biermann y ahora trataban de manejar las
consecuencias de su protesta. Una de esas consecuencias fue que muchos (no todos) se vieron obligados a solicitar la salida del Estado. Los Kunert se
fueron con sus gatos. Con niños, libros y enseres,
Sarah Kirsch y Jochen Schädlich.

    También eso tuvo consecuencias. Pero qué
no tenía consecuencias. Más tarde murió Nicolas
Born, dejándonos a todos. Y más tarde, mucho más
tarde se rompieron nuestras amistades: daños de
la Unificación. Nuestros manuscritos, sin embargo,
que nos habíamos leído una y otra vez, salieron al
mercado. Y también el *Rodaballo* echó a nadar. Ah
sí, y al final de ese año murió Charles Chaplin. Se
dirigió hacia el horizonte contoneándose y desapareció sencillamente, sin encontrar sucesión.

1978

Desde luego, reverendo, hubiera debido venir antes a desahogarme. Sin embargo, creía firmemente que lo de los niños se arreglaría. Mi marido y yo estábamos seguros, no les faltaba nada, los queríamos a los dos. Y desde que vivíamos en el chalé de mi suegro, por cierto por deseo suyo, parecían felices, o al menos contentos. La casa espaciosa. La enorme mansión rodeada de antiguos árboles. Y aunque vivimos un poco apartados, al fin y al cabo, como sabe, reverendo, no lejos del centro de la ciudad. Venían a vernos continuamente sus compañeros de colegio. Las fiestas en el jardín resultaban francamente divertidas. Hasta a mi suegro, abuelo al que nuestros hijos adoran, le gustaba aquel barullo alegre. Y entonces, de repente, los dos degeneraron. Empezó Martin. Pero Monika creyó que tenía que superar a su hermano. El chico, de repente, llevaba la cabeza afeitada, salvo un mechón sobre la frente. Y la chica se tiñó su precioso pelo rubio en parte de lila y en parte de verde cardenillo. Bueno, sobre eso hubiéramos podido hacer la vista gorda —y la hicimos—, pero cuando los dos se presentaron con aquella ropa horrible, los dos —yo más que mi marido— nos escandalizamos. Martin, que hasta entonces se vestía de una forma más bien esnob, lleva-

ba de repente unos vaqueros llenos de agujeros sujetos por una cadena oxidada. Con ellos armonizaba
una chaqueta negra con remaches, cerrada sobre el
pecho con un monstruoso candado. Y nuestra Moni apareció con un uniforme de cuero raído y botas
de cordones. Además, de los cuartos de ambos salía
esa música, si es que se puede llamar así a un ruido
tan agresivo. Apenas llegaban ellos del colegio, el estrépito comenzaba. Sin consideración hacia nuestro
abuelo que, desde que está jubilado, sólo quiere tranquilidad, pensábamos sin sospechar nada...

Sí, reverendo. Así o algo parecido se llama
ese dolor de oídos, los Sex Pistols. Parece estar usted al corriente. Claro. Nosotros lo intentamos todo. Tratar de persuadirlos, aunque con firmeza. Mi
marido, que por lo demás es la paciencia personificada, incluso quitándoles el dinero de bolsillo.
No sirvió de nada. Los chicos siempre fuera de casa y en mala compañía. Naturalmente, sus amigos
del colegio, todos de buena familia, no venían ya.
Era un infierno, porque entonces trajeron a esos
tipos, los punkis. En ningún sitio se estaba a salvo
de ellos. Se sentaban en las alfombras. Se repantigaban en el fumador, incluso en los sillones de
cuero. Y además aquel lenguaje fecal. Así era, reverendo. No hacían más que hablar en plan pasota de «*no future*» hasta que, bueno, cómo lo puedo
decir, nuestro abuelo se trastornó de pronto. De
la noche a la mañana. Mi marido y yo nos quedamos perplejos. Porque mi suegro...

Ya lo conoce usted. Aquel caballero elegante y cuidado —la discreción en persona—, con el encanto de su edad y dotado de un humor suave, nunca hiriente, que, desde que se retiró de todos los negocios bancarios, vivía sólo para su amor a la música clásica, apenas salía de su habitación, y sólo ocasionalmente se sentaba en la terraza del jardín, sumido en sus pensamientos, como si hubiera dejado completamente atrás al experto financiero de alta posición —ya sabe, reverendo, que era uno de los directivos del Deutsche Bank—, porque cuando una vez, recién casada, le pregunté cuál fue su actividad profesional durante la horrible época de la guerra, me respondió con ligera ironía: «Eso es un secreto bancario», e incluso Erwin, que al fin y al cabo trabaja también en la banca, sabe poco sobre las etapas de su infancia, y mucho menos sobre la carrera profesional de su padre que, de repente, lo he dicho ya, reverendo, de la noche a la mañana estaba como cambiado...

Imagíneselo: nos sorprende; no, nos choca en el desayuno con aquel atuendo espantoso. Se ha afeitado el hermoso pelo gris, todavía espeso a su edad avanzada, salvo una franja, de punta, en el centro y se ha teñido el lamentable resto de un rojo subido. Además lleva, a juego, hay que reconocerlo, una bata evidentemente hecha a escondidas de retazos negros y blancos, con unos viejos pantalones negros de rayita que antes usaba en las sesiones de la junta directiva. Parecía un presidiario. Y todo ello, las tiras de tela y hasta la bragueta, sujeto con imperdibles. También —no me pregunte cómo— se había taladrado los lóbulos de las orejas con dos imperdibles especialmente grandes.

Además debía de haber conseguido en algún lado un par de esposas, que sin embargo sólo llevaba cuando salía.

Claro que sí, reverendo. Nadie pudo detenerlo. Continuamente estaba fuera de casa, y no sólo aquí, en Rath, sino, según nos dijeron, también en el centro de la ciudad, incluso en la Königsallee, y se había convertido en el hazmerreír de la gente. De esa forma tuvo pronto alrededor a una horda de esos punkis, con los que hacía insegura la vecindad, hasta mucho más allá de Gerresheim. No, reverendo, incluso cuando Erwin le hacía reproches, decía: «El señor Abs va a salir ahora. El señor Abs se va a hacer cargo del Böhmische Unionbank y del Wiener Creditanstalt. Además, el señor Abs tiene que «arificar» pronto, en París y Amsterdam, compañías de renombre. Han pedido al señor Abs que, como hizo ya con la Bankhaus Mendelssohn, actúe discretamente. El señor Abs es conocido por su discreción y no desea que le hagan más preguntas...».

Esas cosas y más teníamos que oír diariamente, reverendo. Usted lo ha dicho: nuestro abuelo se ha identificado total y completamente con su antiguo jefe, al que estuvo muy íntimamente unido al parecer, no sólo en la fase de construcción de los años de la posguerra, sino también en la época de la guerra; si señor, con Hermann Josef Abs, que en su momento asesoraba al Canciller Federal en cuestiones financieras importantes. Lo mismo si se trata de molestos problemas de indemnización que afectan a la I.G. Farben, que de otras reclamaciones de Israel, siempre cree tener que actuar como negociador del señor Adenauer. Entonces dice: «El señor Abs rechaza todas las reclamaciones. El señor Abs se ocupará de que sigamos siendo solventes...». Así le llamaban también aquellos horribles punkis en cuanto salía del chalé: «¡Papá Abs!». Y a nosotros nos aseguraba sonriente: «No hay motivo para preocuparse. El señor Abs sólo sale en viaje de negocios».

¿Y los niños? No lo creerá usted, reverendo. De la noche a la mañana se curaron, tanto los escandalizó nuestro abuelo. Monika tiró a la basura su uniforme de cuero y aquellas espantosas botas de cordones. Ahora se prepara para terminar el bachillerato. Martin ha vuelto a descubrir sus corbatas de seda. Según he sabido por Erwin, quisiera ir a Londres y estudiar allí en un *college*. En realidad, aunque sólo prescindiendo de las consecuencias trágicas, deberíamos estar agradecidos a ese anciano caballero, por haber hecho entrar en razón a sus nietos.

Desde luego, reverendo. Nos resultó sumamente difícil tomar esa decisión que, lo sé, parece muy dura. Durante horas buscamos con los niños una solución. Sí, ahora está en Grafenberg. Usted lo ha dicho: el establecimiento tiene buena reputación. Lo vamos a ver regularmente. Desde luego, también los niños. No le falta nada. Ahora, por desgracia, sigue presentándose siempre como «señor Abs», aunque, como nos ha asegurado uno de los cuidadores, se lleva muy bien con los demás pacientes. Al parecer, hace poco, nuestro abuelo se ha hecho amigo de otro caso que, de forma apropiada, se hace pasar por el «señor Adenauer». A los dos les permiten divertirse jugando a las bochas.

Qué manía de preguntar. ¿Qué es eso de «mi gran amor»? Claro que lo eres tú, mi Klaus-Stephan, que me atacas bastante los nervios, en tanto que yo, por ti... Bueno, para que se acabe este interrogatorio. Supongo que por amor tú entiendes algo así como palpitaciones, manos húmedas y tartamudeos al borde del desvarío. Pues sí, una vez fue así, concretamente cuando tenía trece años. Entonces, te vas a asombrar, me enamoré de un auténtico aeróstata, absolutamente, hasta perder el sentido. Mejor dicho, del hijo de un aeróstata o, mejor dicho aún, del hijo mayor de uno de los aeróstatas, porque eran dos hombres que, con sus familias —¿cuándo fue? Hace doce años, a mediados de septiembre— fueron en un globo de aire caliente desde Turingia, al otro lado, hasta Franconia. ¡Qué va, nada de viaje de placer! O no comprendes o no quieres entender. Pasaron sobre la frontera. Temerariamente sobre el alambre espinoso, las minas personales, los dispositivos de autodisparo y los corredores de la muerte, sin desviarse hacia nosotros. Yo, como tal vez recuerdes, soy de Naila, un poblacho de Franconia. Y, apenas a cincuenta kilómetros, en lo que entonces era aún la otra Alemania, está Pössneck, de donde huyeron las dos familias. Te lo estoy diciendo, con un globo, y además cosido por ellas mismas. Por eso Naila se hizo famoso y salió en todos los periódicos, y hasta en la televisión, porque los aeróstatas no aterrizaron ante nuestra puerta sino, en las afueras de la ciudad, en un prado del bosque: cuatro adultos y cuatro niños. Y uno de ellos era Frank, que acababa de cumplir los quince y del que me enamoré, y además inmediatamente, cuando los otros niños estábamos tras la barrera, mirando cómo las dos familias se encaramaban otra vez a la barquilla, para la televisión y cómo, cuando se lo dijeron, saludaron con la mano. Salvo mi Frank. Él no hizo ningún gesto. Aquello le resultaba penoso. Estaba harto de aquel jaleo. Es decir, de todas aquellas garambainas de los medios informativos. Quiso salir de la barquilla, pero no le dejaron. A mí, sin embargo, me dio el *flash* inmediatamente. Yo quería irme con él o dejarlo. Eso sí, muy distinto de nuestro caso, en el que todo se desarrolló poco a poco y casi no pasó nada espontáneamente. Sin embargo, con Frank fue amor a primera vista. ¡Claro que hablé con él! Es decir, apenas había dejado la barquilla, le abordé, sencillamente. Él no dijo apenas nada. Estaba bastante cohibido. Casi conmovedor. Pero yo le acosé a preguntas, quería saberlo todo, bueno, toda la historia. Cómo las dos familias lo intentaron ya una vez, pero el globo, como había niebla, se humedeció y descendió poco antes de la frontera, sin que nadie supiera dónde estaban. Tuvieron suerte de que no los cogieran al otro lado. Y luego Frank me contó que las dos familias no renunciaron sino que volvieron a comprar tela impermeable a metros, por toda la RDA de entonces, lo que desde luego no era fácil. Por la noche, las mujeres y los hombres cosieron con dos máquinas de coser el nuevo globo, pedazo a pedazo, por lo que, inmediatamente después de haber tenido éxito en su fuga, la empresa Singer quiso regalarles dos máquinas eléctricas flamantes, porque suponían que habían fabricado el globo con dos máquinas Singer de pedal anticuadas... Sin embargo, no era verdad... Eran artículos del Este... Incluso eléctricas... De forma que no hubo ningún superregalo... Claro, porque faltaba el efecto propagandístico... Y nadie da nada por nada... En cualquier caso, mi Frank me contó todo eso poco a poco, cuando nos encontrábamos a escondidas en el prado del bosque en que había aterrizado el globo. En realidad, él era tímido y muy distinto de los chicos del Oeste. ¿Que si nos besamos? Al principio no, pero luego sí. Entonces había ya dificultades con mi padre. Él opinaba, lo que no era mentira, que aquellos padres aeróstatas habían actuado de una forma irresponsable, poniendo en peligro a sus familias. Naturalmente, yo no quería comprender. A mi padre le dije, lo que tampoco era equivocado: lo que pasa es que estás celoso, porque esos hombres se han atrevido a hacer algo para lo que, desde luego, eres demasiado miedoso. ¡Bueno! Ahora mi queridísimo Klaus-Stephan finge tener celos, quiere hacerme una escena y, posiblemente, terminar una vez más. Sólo porque hace años... Muy bien. He mentido. Sencillamente me imaginé algo. A los trece años, estaba demasiado cortada para hablar con el chico. No hice más que mirarlo y remirarlo. También más tarde, cuando lo veía en la calle. La verdad es que iba a la escuela de Naila, muy cerca de nuestra casa. Está en la Albin-Klöber-Strasse, desde donde no se tarda mucho hasta el lugar en que aterrizaron todos con su globo. Luego nos mudamos, sí, a Erlangen, en donde mi padre empezó a trabajar en publicidad de productos con la Siemens... No, no sólo un poco enamorada; le quise, con pasión y sinceramente, te guste o no. Y aunque entre nosotros no pasó nada, sigo queriéndolo, aunque Frank no lo sospeche.

1980

«Desde Bonn queda a un paso», me dijo su mujer por teléfono. Ni sospecha usted, señor Secretario de Estado, lo ingenua que es esa gente, aunque amable: «Venga a echar tranquilamente una ojeada, para que entienda cómo funcionan las cosas aquí, desde muy temprano hasta muy tarde, etcétera...». De manera que, como jefe del Departamento competente, me creí obligado a ver aquello personalmente, para, en su caso, poder informarle. Es verdad: queda a un paso del Ministerio de Asuntos Exteriores.

No, no, la central, o lo que se entiende por ello, está en una serie de casas adosadas absolutamente normal. Y creen que, desde allí, pueden injerirse como si nada en la historia mundial y, llegado el caso, presionarnos. Así, su mujer me ha asegurado que ella se ocupa de «todos los jaleos de organización», a pesar del trabajo de la casa y de sus tres hijos. Lo hace «con mano izquierda», pero mantiene contacto permanentemente con el mencionado barco en el mar de la China y, de paso, reparte las donaciones que siguen llegando en abundancia. Dice que sólo con nosotros, «con la burocracia», tiene dificultades. Por lo demás, ella se atiene a la divisa de su marido: «¡Sed realistas, pedid lo imposible!», que él hizo suya hace años en París, en el sesenta y ocho, en aquellos tiempos en que los estudiantes eran todavía audaces, etcétera. A mí también, es decir, al Ministerio de Asuntos Exteriores, me ha aconsejado que siga ese lema, porque sin audacia política se ahogaría cada vez más *boat people* o se moriría de hambre en esa isla de ratas de Pulau Bidong. En cualquier caso, el barco para Vietnam que, gracias a abundantes donativos, su marido ha podido fletar por más meses, debería ser autorizado por fin a recoger sin más trámites a los refugiados de otros barcos, por ejemplo a esa pobre gente que pescó un carguero de la línea Maersk danesa. Eso es lo que ella exigía. Se trataba de un mandamiento humanitario, etcétera.

Claro que se lo he dicho a esa buena mujer. Repetidas veces y, naturalmente, siguiendo sus instrucciones, señor Secretario de Estado. Al fin y al cabo, la Convención sobre el Derecho del Mar de 1910 es la única reglamentación que podemos aplicar a esa situación precaria. Y según esa convención, como le he dicho una y otra vez, los capitanes de buque están obligados a recoger a los náufragos, pero sólo si lo hacen directamente del mar y no de otros cargueros, como ocurriría en el caso del *Maersk Mango* que navega bajo el pabellón de conveniencia de Singapur y ha recogido a más de veinte náufragos, de los que ahora quiere librarse. Y deprisa. Según un mensaje de radio enviado, llevan un cargamento de fruta tropical rápidamente perecedera, no pueden desviarse de su rumbo, etcétera. Y, sin embargo, yo he asegurado una y otra vez

a esa mujer que si el *Cap Anamur* recogiera directamente a esa *boat people* salvada infringiría el derecho del mar internacional.

Se rió de mí, mientras estaba ante el fogón, echando trocitos de zanahoria a un puchero.
Me dijo que esa normativa era de la época del
Titanic. Las catástrofes de hoy tenían otras di-
mensiones. Ahora mismo había que partir ya de
la base de trescientos mil refugiados ahogados o
muertos de sed. Aunque el *Cap Anamur* hubiera
conseguido salvar a cientos, no era posible con-
tentarse con ello. A mi puntualización de que la
estimación de las cifras había sido sólo aproxi-
mada y otras objeciones, me dijo como respuesta:
«¡Qué va! No me interesa saber si entre los refugiados hay traficantes, proxenetas, quizá delincuentes o colaboracionistas con los Estados Unidos»; para ella se trata de seres humanos que se
ahogan a diario, mientras el Ministerio de Asuntos Exteriores y, en general, todos los políticos se
aferran a unas normas del año catapún. Hace sólo un año, cuando comenzó esa calamidad, hubo
primeros ministros de *länder* que, en Hanóver o
Múnich, de cara a la televisión, acogieron a algunos centenares de las que llamaban «víctimas del
terror comunista», pero ahora, de repente, sólo se
habla ya de refugiados que huyen por razones económicas y de un abuso desvergonzado del derecho
de asilo...

No, señor Secretario de Estado, no hubo
forma de calmar a la buena señora. Es decir, no
estaba especialmente excitada, sino más bien de

buen humor, pero continuamente ocupada, ya fuera ante la cocina con su puchero —«falda de cordero con verdura», según me dijo—, o colgada del teléfono. Además, continuamente llegaban visitantes, entre ellos médicos, para ofrecer sus servicios. Largas conversaciones sobre listas de espera, aptitud para vivir en países tropicales, vacunas y demás. Entremedias, siempre los tres niños. Como le decía, yo estaba de pie en la cocina. Quería marcharme, pero no me iba. No había donde sentarse. Varias veces, ella me pidió que revolviera la comida del puchero con una cuchara de madera, mientras hablaba por teléfono al lado, en el cuarto de estar. Cuando, finalmente, me acomodé sobre un cesto de colada, me senté sobre un pato de goma, un juguete de los niños que emitía horribles sonidos chirriantes, lo que provocaba las risas de todos. No, lejos de mí toda burla o, mucho menos, sarcasmo. A esa gente, señor Secretario de Estado, le gusta el caos. Los hace creativos, según me dijeron. En el presente caso tenemos que tratar con idealistas, a los que les importan un rábano los preceptos, normas, etcétera, existentes. Más bien están absolutamente convencidos, como esa buena mujer en su casa adosada, de que pueden mover el mundo. Pensé que era admirable en el fondo, aunque, en mi calidad de funcionario del Ministerio de Asuntos Exteriores, no me gustaba aparecer como un desalmado, como alguien que tenía que decir siempre que no. No hay nada más molesto, desde luego, que tener que denegar ayuda.

Al despedirme, de una forma que me conmovió pero me abochornó también, uno de sus hijos, una niña, me regaló el pato de goma chirriante. Sabe nadar, me dijo.

Créeme, Rosi, lo penosa que me ha resultado esa excursión. Nunca había visto tantas cruces
de caballero, sólo una, en fotografía, la que mi tío
Konrad llevaba al cuello. Ahora en cambio había
un montón de cruces bamboleándose, incluso con
hojas de roble, como me explicó mi abuela, que estuvo a mi lado en el cementerio, gritando bastante
porque es un poco sorda. Yo había recibido de ella
un telegrama: «Coge enseguida tren hasta Hamburgo. Luego suburbano hasta estación Aumühle.
Darán último adiós a nuestro Almirante...».
Claro que tuve que ir. No conoces a mi
abuela. Cuando dice «enseguida» quiere decir enseguida. Aunque en general no dejo que me mango-
neen y en Kreuzberg, como sabes, soy okupa y tenemos que contar con que ese Lummer nos mande
en cualquier momento a sus polis, al comando de
desalojo de la Hermsdorfer Strasse. En cualquier
caso, me resultó penoso enseñar el telegrama en el
piso que compartimos. Y qué cosas dijeron sobre
qué cojones de almirante. En cualquier caso, de
pronto me encontré allí junto a mi abuela y rodeado de todos los abuelitos que habían dejado sus
Mercedes ante el cementerio y ahora, casi uno de
cada dos con la cruz de caballero bajo la barbilla,

pero de paisano, «cubrían la carrera», como decía
mi abuela, desde la capilla hasta la tumba. Yo estaba pelado de frío. Sin embargo, casi todos los abuelitos iban sin abrigo, aunque había nieve y, a pesar
del sol, frío a porrillo. Sin embargo, todos llevaban
gorras de marino a porrillo.

Eran todos submarinistas, lo mismo que
los hombrecitos que pasaron despacio ante nosotros, llevando el féretro con el almirante dentro y
el negro, rojo y oro encima, y lo mismo que fueron submarinistas los dos hermanos mayores de
mi padre, que, sin embargo, al final, sólo estuvo
en la Volkssturm. Uno cascó en el Océano Glacial
Ártico y el otro en alguna parte del Atlántico o,
como dice mi abuela siempre, «encontraron la fría
tumba del marino». Uno de ellos era «teniente de
navío», que es algo así como capitán, y el otro, mi
tío Karl, sólo brigada.

No te lo vas a creer, Rosi. Resulta que, en total, se fueron a pique unos tres mil de ellos en unos
quinientos submarinos. Todos por orden de ese
Capitán General de la Armada, que en realidad fue
un criminal de guerra. En cualquier caso, eso es lo
que dice mi padre. Y que en su mayoría, dice, también sus hermanos, se habían metido voluntariamente en aquellos «sarcófagos flotantes». A él le resulta tan penoso como a mí cuando nuestra abuela,
siempre en torno a Navidad, se dedica al culto de
sus «heroicos hijos caídos», por lo que mi padre se
pelea continuamente. Sólo yo sigo visitándola a
veces aún en Eckernförde, en donde tiene su casita
y siempre, también después de la guerra, ha vene-

rado a ese almirante. Pero por lo demás mi abuela es estupenda. Y, en realidad, me entiendo con ella mejor que con mi padre, a quien eso de que yo sea okupa, como es lógico, no le gusta. Por eso mi abuela me mandó el telegrama sólo a mí y no a mi padre, sí, al número 4 de la Hermsdorfer, en donde, desde hace ya meses, nos hemos instalado muy cómodamente con ayuda de simpatizantes: médicos, maestros de izquierdas, abogados y demás. Herbi y Robi, que, como te escribí hace poco, son mis mejores amigos, no estaban nada contentos cuando les enseñé el telegrama. «Tú estás mal del coco», me dijo Herbi mientras preparaba la ropa que tenía que llevarme. «¡Un viejo nazi menos!» Pero yo le dije: «No conocéis a mi abuela. Cuando dice "ven enseguida", no hay excusa que valga».

Y en el fondo —créeme, Rosi—, estoy muy contento de haber visto todo aquel circo en el cementerio. Allí estaban casi todos los que quedan de la guerra submarina. Es verdad, resultó cómico y un poco escalofriante, pero también bastante penoso, cuando todos cantaron junto a la tumba y la mayoría parecía seguir en campaña y buscar en el horizonte cualquier cosa que se pareciera a una estela de humo. Mi abuela cantó también, muy fuerte, como es natural. Primero *Deutschland, Deutschland über alles* y luego *Yo tenía un camarada*. Fue realmente espeluznante. Por añadidura, desfilaron algunos de esos tamborileros de extrema derecha, con medias por la rodilla a pesar del frío. Y junto a la tumba se habló de todo lo imaginable, especialmente de lealtad. El féretro en sí era, en el fondo, decepcionante. Tenía un aspecto muy corriente. Me pregunté si no hubieran podido construir una especie de submarino en miniatura, de madera, claro, pero pintado como un buque de guerra. ¿Y no hubieran podido enterrar allí confortablemente al almirante?

Cuando nos fuimos y los hombres de las cruces de caballero se habían largado todos con sus Mercedes, le dije a mi abuela, que me había invitado a una pizza en la estación central de Hamburgo y me había dado en la mano algo más que el dinero del viaje: «Abuela, ¿crees de verdad que toda esa historia de la tumba de marino del tío Konrad y el tío Karl valió la pena?». Luego me resultó penoso habérselo preguntado tan francamente. Durante un minuto al menos no dijo nada, y luego: «Bueno, muchacho, algún sentido debía de tener...».

Como entretanto ya sabes, los polis de Lummer, nada más volver yo, nos desalojaron. Con porras a porrillo. Ahora hemos okuparreparado otras casas de Kreuzberg. Mi abuela piensa también que eso de que haya tantas viviendas vacías es una auténtica cochinada. Pero si quieres, Rosi, cuando me desalojen otra vez, podemos vivir con mi abuela en su casita. Me ha dicho que se alegraría muchísimo.

1982

Dejando aparte los malentendidos que suscitó mi alusión a «la pérfida Albión», en lo que se refiere a mi informe para los astilleros Howaldt y la filial de tecnología naval de la AEG en Wedel, que llevaba el título de *Consecuencias de la guerra de las Malvinas,* me siento plenamente satisfecho, incluso desde la perspectiva actual. Porque, suponiendo que los dos submarinos de tipo 209, que suministraron a la Argentina los astilleros y cuyo sistema electrónico lanzatorpedos se consideraba óptimo, hubieran conseguido a la primera atacar con éxito a la *Task Force* inglesa, por ejemplo al portaaviones *Invincible,* e igualmente hundir al plenamente aprovechado como transporte de tropas *Queen Elizabeth,* ese doble éxito hubiera tenido para el Gobierno Federal, a pesar de su postura claramente afirmativa con respecto a la doble decisión de la OTAN y del cambio de Canciller, necesario hacía tiempo, consecuencias desastrosas. «¡Los sistemas de armas alemanes demuestran su eficacia contra los aliados de la OTAN!», hubieran dicho. «¡Hubiera sido inconcebible!», escribí yo, señalando también que ni siquiera el hundimiento del destructor *Sheffield* y del buque de desembarco *Sir Galahad* por aviones argentinos de procedencia francesa hubiera podido relativizar un posible éxito de los submarinos de producción alemana. Se hubiera manifestado, sin duda, esa animosidad contra Alemania sólo apenas disimulada en Inglaterra. Nos hubieran llamado otra vez «hunos».

Por suerte, al estallar la guerra de las Malvinas, uno de los barcos de Howaldt, el *Salta*, estaba en dársena, con averías en las máquinas, y el otro, el *San Luis*, aunque llegó a entrar en combate, lo hizo con una dotación insuficientemente instruida que, como se vio, era incapaz de utilizar los complicados sistemas electrónicos de dirección de torpedos de la AEG. «De esa forma», escribí en mi dictamen, «tanto la Navy británica como nosotros, en tanto que nación, nos libramos de un susto», sobre todo porque los ingleses, igual que nosotros, siguen considerando como un hecho glorioso la primera batalla de las Malvinas del 8 de diciembre de 1914, en que la escuadra alemana del Asia oriental, bajo el mando del legendario vicealmirante Graf von Spee, fue aniquilada por la superioridad británica.

Sin embargo, a fin de apoyar las consideraciones de mi dictamen, que iban más allá de aspectos de simple ingeniería armamentista al estar históricamente basadas, hace ocho años, cuando Schmidt tuvo que dejar su puesto y comenzó el cambio con Kohl, acompañé mi análisis, por lo demás sobrio, de la fotocopia de un cuadro al óleo. Se trataba de una «marina» pintada por el conocido especialista Hans Bordt, que tenía por motivo el hundimiento de un acorazado en el transcurso de la batalla mencionada. Mientras que, en segundo plano, el buque se va hundiendo de popa, aparece en primer plano un marinero alemán, aferrado a una tabla, pero que con la mano derecha mantiene en alto una bandera —evidentemente la del acorazado hundido— con gesto memorable.

Se trata, como se puede ver, de una bandera especial. Y por eso, mi querido amigo y camarada, le escribo tan amplia y retrospectivamente. En esa imagen dramática podemos reconocer esa misma bandera de guerra del Reich que recientemente, con motivo de las demostraciones de los lunes en Leipzig, nos ha hecho remontarnos de nuevo en el tiempo. Lamentablemente, se produjeron desagradables escenas en que se llegó a las manos. Y lo lamento. Porque como he sugerido, a petición, en un informe sobre el proceso de la Unidad, de acuerdo con mi interpretación, aquella consigna que más bien no decía nada —«¡somos el pueblo!»— hubiera debido sustituirse de una forma totalmente pacífica, es decir, civilizada, por el grito de «¡somos un pueblo!» que, como es sabido, llevó la política al éxito. Por otra parte, debemos felicitarnos de que aquellos muchachos de cabeza afeitada y dispuestos a todo —llamados en general *skinheads*— consiguieran, por sorpresa, dominar la escena de los lunes de Leipzig con sus banderas de guerra del Reich organizadas en número tan importante y —aunque hay que reconocer que con excesivo estrépito— acentuar el llamamiento a la unidad de Alemania.

Así puede verse de qué rodeos es capaz la Historia. De todas formas, a veces hay que echarle una mano. Es una suerte que, cuando llegó el momento, me acordara de mi dictamen de entonces sobre la guerra de las Malvinas y de la «marina» antes mencionada. En aquella época, los ejecutivos de la empresa AEG, como era costumbre en todas partes, demostraron carecer de todo conocimiento histórico y, por ello, no comprendieron mi audaz salto en el tiempo, pero entretanto es posible que hayan entendido el profundo significado de las banderas de guerra del Reich. Cada vez las vemos con más frecuencia. Muchachos, personas otra vez capaces de entusiasmarse, se muestran con ellas y las sostienen en alto. Y como desde entonces la unidad es ya cosa decidida, tengo que confesarle, mi querido amigo, que me llena de orgullo haber sabido reconocer el signo de la Historia y haber ayudado, con mi dictamen, cuando se trataba de recordar de nuevo los valores nacionales y de mostrar por fin las banderas.

1983

¡Nunca tendremos a otro igual! Desde que no asistió ya a un último «¡halalí!» en —¿en dónde iba a ser?— una cacería, en pleno bosque y se ha ido también su compinche, el proveedor de carne, queso y cerveza, sólo queda el tercero de la cuadrilla, que se vino a tiempo del otro lado y ha tomado posesión de su chalé a orillas del Tegernsee con todas las de la ley, a los cabaretistas nos falta material, porque ni siquiera el peso pesado que nos gobierna puede contrapesar a aquel trío. Desde entonces, aburrimiento. Sólo quedan el empalagoso acaramelamiento de la Süssmuth, el aguachirle de Blüm, que deja ver las florecitas de la taza de café, y los chistes sobre las cejas de Waigel, además de otras formas de cortar pelos en el aire. Ya no hay nada de que reírse. Y nosotros, los bromistas oficiales del país, creímos por ello que debíamos deliberar sobre nuestras preocupaciones. Naturalmente en una posada bávara. Grossholzleute se llama el poblacho en donde, hace ya tiempo, se reunieron también otros con sus papeles crujientes, más o menos meritorios. Nosotros, sin embargo, estábamos allí desorientados, en tertulia distinguida. Incluso, con toda seriedad, se presentó una ponencia —«Sobre la situación del *Kabarett* alemán después del fallecimiento del gran Franz Josef, con consideración especial de la Unidad que se produjo en cuanto murió»—, pero no resultó muy graciosa. A lo sumo, fuimos nosotros, los humoristas tan cervezomoniosamente reunidos, quienes nos convertimos en número cómico.

¡Cómo echábamos de menos a Strauss, Franz Josef, santo patrono e inspirador de unos especialistas del humor ahora ya para el asilo! Tus tortuosos asuntos eran nuestro pan de cada día. Tanto si se trataba de vehículos blindados y bien untados, de espejos («Spiegel») rotos, de asuntos retorcidos entre «amigos» o de tus flirteos con dictadores de todo el mundo, siempre surgía una pequeña obra maestra. Al fin y al cabo, el *Kabarett* alemán ha estado siempre dispuesto cuando se trataba de aliviar a la pobre y vapuleada oposición. Sobre ti, el hombre sin cuello, siempre se nos ocurría algo. Y cuando nos faltaban caballos de batalla, enganchábamos, siempre a tu lado, a Wehner, el viejo cascanueces. Pero tampoco él ni sus pipas tiran ya.

En ti y nosotros se podía confiar siempre. Sólo una vez, en el ochenta y tres, cuando se trataba de mil millones —se entiende: pura compasión por los pobres hermanos y hermanas del Este—, debíamos de estar dormidos, pero en cualquier caso no estábamos alerta cuando en Rosenheim, en la hospedería de Spöck, se reunió un triunvirato sin par. Aquí el muy compacto Strauss, allá el mensajero del Este Schalck, y en medio el vividor, el proveedor de carne, queso y cerveza März. Armado de las mejores intenciones, un trío de tunantes y chanchulleros apareció en una pieza con la que unos cómicos de la legua hubieran llenado la sala. Porque la suma de nueve ceros proveniente de las cajas occidentales no sólo debía aprovechar al Estado oriental, pobre en divisas, sino también hacer que, para el dueño de la casa y anfitrión, en calidad de importador bávaro en gran escala, se sacrificaran rebaños enteros de bueyes en otro tiempo propiedad del pueblo y ahora listos para el matadero.

Aquellos compadres se apreciaban. Qué quiere decir «comecomunistas» o «enemigo del capitalismo», cuando, bajo cuerda, la cuenta de la carne, el queso y la cerveza cuadra y, de paso, ese pícaro con el apropiado nombre de Schalck le cuenta de primera mano a su jefe de Estado, en otro tiempo techador de oficio, los últimos chistes sobre Kohl. No es que se dieran abrazos, pero en cualquier caso había llegado el momento de hacer un guiño de complicidad panalemana. Como suele ocurrir cuando los grandes acontecimientos se producen en algún lugar secreto. Cada uno tiene algo que ofrecer: ventajas comerciales, encanto rústico, interioridades de Bonn, cerdos en canal a buen precio, secretos de Estado bien curados u otras pruebas de aire viciado de los años ochenta, suficientemente ácidas para alegrar con ellas a los respectivos servicios secretos.

Debió de ser un festín para los ojos, narices y oídos, un jolgorio panalemán. Naturalmente, comieron y bebieron: carne, queso y cerveza. A nosotros, sin embargo, no nos invitaron. Como sátira se bastaban. Nuestro imitador de voces profesional,

que todavía hoy hace el glogló de Strauss como
nadie, podía, todo lo más, adivinar el falsete de
Schalck y, de todos modos, del boyero März sólo se
podía sospechar que era maestro en el arte de contar
con los dedos. De esa forma, sin nosotros, los cabaretistas, se concedió aquel crédito de mil millones.
En realidad fue una pena, porque en nuestros escenarios se hubiera interpretado luego todo aquello
como entremés de la Unidad alemana, bajo el lema:
«Viva el Fideicomiso: yo me lo como, yo me lo gui-
so», pero Strauss y März padre hicieron mutis antes
de que el Muro cayera, y nuestro super Schalck, cuyas empresas KoKo (Kommerzielle Koordinierung)
siguen floreciendo a escondidas, está seguro en su
villa del Tegernsee, porque sabe más de lo que con-
vendría al estado de ánimo blancoazul de Baviera,
y su silencio vale oro.

Cuando nuestra tertulia de veteranos deliberaba, tan aldeana como palurdamente, se dijo:
nos podemos ir olvidando del *Kabarett* alemán.
Sin embargo, al gran aeropuerto de Múnich le han
dado el nombre de Franz Josef, no sólo porque,
además de una licencia de caza, tenía otra de piloto, sino para que lo recordemos en cada aterrizaje y
despegue. Porque fue muchas cosas a la vez: por
una parte, nuestro personaje cómico de más peso;
por otra, un riesgo de una clase que, cuando él, en
el ochenta quiso ser Canciller, como votantes pru-
dentes y cabaretistas pusilánimes, no estuvimos dispuestos a correr.

1984

¡Lo sé, lo sé! Es muy fácil decir: «Pensad en los muertos», pero sobre el terreno hay que organizar un montón de cosas. Por eso, con celo creciente y no en último lugar gracias al simbólico apretón de manos que decidieron el Presidente y el Canciller ante el Osario aquel memorable 22 de septiembre de 1984, cada vez se señalizaban más caminos en el antiguo campo de batalla de Verdún, y por nuestra parte nos esforzamos en ayudar con letreros en los dos idiomas, por ejemplo, *Mort Homme* y *Toter Mann*, sobre todo porque en el ensangrentado Bosque de los Cuervos (Bois des Corbeaux) y en sus cercanías cabe sospechar que hay aún minas y granadas sin estallar en el paisaje de cráteres cubierto entretanto de vegetación, por lo que la advertencia existente, un «No entrar» francés, debería completarse en los letreros con nuestro «Prohibido entrar». Tampoco habría que vacilar en recordar con una discreta alusión en determinados puntos, por ejemplo donde pueden reconocerse los restos de la aldea de Fleury y donde ahora una capilla invita a la reconciliación, y lo mismo en la cota 304, que entre mayo y agosto de 1916 fue repetidas veces asaltada y tomada de nuevo en contraataques, en donde, igual que en muchos otros lugares del campo de batalla, resulta oportuno guardar un minuto de silencio.

La observación no deja de tener cierta urgencia, porque, desde que nuestro Canciller visitó nuestro cementerio militar de Consenvoye, visita a la que siguió la del cementerio francés de los terrenos de Fort Douamont, en donde se produjo el histórico apretón de manos con el Presidente de la República, la corriente de visitantes crece sin cesar. Llegan autobuses de cargamento numeroso, y el comportamiento excesivamente turístico de algunos grupos de visitantes ha dado lugar a quejas. Así, el Osario, cuya bóveda está coronada por una torre inspirada por la forma de un obús, se considera con frecuencia sólo como atracción terrorífica, por lo que, ante las ventanas de cristal, desde las que, por cierto, sólo se ve una pequeña parte de los huesos y cráneos de los ciento treinta mil franceses caídos, no es raro oír risas o, peor aún, comentarios soeces. También se oyen a veces en voz alta palabras demasiado vehementes, que evidencian que esa gran reconciliación entre nuestros pueblos, a la que se esforzaron por contribuir Canciller y Presidente con su gesto impresionante, dista mucho de haber concluido. Así, por nuestra parte se escandalizan, no del todo sin razón, del hecho, difícil de pasar por alto, de que a los caídos franceses los recuerden quince mil cruces blancas, que llevan la inscripción *«Mort pour la France»*, y un rosal plantado ante cada una, mientras que a nuestros caídos, de número mucho más reducido, les corresponden sólo cru-

ces negras sin inscripción, y ningún tipo de adornos florales.

Hay que confesar aquí que nos resulta difícil encontrar respuesta a esas quejas. Asimismo,
con frecuencia se siente uno desamparado cuando
se le pregunta cuál fue el número de víctimas de la
guerra. Durante mucho tiempo se dijo que había
que lamentar unos trescientos cincuenta mil caídos de cada bando. Sin embargo, consideramos
exagerado hablar de un millón de víctimas en una
superficie de treinta y cinco kilómetros cuadrados.
Sin duda fueron sólo, en total, medio millón —en
los centros de batalla, entre siete y ocho muertos
por metro cuadrado— los que perdieron la vida en
la lucha encarnizada por Fort Douamont y Fort
Vaux, junto a Fleury, en la cota 304 y también en
la «Tierra Fría» *(Froide-terre)*, lo que se justifica
por el suelo arcilloso y pobre de todo el campo de
batalla de Verdún. En medios militares se utiliza
ya de forma general el concepto de «guerra de desgaste».

Sin embargo, cualesquiera que fueran las
pérdidas, nuestro Canciller y el Presidente francés
dieron un signo, superior a cualquier recuento, al
permanecer, cogidos de la mano, ante el Osario
(Ossuaire). Aunque pertenecíamos a la delegación
ampliada, entre la que se contaba también Ernst
Jünger, el anciano escritor y testigo presencial de
aquel sacrificio que parece tan absurdo, sólo pudimos ver a los dos hombres de Estado desde atrás.

Más tarde, los dos plantaron juntos un si-
comoro, por lo que antes se comprobó que aquel

hecho simbólico no se iba a producir en terreno minado. Esa parte del programa gustó a todo el mundo. En cambio, las maniobras germano-francesas que se realizaron al mismo tiempo en las proximidades tuvieron poca aceptación. Nuestros tanques en las carreteras francesas y nuestros Tornados pasando sobre Verdún en vuelo rasante no son algo que se vea con agrado aquí. Sin duda hubiera tenido más sentido que —en lugar de esas maniobras— nuestro Canciller se hubiera dirigido a alguno de los caminos señalizados, por ejemplo al que lleva a los restos del refugio llamado de las «Cuatro Chimeneas» *(Abri des Quatre Cheminées)*, en torno al cual, el 23 de junio de 1916, regimientos bávaros y cazadores alpinos franceses combatieron tan despiadada como sangrientamente. Más allá de todo simbolismo, allí hubiera sido de todo punto oportuna una pausa meditativa del Canciller, a ser posible al margen del protocolo.

1985

Mi querida niña:

Quieres saber cómo viví yo en los ochenta, porque esa información es importante para tu tesina, que se llamará *La vida cotidiana de las personas de edad*. Te ayudaré con mucho gusto. Sin embargo, me escribes que tendrás que hablar también de «deficiencias en el comportamiento consumista». Sobre eso poco puedo aportar yo, porque tu abuela no tiene motivos especiales de queja. Salvo tu abuelo, mi ser más querido y al que nadie puede reemplazar, no me faltaba nada. Al principio podía andar muy bien aún, pasaba la mitad de media jornada en la tintorería de al lado, y hasta ayudaba en la parroquia. Sin embargo, si me preguntas por mis ratos libres, tengo que confesarte, para ser sincera, que me pasé los ochenta delante de la tele, en parte perdiendo el tiempo y en parte pasándolo muy bien. Sobre todo desde que las piernas no quisieron seguir acompañándome, apenas salía de casa y no me interesaban nada las reuniones sociales de cualquier tipo, como podrán confirmarte tus padres.

Sin embargo, en general no pasaban muchas cosas. En política, por la que me preguntas varias veces, absolutamente nada. Sólo las promesas habituales. En eso estaba siempre de acuerdo con mi vecina, la señora Scholz. Ella, por cierto, se ha ocupado de mí todos estos años de una forma conmovedora, y de hecho, como tengo que reconocer sinceramente, más que mis propios hijos, sin excluir, lamentablemente, a tu querido padre. Sólo podía contar con la señora Scholz. A veces, cuando ella tenía en Correos el primer turno, venía a mi casa ya por la tarde y traía galletitas hechas por ella. Nos poníamos cómodas y a menudo veíamos hasta la noche lo que en aquel momento estuvieran dando. Recuerdo muy bien *Dallas* y *La clínica de la Selva Negra.* A Ilse Scholz le gustaba el profesor Brinkmann, a mí menos. Sin embargo luego, hacia mediados de los ochenta, cuando empezaron a dar, y siguen dando, *La calle de los Tilos,* le dije: eso es ya otra cosa. Está sacado de la vida misma. Y además, de la vida tal como es normalmente. Esa confusión continua, unas veces alegre, otras triste, con peleas y reconciliaciones, pero también con muchas preocupaciones y sufrimientos, como nos ocurre a nosotros en la Gütermannstrasse, aunque Bielefeld no sea Múnich y la taberna de la esquina la lleve muy bien como restorán, desde hace años, no una familia griega sino una familia italiana. Sin embargo, la portera aquí es tan pendenciera como la Else Kling de la calle de los Tilos, 3. Riñe continuamente a su marido y es capaz de ser mala de verdad. En cambio, Mamá Beimer es la bondad personificada. Sabe escuchar los problemas de otros, casi igual que mi vecina, la señora Scholz, que bastante tiene ya con sus hijos y cuya hija Jasmin, lo mismo que la Marion de los Beimer, tiene, para ser sincera, una relación verdaderamente problemática con un extranjero.

En cualquier caso, seguimos la serie desde el principio, cuando, creo, comenzó en diciembre. Ya durante el capítulo de las Navidades se pelearon Henny y Franz por un árbol esmirriado. Sin embargo, luego hicieron las paces. En casa de los Beimer estaban tristes en Nochebuena, porque la Marion quiso irse sin falta a Grecia con su Vasily, pero entonces fue Hans Beimer y trajo a dos niños huérfanos. Y como invitaron también a Gung, el vietnamita solitario, resultó una fiesta muy bonita.

A veces, cuando veía con la señora Scholz *La calle de los Tilos,* recordaba mis primeros años de matrimonio, cuando tu abuelo y yo, en un restorán en donde ya entonces había un televisor, veíamos la serie de *La familia Schölermann.* Por descontado, sólo en blanco y negro. Debía de ser a mediados de los cincuenta.

Pero tú querías saber, para tu tesina, qué otras cosas de interés pasaron en los ochenta. Exacto, precisamente en el año en que la Marion de la señora Beimer vino a casa, demasiado tarde, con una herida en la cabeza a consecuencia de un golpe, comenzó, un poco antes, el espectáculo de Boris y Steffi. En general no me importa nada el tenis, ese continuo ajetreo, pero lo veíamos, a menudo durante horas, cuando «la brühlerina» y «el leimenés», como los llamaban, se fueron haciendo cada vez más famosos. La señora Scholz supo pronto lo que era eso del «servicio» y la «devolución». Yo no podía entender qué quería decir *tie-break* y por eso tenía que preguntárselo a menudo. Sin embargo, cuando vino Wimbledon y nuestro Boris se impuso a uno de Sudáfrica y, al año siguiente, otra vez contra el checo Lendl al que todos consideraban invencible, empecé a temblar de veras por mi Boris, que acababa de cumplir los diecisiete. Cruzaba los dedos deseándole suerte. Y cuando en el ochenta y nueve, en que por fin empezó a pasar algo en la política, conquistó la victoria otra vez en Wimbledon y contra el sueco Edberg, después de tres *sets*, hasta lloré y mi vecina también.

Con Steffi, a la que la señora Scholz llamaba siempre «la señorita *Drive*», nunca pude emocionarme de veras, y con su padre, ese defraudador de impuestos con sus negocios sucios, mucho menos. Pero mi Borisito no daba su brazo a torcer, podía ser francamente descarado y, a veces, hasta francamente impertinente. Sólo que no quisiera pagar impuestos y por eso se expatriara a Mónaco no nos gustó. «¿Por qué tiene que ser así?», le pregunté a la señora Scholz. Y luego, cuando él y Steffi comenzaron a ir de capa caída, él empezó incluso a hacer propaganda de Nutella. Verdad es que estaba gracioso, cuando lamía el cuchillo en la televisión, sonriendo un poco picaronamente, pero desde luego no lo necesita, porque de todas formas ganaba más de lo que podía gastar.

Pero eso ocurrió en los noventa, y tú, mi querida niña, querías saber cómo pasé los ochenta. En cualquier caso, ya en los sesenta tuve algo que ver con la Nutella, cuando todos nuestros hijos querían que les pusiera sin falta en el pan esa pasta para untar que a mí me parece crema de zapatos. Pregúntale a tu padre si se acuerda aún de la lata que me daba todos los días con sus hermanitos. En nuestra casa había bastante jaleo, portazos y demás. Casi como en *La calle de los Tilos,* que siguen dando por televisión...

1986

Nosotros los del Alto Palatinado, dicen, nos rebelamos pocas veces, pero aquello fue demasiado. Primero Wackersdorf, en donde quisieron reciclar esa sustancia del diablo, y luego nos cayó encima además Chernóbil. Hasta entrado mayo permaneció la nube extendida por toda Baviera. También sobre Franconia y no sé dónde más, sólo en el norte menos. Sin embargo, hacia el Oeste, o al menos eso dijeron los franceses, se detuvo al parecer en la frontera.

¡Bueno, para quien se lo crea! Siempre habrá quien esté con San Florián («San Florián, San Florián: protege mi casa y al vecino quémale el desván»). Sin embargo, en Amberg, nuestro pueblo, el juez de primera instancia estuvo siempre en contra de la WAA Wackersdorf, lo que quiere decir sin abreviar instalaciones de reciclado *(Wiederaufbereitungsanlage)*. Por eso, a los muchachos que acampaban ante las instalaciones y golpeaban con barras de hierro la cerca —lo que los periódicos llamaron «las trompetas de Jericó»— les proporcionaba los domingos un almuerzo en regla, por lo que ese Beckstein de la Audiencia Territorial, que siempre ha sido un perro de presa y por eso se ha convertido luego en Ministro del Interior, los perseguía de una forma canallesca: «A gente como el juez Wilhelm habría que borrarla del mapa».

Y todo a causa de Wackersdorf. Yo también fui. Pero sólo cuando llegó la nube de Chernóbil y se posó sobre el Alto Palatinado y la hermosa Selva de Baviera. Es decir, que fuimos toda la familia. A mi edad, me decían, aquello no hubiera debido preocuparme mucho realmente, pero como, siguiendo nuestra tradición, íbamos siempre en otoño a coger setas, ahora había que tener cuidado, más aún: ¡Dar la señal de alarma! Y como esa sustancia del diablo, cesio se llama, llovió de los árboles, cargando horriblemente de radiactividad el suelo de los bosques, fuera de musgo, hojas o agujas, también yo espabilé y me fui con una barra de hierro a la cerca, aunque mis nietos me gritaban: «¡No te metas en eso, abuelo, que no es cosa tuya!».

Es posible que tuvieran razón. Porque una vez que me mezclé con todos aquellos jóvenes y empecé a gritar: «¡Cocina de plutonio, cocina del demonio!», me derribaron los cañones de agua que los señores de Ratisbona habían enviado expresamente. Y el agua llevaba lo que se llama una sustancia irritante, un tóxico miserable, aunque no tan malo como ese cesio que goteó desde la nube de Chernóbil sobre nuestras setas y no hay quien lo saque de ahí.

Por eso midieron luego en la Selva de Baviera y en los bosques que rodean la Wackersdorf la radiación de todas las setas, no sólo de las comestibles, como el sabroso parasol y el pedo de lobo perlado, porque la caza se come toda clase de carboneras que a nosotros no nos gustan, y así se contaminó. A nosotros, que a pesar de todo, queríamos ir a por setas, nos mostraron en unos cuadros que el boleto bayo, que crece en octubre y es especialmente suculento, es el que más cesio concentrado ha absorbido. La que menos ha sido sin duda la armilaria de miel, porque no se cría en el suelo del bosque sino, como hongo parásito, en los troncos de árbol. Y también las setas barbudas, que cuando son jóvenes saben muy bien, se han salvado. Sin embargo, como digo, muy afectados siguen aún el *boletus submentosus*, el *boletus chrysentheron*, los rovellones, a los que les gusta vivir bajo las coníferas jóvenes, incluso el boleto del abedul, menos el *boletus rufus*, pero por desgracia muchísimo las cantarelas, a las que llaman rebozuelos y en otros sitios cabrillas. Mal librados han salido los boletos comestibles, que llevan también el nombre de setas de Burdeos y que, cuando se encuentran, son una auténtica bendición de Dios.

Bueno, al final Wackersdorf se quedó en nada, porque los señores de la industria nuclear consiguieron que en Francia les reciclaran su sustancia infernal más barato y no tienen tantos problemas allí como en el Alto Palatinado. Ahora aquí reina otra vez la calma. Y ni siquiera de Chernóbil y de la nube que se nos vino encima habla ya nadie. Pero mi familia, todos mis nietos, no van ya a buscar setas, lo que se comprende aunque con ello acabó nuestra tradición familiar.

Yo voy aún. Ahí, donde mis hijos me han aparcado en una residencia para la tercera edad, hay mucho bosque alrededor. Y recojo lo que encuentro: lenguas de gato y bonetes pardos, boletos comestibles ya en el verano, y cuando llega octubre, boletos bayos. Las aso en mi diminuta cocina americana, para mí y otros viejos de la residencia que no pueden andar ya tanto. Todos hemos dejado atrás hace tiempo los setenta. Qué puede hacernos ya el cesio, nos decimos, si nuestros días están contados.

1987

¿Qué se nos había perdido en Calcuta? ¿Qué me arrastró hasta allí? Dejando atrás *La Ratesa* y el hastío de las matanzas del cerdo alemanas, dibujé montones de basura, durmientes callejeros, a la diosa Kali que, por vergüenza, saca la lengua, vi cornejas sobre cáscaras de coco amontonadas, el reflejo del Imperio en ruinas cubiertas por la vegetación y, tan literalmente apestaba todo aquello al cielo, que al principio no encontraba palabras. Entonces soñé...

Sin embargo, antes de que soñara de una forma tan rica en consecuencias, deben confesarse los celos que me corroían, porque Ute, que lee siempre y muchas cosas, leía, mientras soportaba Calcuta adelgazando cada vez más, un Fontane tras otro; efectivamente, como contrapeso de la vida india cotidiana, habíamos metido muchos libros en el equipaje. Pero ¿por qué lo leía sólo a él, el prusiano hugonote? ¿Por qué, de un modo tan apasionado y bajo el ventilador en marcha, al charlatán cronista de la Marca de Brandeburgo? ¿Por qué bajo el cielo bengalí precisamente a Theodor Fontane? Entonces soñé un mediodía...

Pero antes de devanar ese sueño, sin embargo, hay que decir que no tenía nada, absoluta-

mente nada contra Theodor Fontane y sus novelas. Recordaba algunas de sus obras como lecturas
tardías: Effi en el columpio, excursiones en barca
sobre el Havel, paseos con la señora Jenny Treibel
a orillas del Halensee, veraneos en el Harz... Sin
embargo, Ute lo sabía todo: cada máxima del pastor, cada causa de incendio, tanto si Tangermünde
era pasto de las llamas como si, en *Irrecuperable*, un
fuego latente tenía consecuencias. Incluso, con largos cortes de electricidad y bajo un ventilador silencioso, volvía a leer a la luz de una vela, mientras
Calcuta se hundía en la oscuridad, *Mis años de infancia*, y así se escapaba, a pesar de la Bengala
Occidental, al baluarte de Swinemünde, o huía de
mí por las playas bálticas de la Pomerania Ulterior.

Entonces soñé un mediodía, mientras estaba echado bajo el mosquitero, con algo nórdico
y fresco. Vi, desde la ventana de mi estudio del desván, el jardín de Wewelsfleth, al que daban sombra árboles frutales. Ahora bien, he contado ese
sueño a menudo y ante públicos cambiantes, con
distintas variaciones, pero a veces se me ha olvidado
decir que la aldea de Wewelsfleth en Schleswig-
Holstein está a orillas del Stör, afluente del Elba.
Así pues, vi en el sueño nuestro jardín de Holstein
y en él el peral cargado de frutos, bajo cuya sombra
protectora estaba sentada Ute frente a un hombre,
en una mesa redonda.

Sé que no es fácil contar sueños —especialmente los que se sueñan bajo un mosquitero y ba-
ñado en sudor: todo se vuelve demasiado racional.
Pero aquel sueño no era turbado por tramas secun-

darias, no había otra película, ni una tercera, que titilasen como corresponde a un sueño, sino que más bien éste se desarrollaba linealmente y, no obstante, rico en consecuencias, porque aquel hombre con quien conversaba Ute bajo el peral me resultaba conocido: un caballero de pelo blanco, con el que ella no hacía más que conversar y conversar, volviéndose entretanto cada vez más bella.

Ahora bien, en Calcuta se registra durante la estación de los monzones una humedad atmosférica del noventa y ocho por ciento. No es de extrañar pues que, bajo mi mosquitero, que el ventilador agitaba sólo débilmente, si es que lo hacía, soñara algo nórdico y fresco. Pero ¿por qué tenía que parecerse a toda costa a Theodor Fontane aquel anciano caballero que, sonriente y confiado, conversaba con Ute bajo el peral y en cuyo pelo blanco jugueteaban rizos de luz?

Era él. Ute coqueteaba con él. Tenía un lío con aquel famoso colega mío, que sólo en su edad avanzada llevó al papel novela tras novela; y en algunas de esas novelas se trataba de adulterios. Hasta entonces, yo no aparecía en la historia soñada, o sólo como un espectador muy lejano. Los dos se bastaban a sí mismos. Por eso soñé entonces que estaba celoso. Es decir, la inteligencia o la prudencia me ordenaron en el sueño mantener ocultos mis celos incipientes y actuar sensata o astutamente, es decir, coger una silla que en el sueño estaba cerca, bajar por ella y sentarme en el jardín con la pareja soñada, Ute y su Fontane, bajo la agradable sombra fresca.

En adelante —y eso lo digo siempre que cuento este sueño— llevamos un *ménage à trois*. Los dos no consiguieron ya sacudírseme. A Ute le gustó incluso la solución, y yo fui conociendo cada vez mejor a Fontane, sí, ya en Calcuta, empecé a leer todo lo de él que había a mano, por ejemplo, su carta a un inglés llamado Morris en la que se mostraba conocedor de la política mundial. Por ello, con ocasión de algún que otro viaje juntos al centro en *rickshaw* —Writers Building—, le pregunté qué opinaba de las repercusiones de la dominación colonial británica y de la partición de Bengala en Bangladesh y Bengala Occidental. Estuve de acuerdo: sólo con dificultad podía compararse esa división con la alemana actual, y difícilmente podía pensarse en una reunificación bengalí. Y cuando, luego, volvimos dando rodeos a Wewelsfleth junto al Stör, me lo llevé de buen grado, es decir, me acostumbré a él como inquilino entretenido y a veces caprichoso, me declaré en adelante *fan* de Fontane y sólo me deshice de él cuando, en Berlín y en otros lados, la Historia demostró ser rumiante y, con el amable permiso de Ute, pude retomar la palabra locuaz de Fontane, continuando su fracasada existencia hasta el fin del siglo en curso. Desde entonces —cautivo en la novela *Es cuento largo*— él vive su inmortalidad y no consigue ya gravitar sobre mis sueños, sobre todo porque, en su calidad de Fonty, hacia el final de la historia, seducido por una joven criatura, se pierde en las Cevenas entre los últimos hugonotes supervivientes...

1988

... sin embargo, con antelación, antes de que el Muro caducara y en todas partes, antes de que nos sintiéramos mutuamente extraños, la alegría fuera inmensa, comencé a dibujar lo que era imposible dejar de ver, pinos derribados, hayas desarraigadas, madera muerta. Desde hacía algunos años se hablaba, de pasada, de la «muerte de los bosques». Dictámenes tuvieron como consecuencia contradictámenes. De nuevo, como los gases de escape de los coches dañan los bosques, se pidió inútilmente un límite de velocidad de cien. Aprendí palabras nuevas: lluvia ácida, brotes asustados, podredumbre de raicillas, agujas pardas... Y el Gobierno publicaba todos los años un informe sobre los daños causados a los bosques, que luego, un poco menos preocupantemente, se llamó Informe sobre el estado de los bosques.

Como sólo creo en lo que se puede dibujar, viajé desde Gotinga al Alto Harz, me instalé allí en un hotel casi vacío, para veraneantes y esquiadores, y dibujé, con carboncillo de Siberia —un producto de la madera—, lo que estaba derribado en crestas y pendientes. Allí donde la silvicultura había eliminado ya lo dañado y recogido la madera muerta, quedaban, muy juntos, tronchos de raíces que poblaban grandes superficies en un aligerado orden de cementerio. Llegué hasta los letreros de advertencia y vi que, allí, la muerte de los bosques se extendía transfronteriza y, silenciosamente y sin disparar un tiro, había salvado la cerca de alambre que recorría montes y valles, los corredores de la muerte minados y el «Telón de Acero» que no sólo dividía aquel Harz de mediana altura, sino toda Alemania, más aún, Europa. Las montañas peladas dejaban vista libremente hacia el otro lado.

No me encontré con nadie, ni brujas ni carboneros solitarios. No ocurría nada. Todo había pasado ya. Ninguna lectura de Goethe, ninguna lectura de Heine me había preparado para aquel viaje al Harz. Mi único material era papel de dibujo granulado, un estuche lleno de carboncillos torcidos y dos botes de fijador, cuyas instrucciones de uso aseguraban que no contenía gas indeseable, y que, desde luego, no era en absoluto perjudicial para el medio ambiente.

Y así pertrechado fui con Ute poco después —aunque todavía en la época de la orden de disparar— a Dresde, desde donde una invitación por escrito nos había ayudado a conseguir el visado de entrada. Nuestros anfitriones, un pintor serio y una alegre bailarina, nos dieron la llave de una cómoda cabaña en el Erzgebirge. Cerca de la frontera checa, empecé enseguida —como si no hubiera visto ya bastante— a dibujar también allí el bosque que se moría. En las laderas, la madera yacía entrecruzada, como había caído. En las crestas, los vientos habían quebrado los troncos agonizantes a la altura de un hombre. Tampoco allí ocurría nada, salvo que en la cabaña del pintor Göschel de Dresde se multiplicaban los ratones. Por lo demás, todo había pasado ya. Los gases de escape y los restos de dos zonas industriales propiedad del pueblo que se extendían, espaciosamente depositados, habían hecho un trabajo completo hasta más allá de la frontera. Mientras yo dibujaba lámina tras lámina, Ute leía, pero ahora ya no a Fontane.

Un año más tarde, en los carteles y pancartas de los ciudadanos que se manifestaban en Leipzig y en todas partes se podía leer: «Talad los capitostes, salvad los bosques». Pero todavía no había llegado el momento. Todavía el Estado, con esfuerzo, mantenía juntos a sus ciudadanos. Todavía parecían duraderos los daños que cruzaban la frontera.

En el fondo, la comarca nos gustó. Las casas de las aldeas del Erzgebirge (Montes Metálicos) estaban cubiertas con ripias. Allí se había afincado hacía tiempo la pobreza. Las aldeas se llamaban Fürstenau (Vega del Príncipe), Gottgetreu (Fiel a Dios) o Hemmschuh (Cortapisa). A través de Zinnwald (Bosque de Estaño), el cercano pueblo fronterizo, pasaba la ruta de tránsito hacia Praga. Por esa carretera que no utilizaban sólo los turistas, veinte años antes, un día de agosto, unidades motorizadas de la Nationale Volksarmee habían obedecido su orden de marcha; y hacía cincuenta años, un día de octubre de 1938, unidades de la Wehrmacht alemana se pusieron en camino con el mismo objetivo, de forma que los checos tenían que acordarse una vez y otra. La reincidencia. Violencia en envase doble. A la Historia le encantan esas repeticiones, aunque entonces todo era muy distinto; por ejemplo, los bosques estaban todavía en pie...

1989

Cuando, viniendo de Berlín, volvimos a la región de Lauenburg, pudimos escuchar con retraso la noticia por la radio del coche, porque estábamos abonados al Tercer Programa, y entonces yo, lo mismo que otros tropecientos mil, grité probablemente: «¡Qué locura!», con alegría y susto, «¡eso es una locura!», y luego, lo mismo que Ute, que iba sentada al volante, nos perdimos en nuestros pensamientos progresivos y regresivos. Un amigo, que tenía al otro lado del Muro su vivienda y su lugar de trabajo, y que, lo mismo antes que ahora, custodia legados en el Archivo de la Academia de las Artes, recibió la piadosa nueva igualmente con demora, por decirlo así, con espoleta retardada.

Según su versión, volvía, sudando por el *jogging*, del Friedrichshain. Nada insólito, porque, entretanto, también los del Berlín Este conocían bien esa automortificación de origen norteamericano. En el cruce de la Käthe-Niederkircher-Strasse con la Bötzowstrasse se tropezó con un amigo al que el *jogging* le había hecho también jadear y sudar. Los dos, sin dejar de correr sobre el sitio, se citaron para tomar por la noche una cerveza, y cuando llegó la noche se sentaron en el amplio cuarto de estar del amigo, que tenía un puesto de trabajo seguro en la, como se decía entonces, «producción de materiales», por lo que a mi amigo no le extrañó encontrar en el piso de su amigo un suelo de parqué recién puesto; semejante adquisición hubiera sido prohibitiva para él, que en el Archivo sólo manejaba papeles y era responsable, todo lo más, de las notas de pie de página.

Bebieron una Pilsner y luego otra. Después apareció en la mesa el aguardiente de Nordhausen. Hablaron de otros tiempos, de hijos adolescentes y de barreras ideológicas en las reuniones de padres de alumnos. Mi amigo, que es del Erzgebirge, en cuyas cumbres había estado yo dibujando madera muerta el año anterior, quería, como dijo a su amigo, ir allí a esquiar con su mujer el próximo invierno, pero tenía problemas con su Warburg, cuyos neumáticos tanto delanteros como traseros estaban tan gastados que apenas tenían dibujo. Ahora esperaba conseguir, por medio de su amigo, otros neumáticos de invierno: quien en una situación de Socialismo realmente existente puede ponerse parqué por su cuenta, debe de saber también cómo se consiguen neumáticos especiales con la indicación *M + S (Matsch und Schnee)*, es decir, «barro y nieve».

Mientras que nosotros, ahora ya con el alegre mensaje en el alma, nos íbamos acercando a Behlendorf, en el llamado «cuarto de Berlín» del amigo de mi amigo la televisión estaba encendida y con el sonido casi a cero. Y mientras los dos seguían conversando ante aguardiente y cerveza sobre el problema de los neumáticos y el propietario del parqué opinaba que, en principio, sólo podían conseguirse neumáticos nuevos con «dinero de verdad», aunque se ofreció a proporcionar inyectores para el carburador del Warburg, pero sin poder dar más esperanzas, mi amigo echó una rápida ojeada a la pantalla sin sonido, en la que aparentemente pasaban una película en cuyo argumento unos jóvenes trepaban al Muro, se sentaban a horcajadas sobre la protuberancia superior y la policía de fronteras contemplaba la diversión sin hacer nada. Al hacerle observar ese menosprecio del Muro de Protección, el amigo de mi amigo dijo: «¡Típicamente occidental!». Luego comentaron la falta de gusto actual —«seguro que es una película sobre la guerra fría»— y pronto estuvieron hablando otra vez de los dichosos neumáticos de verano y los ausentes neumáticos de invierno. No se habló del Archivo ni de los legados allí depositados de escritores más o menos importantes.

Mientras nosotros vivíamos ya con conciencia de la época sin Muro que se avecinaba y —apenas llegados a casa— pusimos la televisión, al otro lado del Muro hizo falta un ratito más para que, por fin, el amigo de mi amigo diera unos pasos por el parqué recién puesto y aumentara al máximo el sonido del televisor. Se acabó el hablar de neumáticos de invierno. Ese problema lo resolvería la nueva era, el «dinero de verdad». Apurar aún de un trago el aguardiente que quedaba, y luego corre que te corre hacia la Invalidenstrasse, en donde se estaban atascando los coches —más Trabant que Warburg—, porque todos querían dirigirse al paso de frontera, maravillosamente abierto. Y quien escuchaba atentamente podía oír cómo todos, casi todos los que querían ir al Oeste a pie o en Trabi, gritaban o susurraban: «¡Qué locura!», lo mismo que yo había gritado: «¡Qué locura!», poco antes de Behlendorf, aunque luego dejara correr mis pensamientos.

Me olvidé de preguntar a mi amigo cómo, cuando y con qué dinero consiguió por fin los neumáticos de invierno. También me hubiera gustado saber si el fin de año del ochenta y nueve al noventa lo celebró en el Erzgebirge con su mujer, que en tiempos de la RDA había sido una patinadora de velocidad famosa. Porque, de algún modo, la vida continuaba.

Nos encontramos en Leipzig, y no sólo para asistir al recuento de votos. Jakob y Leonore Suhl vinieron desde Portugal y se hospedaron cerca de la estación, en el Hotel Merkur. Ute y yo, llegados de Stralsund, encontramos alojamiento en el suburbio de Wiederitzsch, en casa del propietario de una droguería al que conocía de la Mesa Redonda de Leipzig. Durante toda aquella tarde estuvimos siguiendo las huellas de Jakob. Se crió en un barrio obrero que antes se llamaba Oetzsch y ahora se llama Markkleeberg. Primero emigró a América, con los hermanos pequeños, su padre, Abraham Suhl, que enseñaba alemán y yiddish en el Instituto Judío. En el treinta y ocho lo siguió Jakob, que tenía quince años. Sólo la madre se quedó en Oetzsch, a causa de su matrimonio arruinado, hasta que tuvo que huir también a Polonia, Lituania y Letonia, en donde fue capturada a finales del verano del cuarenta y uno por la Wehrmacht alemana y —como se dijo luego— muerta a tiros por un comando de vigilancia al huir. En Nueva York, su marido y sus hijos no habían conseguido reunir el dinero necesario para un visado de entrada en los Estados Unidos de América, última esperanza de su mujer, de su madre. A veces, tartamudeando, Jakob hablaba de aquellos esfuerzos inútiles.

Aunque no podía andar ya mucho, no se cansaba de enseñarnos la casa de vecindad, el patio trasero en donde colgaba la ropa lavada, su colegio y, en una calle lateral, el gimnasio. En el patio trasero volvió a ver la barra utilizada para sacudir alfombras. Jakob señaló una y otra vez con alegría aquel resto de su juventud. Manteniendo la cabeza inclinada, cerraba los ojos como si escuchara los golpes regulares, como si el patio trasero se animara de nuevo. Y quiso que Leonore lo fotografiara bajo un cuadro de esmalte azul, en el que, sobre la fecha 1º de mayo de 1982, se podía leer «Comunidad de vecinos ejemplar de la ciudad de Markkleeberg». También se situó ante la puerta azul del gimnasio, por desgracia cerrada, sobre la cual, desde un nicho, el busto de F. L. Jahn, que fundó el Movimiento Gimnástico de los Jóvenes Alemanes, miraba a lo lejos con severidad.

—No —dijo Jakob—, no teníamos nada que ver con los judíos ricos de abrigo de piel que vivían en el centro de la ciudad. Aquí todos, judíos o no judíos, también los nazis, eran sólo obreros o modestos empleados.

Luego quiso irse, ya tenía bastante.

Presenciamos el desastre electoral en la «Casa de la Democracia» que, acompañados por un joven técnico de la construcción, encontramos en la Bernhard-Göring-Strasse. Allí tenían sus oficinas, desde hacía poco, los movimientos de derechos civiles. Primero estuvimos en la de los Verdes y luego en la de la Liga 90. Aquí y allá había jóvenes de pie, sentados o acurrucados ante aparatos de televisión. También allí hizo fotos Leonore, que muestran hasta hoy el silencio y la decepción ante las primeras extrapolaciones. Una mujer joven se tapaba la cara. Todos comprendieron que la CDU estaba a punto de lograr una victoria aplastante.

—En fin —dijo Jakob—, así son las cosas en la Democracia.

Al día siguiente encontramos ante la entrada lateral de la iglesia de San Nicolás, de la que habían salido en el otoño del año anterior las manifestaciones de los lunes, en una valla de chapa ondulada, una pegatina que, con orla azul y letras también azules, imitaba un letrero de calle. Leímos: «Plaza de los Estafados». Y debajo, en letra pequeña: «Los hijos de octubre os saludan. Sí, seguimos existiendo».

Antes de despedirnos del propietario de la droguería, que había votado cristianamente —«no ha sido por el maldito dinero. Estoy ya arrepentido...»—, nos enseñó, con el sentimental orgullo de un sajón que también con el Socialismo había seguido activo, su casa, con piscina y jardín. Junto a un diminuto estanque vimos una cabeza de Goethe en bronce, de metro y medio de altura, que nuestro anfitrión, poco antes de que fundieran la imponente cabeza del poeta, había cambiado por una partida mayor de hilo de cobre. Admiramos en el jardín un candelabro que hubieran vendido con otros candelabros en Holanda, para conseguir divisas, si nuestro droguero no hubiera birlado aquel ejemplar o, como él decía, lo hubiera «puesto a salvo». Igualmente había puesto a salvo dos columnas de labradorita y una pila de pórfido de un cementerio, amenazadas por la apisonadora, que había incorporado a su jardín. Y por todas partes había asientos tallados en piedra o de hierro colado, que sin embargo él, que nunca se sentaba, no utilizaba apenas.

Luego nos llevó nuestro droguero, que a pesar del Socialismo había seguido siendo independiente, a su piscina cubierta, que a partir de abril debía ser calentada por paneles solares. Sin embargo, más que aquellos productos occidentales adquiridos por trueque, nos sorprendieron unas figuras de arenisca, de tamaño mayor que el natural, que representaban a Jesucristo y seis apóstoles, entre ellos los evangelistas. Nos aseguró que había conseguido salvar aquellas esculturas en el último momento, concretamente antes de que la iglesia de San Marcos, como otras iglesias de Leipzig, fuera destruida por, como él dijo, «bárbaros comunistas». Ahora estaba allí Cristo, representado al gusto de finales del XIX, en semicírculo con algunos de sus apóstoles, en torno a la piscina de resplandor turquesa, bendiciendo a dos robots (fabricados en el Japón) que limpiaban diligentemente las paredes de azulejo, bendiciéndonos también a nosotros, que habíamos venido a Leipzig para desencantarnos el 18 de marzo con las primeras elecciones libres a la Cámara del Pueblo, y bendiciendo posiblemente la Unidad inminente; allí estaba bendiciendo bajo un techo de estructura soportada por esbeltas «columnas dóricas», como sabía el droguero.

—Aquí se cruzan —nos dijo— elementos helenísticos y cristianos con el sentido práctico sajón.

En el viaje de vuelta, pasando ante los viñedos a lo largo del Unstrut, por Mühlhausen y en dirección a la frontera, Jakob Suhl se durmió, agotado por su regreso a Leipzig-Oetzsch. Había visto lo suficiente.

—No se ven cadáveres. Sólo coordenadas vacilantes e impactos que parecen certeros. Es como un juego de niños...

—Claro, porque la CNN tiene los derechos de pantalla de esta guerra, y de la próxima y de la siguiente...

—Sin embargo, se ven campos de petróleo en llamas...

—Porque de lo que se trata es del petróleo, sólo del petróleo...

—Eso lo saben hasta los chicos de la calle. Escuelas enteras se han vaciado y los alumnos se dirigen, en su mayoría sin los maestros, hacia Hamburgo, Berlín, Hanóver...

—Hasta en Schwerin y Rostock. Y además con velas, como nosotros, hace dos años, por todas partes...

—... mientras aquí seguimos diciendo bobadas sobre el sesenta y ocho, y sobre cómo entonces, sin consideraciones, estábamos contra la guerra de Vietnam, contra el napalm y y y...

—... en cambio hoy no mueven un dedo, mientras que ahí fuera, los niños...

—No se puede comparar. Nosotros teníamos al menos una perspectiva y algo así como un planteamiento revolucionario, mientras que ésos, sólo con sus velitas...

—Pero se puede comparar a Saddam con Hitler, ¿no? Si se reducen a un común denominador, todo el mundo sabe lo que está bien y lo que está mal.

—Bueno, eso lo han dicho más bien metafóricamente, pero negociar, se hubiera podido negociar mucho más y ejercer presión mediante un boicot económico, como en Sudáfrica, porque con la guerra...

—¿Qué guerra? El show que ha organizado limpiamente la CNN con el Pentágono y que ahora el ciudadano de a pie ve en la pantalla parece unos fuegos artificiales, expresamente escenificados para el cuarto de estar. Todo limpio, sin muertos. Lo ven como si fuera ciencia ficción, masticando palitos salados.

—Pero se ven los campos de petróleo ardiendo y cómo caen los misiles sobre Israel, de forma que la gente, ahora en los sótanos y con máscaras antigás...

—¿Y quién armó a Saddam contra el Irán durante años? Exacto, los yanquis y los franceses...

—... y empresas alemanas. Mira, una larga lista de quién ha suministrado qué; todo de la mejor calidad, accesorios para misiles, cocinas enteras de productos tóxicos, con las correspondientes recetas...

—... por eso hasta ese Biermann, al que siempre he considerado pacifista, está a favor de la guerra. Incluso dice que...

—No dice nada, pero denuncia a todos los que no están de acuerdo con él...

—... y a los niños de las velitas, partidarios de la paz, los llama lloricas...

—Porque esos chicos no tienen un objetivo social, ni perspectiva, ni argumentos, mientras que en aquella época nosotros...

—... bueno, «¡No cambiemos sangre por petróleo!», a pesar de todo, quiere decir algo...

—Pero no es suficiente. Cuando nosotros estábamos contra la guerra de Vietnam...

—... bueno, «¡Ho Ho Ho Chi Minh!» tampoco era un argumento apabullante...

—En cualquier caso, los chicos están ahora en las calles y plazas. También en Múnich, en Stuttgart. Más de cinco mil. Hasta han arrastrado a los de las guarderías alternativas. Hacen marchas del silencio con minutos de griterío de cuando en cuando. «¡Tengo miedo! ¡Tengo miedo!» Eso no ha pasado nunca, que en Alemania alguien reconozca abiertamente que... En mi opinión...

—¡Las opiniones no valen una mierda! Mirad a esos chicos. Por abajo Adidas, por arriba Armani. Mocosos mimados que de repente tienen miedo por su ropita elegante, mientras que nosotros, en el sesenta y ocho y luego, cuando se trataba de la pista de despegue del Oeste para ampliar el aeropuerto, o más tarde, de protestar contra los Pershing II en Mutlangen y otros sitios... Fue francamente duro. Y ahora vienen esos chicos con sus velitas, meneando el culo...

—¿Y qué? ¿No empezó todo así en Leipzig? Yo estaba allí cuando, todos los lunes, salíamos pacíficamente de la iglesia de San Nicolás. Todos los lunes, como digo, hasta que los de arriba comenzaron a temblar...

—No se puede comparar con lo de hoy.

—Pero Hitler y Saddam sí. Los dos en un mismo sello de correos. Eso se puede, ¿no?

—En cualquier caso, los campos de petróleo están ardiendo...

—Y en Bagdad, un búnker de refugio, lleno de paisanos...

—Sin embargo, en la CNN proyectan otra película muy distinta...

—A ver si lo entiendes de una vez. Ése es el futuro. Antes de que empiece siquiera la guerra, se venden los derechos de pantalla al mejor postor.

—Hoy día, hasta se puede prefabricar algo así de antemano, porque no hay duda de que habrá otra guerra. En otro lugar o de nuevo en el Golfo.

—En los Balcanes contra servios o croatas, desde luego que no...

—Sólo donde hay petróleo...

—Tampoco se verán entonces los muertos...

—Y miedo, verdadero miedo, sólo tienen los niños...

1992

Un tanto sorprendido, porque era por iniciativa y ruego de personas de más edad que habían estado al servicio del Estado desaparecido, llegué desde Wittenberg. En mi calidad de pastor protestante, tenía cierta práctica, en caso de que otra vez se tratase de explorar pastoralmente los abismos que, en tiempos muy recientes, se habían abierto en todo el país. También yo, poco después de la caída del Muro, me había manifestado a favor de dar a conocer la diligencia de la antigua Seguridad del Estado (Stasi), y ahora me incumbía una doble responsabilidad.

Conocía por la prensa, y no sólo por los titulares, el asunto que me aguardaba: «Un marido espía durante años a su propia mujer». Sin embargo, no era el matrimonio afectado por la desgracia o, mejor dicho, por el legado de los señores de la Stasi quien me pedía consejo, sino sus padres, que, por una parte, buscaban ayuda, pero por otra me habían asegurado por teléfono no tener ningún vínculo religioso; por mi parte, les aseguré que viajaría a Berlín sin celo misionero.

El matrimonio anfitrión se sentó en el sofá, y los otros padres políticos, y yo, en sillones. «Sencillamente», escuché, «no podemos creérnoslo tal como se publica a toda plana en los periódicos. Pero ninguno de los dos interesados quiere hablar con nosotros». «Los que más sufren», dijo la madre de la mujer espiada, «son naturalmente los niños, porque sienten especial afecto por su padre». Todos los padres de la infeliz pareja estuvieron de acuerdo en eso: su hijo y yerno había sido siempre con los niños un padre bueno y paciente. Además, me aseguraron que, aunque su hija y nuera había sido la más fuerte, incluso dominante, la crítica al Partido y, luego, al Estado se había expresado por ambas partes y de común acuerdo. No mostraban ninguna comprensión cuando se les daba a entender cuánto tenían que agradecer al Estado de los Obreros y Campesinos. Él y ella, científicos de profesión, nunca hubieran encontrado un trabajo tan altamente calificado de no haber sido por la previsión socialista...

Al principio me limité a escuchar. Tengo fama de saber hacerlo. Así supe que los dos padres políticos habían trabajado, uno de ellos como investigador renombrado en el campo de la farmacia y el otro —padre de la hija espiada—, hasta el final, con la Seguridad del Estado, concretamente en el campo de la formación de mandos. Ahora desempleado, el ex oficial de la Stasi lamentaba la implicación de su yerno, por su conocimiento interno del *Apparat:* «Si me hubiera dicho algo a tiempo, le hubiera desaconsejado ese osado juego doble. Porque de una parte él quería, por lealtad al Estado, ser útil como informador, pero por otra trataba sin duda de proteger a su mujer, demasia-

do crítica y con tendencia siempre a la espontanei-
dad, de posibles contramedidas del Estado. Eso le
ocasionó dificultades. Era demasiado débil para poder aguantar tanta presión. Al fin y al cabo, sé de
lo que hablo. Varias veces me reprendieron desde
puestos superiores porque, tras la primera provocación de mi hija en una iglesia de Pankow, me
negué a renunciar a todo contacto, lo que hubiera
querido decir romper con ella. A pesar de todo, la
apoyé financieramente hasta el final, aunque ella
siempre llamaba a mi Oficina, despectivamente,
«El Kraken»».

De forma parecida se quejaba el beneméri-
to investigador. Su hijo nunca le había pedido
consejo. Él, antifascista acreditado y miembro del
Partido durante muchos años, que desde la época
de la emigración estaba familiarizado con todo tipo de desviacionismos y las drásticas sanciones correspondientes, aconsejó a su hijo con insistencia
que se decidiera por una cosa u otra: «Él, sin embargo, soñaba con una tercera vía...».

La madre y la suegra no hablaban mucho o
lo hacían sólo cuando tenían ocasión de afirmar su
preocupación por los nietos y elogiar las virtudes
del cónyuge espía como padre. La madre de la hija
espiada como disidente dijo: «Aquí, en este sofá, se
sentaban hace sólo unos meses con los niños. Muy
bien avenidos... Y ahora todo se ha venido abajo...».

Como oyente experimentado, seguí manteniendo mi reserva. Hubo café y galletas, occidentales por cierto, de Bahlsen. Oí que se había vivido el
fin de la República no sin dolor, aunque apenas co-

mo sorpresa. Lo único asombroso, dijeron, era que su hijo y yerno, a pesar de su papel doble, o a causa de él, había considerado a «nuestro Estado» reformable, hasta el final, como posible de cambiar. Y lo mismo la hija y nuera: en unos momentos en que los compañeros dirigentes se habían resignado ya, ella había luchado por un «Socialismo de algún modo democrático». Todo aquello sólo podía valorarse como ingenuidad por ambas partes. «¡No!», exclamó el oficial de la Stasi, ahora desempleado. «No fracasamos por la oposición de nuestros hijos, sino por nosotros mismos.» Tras una pausa, en que se sirvió café, oí: «Lo más tarde a partir del ochenta y tres, desde que mi hija y mi yerno querían unánimemente —eso parecía— que se fundara en Gotha la llamada «Iglesia desde abajo», el Partido y el Estado tenían que haber valorado positivamente el impulso, hubieran debido transformarlo en «Partido desde abajo»...».

Más tarde siguieron las autoacusaciones. Y yo, que también había pertenecido a la «Iglesia desde abajo» a pesar de las reservas de nuestra jerarquía eclesiástica, me esforcé por reprimir todo triunfalismo por tanta comprensión tardía, demasiado tardía. Luego, sin embargo, el farmacólogo reprochó al oficial de la Stasi formador de mandos el que, al reunir con demasiada diligencia los expedientes dejados, hubieran entregado a un Estado, de todas formas muy debilitado, al Oeste y sus autoridades. Y el suegro del espía de la Stasi reconoció ese fracaso de los órganos de seguridad. Se había descuidado proteger a los informadores leales y de buena fe, entre ellos miembros de la familia, mediante la oportuna eliminación de informes y datos personales. Un deber de escrupulosidad hubiera exigido esa precaución. «¿Qué opina usted, señor pastor?»

Sin saber qué contestar, dije: «Claro, claro. Pero también el Oeste hubiera debido darse cuenta de que en la Normannenstrasse había una bomba de relojería a punto de explotar. Se hubiera debido precintar por un largo período la central con todo aquello. Veinte años de plazo de espera al menos. Pero sin duda al Oeste no le bastaba con haber vencido materialmente... También desde el punto de vista cristiano se hubiera debido... Y, como en el caso de su familia, para proteger a los nietos...».

Entonces me pusieron delante un álbum de fotos. En algunas instantáneas vi a la disidente, famosa desde hace unos años, y a su marido igualmente conocido, un barbudo melancólico. Entre los dos, sus hijos. La familia fotografiada se sentaba en aquel sofá en que estaban sentados ahora los padres de la hija, como abuelos de unos nietos dignos de compasión. Sólo entonces me enteré del inminente divorcio de la pareja. Los respectivos padres políticos lo aprobaban. «Está bien así», dijeron unos, y «no se puede ya hacer nada», los otros padres. Luego me dieron las gracias por haber escuchado tan pacientemente.

1993

Como simple policía no puedes hacer nada para impedirlo. En principio no, porque hace sólo unos años, cuando hacia el Oeste todo estaba herméticamente cerrado y nuestros órganos estatales cumplían lo que habían prometido, es decir, cuidar de la normalidad y el orden, eso no existía, quinientos o seiscientos cabezas rapadas, todos de ultraderecha, incluidos los que llevan bates de béisbol, que empiezan a dar palos, sencillamente a dar palos, en cuanto ven nada más que la sombra de un negro. Todo lo más se gruñía un poco contra los polacos que venían, se iban metiendo y compraban todo lo que podían conseguir. Pero auténticos nazis, bien organizados, con banderas de guerra del Reich y demás, sólo aparecieron al final, cuando de todos modos no había orden ya y nuestros compañeros dirigentes estaban cagados. Al otro lado, en el Oeste, los había hacía tiempo, al otro lado era normal. Pero cuando empezaron también en este lado, bueno, primero en Hoyerswerda y luego aquí, en Rostock-Lichtenhagen, porque la Oficina Central de Asilados, llamada brevemente ZASt (Zentrale Anlaufstelle für Asylanten) y, al lado mismo, la residencia de los vietnamitas molestaban a los vecinos, nosotros, como policías, no podíamos hacer casi nada, porque éramos demasiado pocos y sin un mando decidido. Pronto se dijo: «¡Eso es típico del Este!», o «la policía hace como que no ve...». Sí señor, esas cosas se oían. Nos imputaron simpatía oculta o abierta por los apaleadores. Y sólo ahora, después de que, en el último año, al otro lado, en Mölln, ha habido un incendio y tres muertos, y recientemente en Solingen otra vez un incendio intencionado, con muertos, cinco fiambres esta vez, desde que en todas partes, digamos en toda Alemania, el terror se abre paso y se va haciendo lentamente normal, nadie dice ya: «Eso pasa sólo en el Este», aunque aquí en Rostock la población que antes tenía toda un trabajo que ahora ha sido «liquidado», para entendernos, que está en el paro, y que, en principio, nunca tuvo nada contra los extranjeros, ahora se muestra en general satisfecha porque, desde los tumultos, las residencias de asilados han sido evacuadas y los negros y vietnamitas han desaparecido, no, no han desaparecido, pero en cualquier caso están ahora en otro lado y no llaman la atención.

Bueno, eso no estuvo bien y no nos facilitó las cosas a los policías cuando aquí en Lichtenhagen, lo mismo que antes en Hoyerswerda, la gente se apretujaba en las ventanas, mirando sencillamente, y algunos aplaudían incluso cuando los cabezas rapadas, con sus bates de béisbol, perseguían y golpeaban, sencillamente golpeaban a esos pobres desgraciados, entre ellos también a algunos de los Balcanes, y aquí, puede decirse realmente, se armó la de Dios. Nos costó horrores salvar a esos pocos vietnamitas de lo peor. Porque aquí no ha habido muertos, pero —como digo— en el Oeste, concretamente en Mölln y Solingen sí. Eran turcos. Aquí casi no los hay. Sin embargo, eso puede cambiar si los del Oeste creen que pueden aparcar aquí todo lo que rebosa desde los Balcanes, incluidos bosniacos, albaneses, y musulmanes realmente fanáticos, sencillamente aparcarlos, porque aquí, se dice, todavía hay sitio suficiente. Cuando ocurre algo así, como simple policía, no puedes hacer casi nada en cuanto esos tipos de los palos llegan y, sencillamente, hacen lo que, en un caso normal, tendría que hacer la política: cerrar las fronteras y poner orden antes de que sea demasiado tarde. Pero los señores de arriba no hacen más que hablar y nos dejan a nosotros el trabajo sucio.

¿Cómo dice? ¿Cadenas de lucecitas? ¿Que han protestado cientos de miles, con velitas, contra la xenofobia? ¿Que qué pienso? Ahora le pregunto yo: ¿de qué ha servido todo eso? Por cierto, también las ha habido aquí. Un montón de velitas. Hace sólo unos años. En Leipzig, incluso en Rostock. ¿Y qué? ¿De qué sirvió? Muy bien: ahora el Muro ha desaparecido. ¿Y qué más? Pues que ahora hay de repente un montón de ultras. Cada día más. ¡Cadenas de lucecitas! ¿Y es eso lo que va a ayudar? No me haga reír. Pregunte a la gente que antes tenía trabajo en el astillero o en otro lado qué opina de las cadenas de lucecitas y cuál es la realidad, es decir, qué significa ser «liquidado» de la noche a la mañana. O pregunte a mis compañeros, no, no a los de Hamburgo, a los que rápidamente, apenas estuvieron allí, volvieron a llevarse cuando empezó aquí la cosa, sino a nuestros funcionarios, que todavía tienen alguna experiencia de sus tiempos como *vopos*. Pregúnteles qué opinan de esa farsa de las velitas y de otros números pacifistas parecidos. ¿Qué dice? Que de esa forma dimos a nuestros vecinos europeos una muestra clara de nuestra vergüenza, porque, otra vez en Alemania, la chusma parda...

Ahora, muy modestamente, yo quisiera preguntarle, como simple policía: ¿son distintas las cosas en Francia? ¿O, por ejemplo, en Londres? ¿Agarran a sus argelinos o pakistaníes con guantes de cabritilla? ¿O lo hacen los americanos con sus negros? Pues entonces. Voy a hablarle con toda claridad: lo que pasó aquí en Lichtenhagen y luego, en Mölln y Solingen, se convirtió en caso extremo, fue sin duda lamentable, pero, en principio, puede valorarse como un acontecimiento completamente normal. Lo mismo que los alemanes, en general —y ahora hablo con usted de toda Alemania— somos un pueblo completamente normal, igual que los franceses, ingleses o americanos. ¿Qué me dice? Pues entonces. Desde mi punto de vista, absolutamente normales.

1994

Dicen que soy dura como una piedra. ¡Y qué! ¿Hubiera tenido que mostrarme débil sólo porque soy mujer? El que aquí me deja escrita, creyendo que puede darme una calificación —«comportamiento social: insuficiente»—, tendrá que reconocer, antes de pincelar como fracasos mis actuaciones al fin y al cabo siempre exitosas, que he resistido a todas, absolutamente todas las comisiones de investigación, con una salud excelente, es decir, sin sufrir daño, y también en el 2000, cuando se celebre la Expo, sabré hacer frente a todos los tiquismiquis y pusilánimes. Sin embargo, si cayera, porque de repente esos socialrománticos consiguieran decir la última palabra, caeré en blando y me retiraré a nuestra propiedad familiar, con vistas sobre el Elba, que me quedó cuando papá, uno de los últimos grandes banqueros privados, se vio empujado a la quiebra. Entonces diré: «¡Y qué!», y dedicaré mi atención a los barcos, sobre todo a los de contenedores: veré cómo se dirigen a Hamburgo, río arriba, o cómo desde allí, bastante hundidos por ir muy cargados, ponen rumbo en la desembocadura del Elba hacia el mar, hacia los muchos mares. Y cuando luego, a la puesta del sol, haya ambiente y el río sea de todos los colores, cederé, me entregaré a imágenes rápidamente fusionadas, y seré sólo sentimiento, totalmente blanda...

¡Claro que sí! Me encanta la poesía, pero
también el riesgo monetario e igualmente lo no
calculable, como en otro tiempo la Treuhand (Administración Fideicomisaria) que, bajo mi vigilancia,
exclusivamente bajo mi vigilancia, ha manejado
miles de millones, liquidado en un tiempo récord
muchos miles de ruinas industriales y creado espacio para lo nuevo, por lo que ese señor, que al parecer se propone contabilizar los espléndidos honorarios que se me han concedido por la labor realizada
y los inevitables daños del saneamiento, proyecta
—más de lo mismo— una novela con sobrepeso,
en cuyo desarrollo quiere compararme con un personaje de una obra de Theodor Fontane, sólo porque cierta «Señora Jenny Treibel» supo, lo mismo que
yo, conciliar los negocios con la poesía...

¿Por qué no? En lo sucesivo no seré sólo la
Señora Treuhand, dura como una piedra —también llamada Dama de Hierro—, sino que me
convertiré además en parte del acervo de la literatura. ¡Esa envidia y odio social a los que ganamos
más! Como si hubiera elegido yo este o aquel trabajo. Siempre obedecí al deber. Me llamaron cada
vez: a Hanóver como Ministra de Economía o más
tarde a la gran casa de la Wilhelmstrasse, cuando
mi antecesor fue sencillamente asesinado —¿por
quién?— de un disparo, con lo que la Treuhand
necesitó un hombre. Igual que lo necesita la Expo
2000. Me lo impusieron, porque no me dan miedo los riesgos, porque no obedezco a nadie salvo al

mercado y puedo encajar pérdidas, porque me endeudo cuando vale la pena y porque, dura como la piedra, aguanto lo que sea, cueste lo que cueste...

Lo reconozco: hubo desempleados, los sigue habiendo. El señor que me está dejando escrita quiere atribuirme cientos de millares. Y qué, me digo. A ésos les quedará siempre la hamaca de la seguridad social, mientras que yo tendré que plantearme sin descanso tareas totalmente nuevas, porque cuando, en el noventa y cuatro, la Treuhand había completado su incomparable labor y apisonado los restos de la economía planificada comunista, tuve que prepararme enseguida para la siguiente aventura, la exposición mundial. ¿Cómo que prepararme? Había que saltar a un caballo al galope, llamado Expo. Había que infundir vida a una idea todavía vaga. Sin embargo, hubiera preferido mucho más, porque al fin y al cabo estoy en cierto modo sin trabajo, repantigarme en una hamaca perezosamente y por cuenta del Estado, naturalmente a ser posible en la terraza de nuestra propiedad familiar con vistas sobre el Elba, de la que por desgracia raras veces he podido disfrutar, y prácticamente nunca antes de la puesta de sol, porque la Treuhand sigue pesando sobre mí, porque otra vez me amenaza una comisión de investigación, porque ese señor que quiere contabilizarme en 1994 se propone ahora pasarme una enorme factura: yo —y no la industria germanooccidental del potasio— fui la que provocó en Bischofferode el despido de unos miles de mineros; yo —y no, por ejemplo, la Krupp— quien desmanteló en Oranienburg la acería; yo —y en absoluto la Fischer de Schweinfurt— quien llevó a la ruina a todas las fábricas de rodamientos de bolas de la época gris de la RDA; a mí se me atribuye el truco de utilizar caudales públicos del Este para ayudar a empresas occidentales enfermas (por ejemplo los astilleros Vulkan de Bremen); a mí, la Señora Treuhand, llamada también Jenny Treibel, se me cayó de la mano gráficamente —y a costa de unos hombrecitos que patalean desamparados— una estafa de miles de millones...

No. A mí no me ha regalado nadie nada. Todo he tenido que cogerlo yo. Sólo tareas gigantescas han podido tentarme, y no las menudencias con garambainas sociales. La verdad es que amo el riesgo y que el riesgo me ama a mí. Sin embargo, cuando un día hayan dejado de machacar el tema del desempleo supuestamente excesivo y los caudales desaparecidos sin dejar huella, lo subrayo, sin dejar huella; cuando a partir del 2000 no haya ya nadie que proteste por las entradas para la Expo subvencionadas y nadie quiera hablar ya de naderías parecidas, se reconocerá el inmenso espacio libre que ha logrado la Treuhand mediante una limpieza dura como la piedra, y que el futuro, nuestro futuro común, podrá asumir sin temor las posibles pérdidas de la Exposición Mundial. Yo, sin embargo, disfrutaré por fin, desde nuestra propiedad familiar, de las vistas sobre el Elba, la poesía de un río atareado y las puestas de sol gratuitas; a no ser que me pongan delante el riesgo de nuevas tareas. Por ejemplo, podría tentarme dirigir, desde una posición central, el entonces necesario cambio del duro marco alemán por el euro, billete y moneda...

¡Y qué!, me diré entonces e intervendré con dureza, en caso necesario con dureza de piedra. Y nadie, tampoco usted, señor que me quiere dejar escrita, podrá guardar a la mujer que no conoce la debilidad, de esa variante de fracaso que tiene categoría y, sólo por eso, es ya promesa de éxito...

1995

... y ahora, mis queridos y queridas oyentes, como se dice en Berlín, se ha soltado el Oso. Escuchen ustedes, deben de ser doscientos, no, trescientos mil los que hacen que en el Ku'damm, que tantos momentos históricos ha vivido, en toda su longitud, desde la Gedächtniskirche hasta muy lejos, hacia el Halensee, todo sea bullicio, no, ebullición. Sólo aquí, en Berlín, en donde recientemente otro evento sin par, el Reichstag envuelto por Christo, el artista internacionalmente elogiado, de una forma tan incomparablemente hechicera, se convirtió en acontecimiento que atrajo a cientos de miles, aquí, sólo aquí, en donde hace pocos años la juventud bailó sobre el Muro, dio una fiesta desbordante a la Libertad y convirtió el grito de «¡Qué locura!» en lema del año, sólo aquí, repito, otra vez de nuevo, aunque esta vez con afluencia abrumadora de gente tan ansiosa de vivir como totalmente fuera de sí, puede celebrarse este *Love Parade* y, aunque al principio el Senado de Berlín reaccionara con vacilación y, por el montón de basura que cabía esperar, considerara incluso la posibilidad de prohibirlo, por fin —naturalmente, queridos y queridas oyentes, con el debido respeto a sus reparos— pueden congregarse los llamados *ravers*, es decir, colgados, exaltados o totalmente flipados, para bailar, borrachos de *techno*, en una manifestación autorizada por el responsable del orden público, y regalar a todo Berlín, esta ciudad maravillosa, siempre abierta a todo lo nuevo, el, como lo llaman, «mayor *party* del mundo», dicen unos, se escandalizan otros, porque lo que aquí está ocurriendo desde hace horas —¡oigan ustedes!— es insuperable en nivel sonoro y alegría de vivir, pero también en pacifismo gozoso, al fin y al cabo, el lema de este «Carnaval de Río» que se celebra a orillas del Spree es este año *«Peace on Earth»*. Efectivamente, queridos oyentes de ambos sexos, porque sin duda alguna y antes que nada, esos jóvenes tan fantasiosamente ataviados que han venido de todas partes, hasta de Australia, quieren Paz en la Tierra. Sin embargo, también quieren decir al mundo entero: mirad, existimos. Somos muchos. Somos distintos. Queremos divertirnos. Nada más que divertirnos. Y este gusto se lo dan sin inhibiciones porque, como ya he dicho, son distintos, no matones de izquierdas o de derechas, ni sucesores de los sesentayochistas, siempre en contra y nunca a favor de nada, pero tampoco almas cándidas que, como hemos podido ver, quieren prohibir la guerra con grititos de miedo o cadenas de lucecitas. No, esta juventud de los noventa está hecha de otra forma, igual que su música, que a ustedes, mis queridos y queridas oyentes, tal vez les parezca sólo un fatigoso estrépito de tambores, porque también yo, de mala gana, he de confesar que ese atronador retumbar de bajos que sacude el Ku'damm, ese despiadado bum bum bum chaka chaka chaka, el *techno* en una palabra, no es del gusto de todos, pero esa juventud está enamorada de sí misma y del caos, y quiere expresarse a todo volumen y vivir en éxtasis. Baila hasta el agotamiento, suda y echa humo hasta no poder más y más allá aún y, con camiones y remolques, en autobuses y sobre autobuses alquilados, decorados de las formas más divertidas, que apenas se mueven, pone en ebullición el Ku'damm —¡oigan, oigan!— y Berlín entero, de tal forma que a mí, que me aventuro ahora con mi micrófono en esta multitud que da saltos y patalea, empiezan a faltarme las palabras, por lo que abordo con mis preguntas a uno de estos danzantes posesos llamados *ravers*: ¿qué es lo que te ha hecho venir a Berlín? «Que es cojonudo ver cuántos hay aquí...» ¿Y a usted, señorita de rosa?: «Bueno, que aquí, en este *Love Parade* puedo ser como soy de verdad...» ¿Y a usted, joven? «Está claro, estoy aquí porque estoy por la paz, y eso que está pasando aquí, así me imagino la paz...» ¿Y a ti, mi guapísima envuelta en plástico trasparente? ¿Qué te ha traído aquí? «Que a mi ombligo y a mí nos gusta que nos vean...» ¿Y a vosotras dos, minifaldas relucientes? «Que esto es cachondo...» «Supercachondo.» «Este ambiente se contagia totalmente...» «Sólo aquí puedo fardar con lo que llevo...» Ya lo oyen, mis queridos oyentes, jóvenes y viejos, masculinos y femeninos. La palabra clave es ¡fardar! Porque esta juventud que parece liberada, estos *ravers* no sólo se mueven como si tuvieran el baile de San Vito, sino que quieren también que los vean, llamar la atención, impactar, ser alguien. Y lo que llevan sobre el cuerpo —que a veces es sólo ropa interior— debe quedarles bien apretado. No es de extrañar que tantos modistos famosos se inspiren en este *Love Parade*. Ni tampoco que la industria del tabaco, Camel antes que nadie, haya descubierto ahora a los que bailan *techno* para su publicidad. Y nadie se molesta aquí por todo ese tinglado publicitario, porque esta generación se ha reconciliado con toda naturalidad con el capitalismo. Ellos, los de los noventa, son sus hijos. Les viene a medida. Son su producto comercial. Quieren ser y tener siempre lo más nuevo. Lo cual lleva a más de uno a ayudarse a conseguir el más nuevo subidón con éxtasis, la droga más nueva. Hace un rato me decía un joven de muy buen humor: «De todas formas no se puede salvar al mundo, de manera que por qué no dar una fiesta...». Y esa fiesta, mis queridos y queridas oyentes, se está celebrando hoy. No se piden eslóganes revolucionarios, sino sólo paz actual y futura, aunque en alguna parte de los Balcanes, en Tuzla, Srebrenica y otros lugares, se dispare y se mate. Por ello, permítanme que termine este reportaje sobre el ambiente del Kurfürstendamm echando una ojeada al futuro: aquí, en Berlín el futuro ha llegado ya, aquí, en donde en otro tiempo, Reuter, el legendario alcalde, gritó a los pueblos del mundo: «¡Mirad esta ciudad!», en donde en otro tiempo John F. Kennedy, presidente de los Estados Unidos, declaró: «¡También yo soy berlinés!», aquí, en esta ciudad que en otro tiempo estuvo dividida y hoy crece unida, eternamente metida en grandes obras, y desde la que —anticipando el año 2000— tomará la salida la «República de Berlín», aquí, año tras año —el próximo incluso en el Tiergarten—, podrá bailar en éxtasis una generación a la que pertenece ya el futuro, mientras que nosotros, los mayores, si se me permite el chiste para terminar, nos ocuparemos de la basura, de los montones de basura que el *Love Parade* y la gran *Techno-Party* nos dejarán, lo mismo que el año pasado, también los años venideros.

1996

En realidad, el profesor Vonderbrügge, al que desde hace algún tiempo acoso con preguntas profanas, iba a escribirme algo para este año sobre análisis genético, datos sobre las ovejas gemelas clonadas *Megan* y *Morag* —la escocesa *Dolly* no nació hasta el año siguiente, de una madre de alquiler—, pero se disculpó a causa de un viaje perentorio a Heidelberg. Tenía que participar allí, como eminencia por todas partes solicitada, en el congreso mundial de investigadores del genoma; no se trataba sólo de ovejas clonadas, sino sobre todo, desde un punto de vista bioético, de nuestro futuro, cada vez más previsible como futuro sin padres.

De forma que, sustitutivamente, hablaré de mí o, mejor dicho, de mis tres hijas y yo, su padre demostrable, y de cómo, poco antes de Pascua, hicimos juntos un viaje con no pocas sorpresas y que, sin embargo, transcurrió a nuestro gusto y capricho. Laura, Helene y Nele me fueron dadas por tres madres que, en lo más íntimo y exteriormente contempladas —con mirada cariñosa— no podían ser más distintas y, si hubieran llegado a hablarse, más contradictorias; sus hijas, sin embargo, se pusieron rápidamente de acuerdo sobre el destino de su viaje con el padre invitante: ¡Vamos a Italia! A mí me dejaron pedirme Florencia y la Umbría, por razones sentimentales, lo confieso, porque, hacía decenas de años, exactamente en el verano del cincuenta y uno, un viaje en autostop me había llevado allí. En aquella época, mi mochila con saco de dormir y camisa de muda, bloc de dibujo y caja de acuarelas pesaban poco, y todo olivar, todo limón que madurara en el árbol me resultaban dignos de admiración. Ahora viajaba con mis hijas, y ellas viajaban conmigo sin su madre. (Ute, que no ha tenido hijas sino hijos sólo, se despidió temporalmente de mí con mirada escéptica.) Laura, madre de tres hijos que, cuando sonríe, lo hace sólo para intentarlo, se había ocupado de las reservas de hotel y del coche de alquiler contratado a partir de Florencia. Helene, impaciente aún en su escuela dramática, sabía ya adoptar poses casi siempre cómicas ante pilones de fuente, en escaleras de mármol o apoyada en columnas antiguas. Nele presentía probablemente que aquel viaje le ofrecía la última oportunidad para cogerse de la mano de su padre como una niña. Por eso podía tomarse a la ligera las complicaciones que la esperaban y dejar que Laura, como hermana, la convenciera de que —a pesar de aquel colegio idiota— debía hacer el bachillerato. Las tres, al subir las escarpadas escaleras de Perugia, Asís y Orvieto, se preocupaban por su padre, cuyas piernas recordaban al fumador, a cada paso, el humo disipado durante decenios. Yo tenía que hacer pausas, cuidando de que hubiera también algo digno de verse: aquí un portal, allá una fachada desmoronada de color especialmente intenso, a veces sólo un escaparate de zapatos.

Más parco que con el tabaco me mostraba en mis enseñanzas sobre el abundante arte que por todas partes, al principio en los Uffizi, luego ante la fachada de la catedral de Orvieto o en Asís, en la parte superior e inferior de la iglesia, en el noventa y seis todavía ilesas, invitaba al comentario; más bien eran para mí mis hijas la más viva de las enseñanzas, porque en cuanto las veía ante un Botticelli o un Fra Angelico, ante frescos y lienzos en que los maestros italianos, con donaire, agrupaban, escalonaban y alineaban mujeres, con frecuencia en número de tres, de frente y de espaldas, o de perfil, veía cómo Laura, Helene y Nele se comportaban como un espejo de las doncellas, ángeles o muchachas primaveralmente alegóricas, se situaban ante los cuadros unas veces como gracias, otras en adoración muda y otras con gesto elocuente, bailaban, se desplazaban solemnemente de izquierda a derecha o iban a su mutuo encuentro, como si fueran de mano de Botticelli, Ghirlandaio, Fra Angélico o (en Asís) Giotto. En todas partes se me ofrecía un ballet, salvo cuando se separaban por un momento.

De esa forma, el observador distante se veía festejado como padre. Sin embargo, apenas de vuelta a Perugia, en donde habíamos sentado nuestros reales, en cuanto fui con mis hijas a lo largo de la muralla etrusca de la ciudad, subiendo y bajando, yo, hasta entonces padre autoritario, me sentí como si desde las rendijas de los apretados muros me observaran, como si cayera sobre mí una mirada compacta, como si las tres madres tan distintas estuvieran ojo avizor y —en lo que a mí se refería— unánimemente preocupadas de ver si todo transcurría como era debido, no daba preferencia a ninguna de mis hijas, me preocupaba continuamente de reparar antiguas omisiones y, en general, estaba a la altura de mis obligaciones como padre. En los días siguientes evité aquel muro permeable de factura severamente etrusca. Luego llegó la Pascua con tañido de campanas. Como si hubiéramos ido ya a la iglesia y la misa, paseamos arriba y abajo por el Corso: Laura va estrechamente colgada de mi brazo, a Nele la llevo yo de la mano, y delante de nosotros Helene, siempre actriz, no se contiene. Luego fuimos al campo. Y yo, que lo había previsto todo paternalmente, escondí en las hendidas raíces, con sus nidos y oquedades, de un olivar que nos invitaba al *picnic*, no precisamente huevos de Pascua, pero sí sorpresas escogidas, como pastitas de almendra, bolsitas de *funghi porcini* secos, pasta de albahaca, tarritos de aceitunas, alcaparras, anchoas y todo lo que Italia ofrece al paladar. Mientras me ajetreaba entre los árboles, mis hijas tenían que mirar el paisaje sin moverse.

Luego las cosas continuaron siendo o volvieron a ser infantiles. Las tres rebuscaron los escondrijos de su padre y parecieron felices, aunque Helene aseguró que entre las raíces de un árbol, precisamente donde había encontrado un saquito de espliego, había serpientes, sin duda venenosas, echadas en su nido, pero que —gracias a Dios— habían huido.

Inmediatamente recordé de nuevo a las madres escondidas en lo etrusco como un prieto matriarcado. Sin embargo, ya en el camino de vuelta y dejando atrás carteles en los muros que hacían campaña por un tiburón de los medios informativos o por sus aliados fascistas, pero también por una alianza de centro-izquierda bajo el signo del olivo, vimos de lejos y pronto de cerca un rebaño de ovejas, en el que, siguiendo al carnero guía, pasaron las ovejas madres con sus corderitos de Pascua, comportándose de una forma tan ovejunamente despreocupada como si nunca hubiera habido ovejas clonadas llamadas *Megan* y *Morag*, como si no hubiera que contar muy pronto con una oveja sin padre llamada *Dolly*, como si los padres pudieran seguir sirviendo para algo también en el futuro...

Muy señor mío:

Sólo ahora, al volver del congreso de Edimburgo, en el que tuve ocasión de hablar de cuestiones profesionales con el Dr. Wilmut, embriólogo famoso y temido en todas partes, y antes de que —pasado mañana ya— vuele a Boston para intercambiar opiniones con colegas, encuentro un rato para contradecir sus temores, sin duda no carentes de fundamento pero exageradamente fantásticos. Suele dejar usted rienda suelta a su fantasía, de la forma más entretenida, pero sin embargo, para bien de todos, es preciso ser sensatos.

Empecemos por lo que puede comprender cualquier lego, aunque los métodos de ese sistema modular, en sí sencillos, puedan parecer cosa de magia. *Dolly* debe su satisfecha existencia a tres madres: la madre genética, de cuya ubre se extrajeron células cuyo patrimonio hereditario se puso luego en condiciones de dirigir la creación de una nueva oveja; la madre del óvulo, a la que se extrajeron ovocitos, absorbiendo el material genético de uno solo y fusionando, con ayuda de impulsos eléctricos, la célula de la ubre con ese ovocito desnucleizado, con lo que sólo el patrimonio hereditario de la madre genética del ovocito podía ordenarle que se dividiera; e implantando luego el embrión en desarrollo en el útero de la madre de alquiler, la tercera oveja, con lo que, transcurrido el tiempo de gestación habitual, vino al mundo nuestra *Dolly,* idéntica a su madre genética, sin que fuera necesaria —y a eso se debe lo sensacional— aportación alguna de animal macho.

En el fondo, eso es todo. Sin embargo, la renuncia a la participación masculina es al parecer, si le he entendido bien, la causa de su inquietud persistente. Teme que, a la corta o a la larga, sea posible realizar con éxito esa manipulación genética productiva y totalmente sin padre ya realizada con las ovejas, pronto con los cerdos y finalmente con los monos, también con los seres humanos, más concretamente con las mujeres. Efectivamente, no se puede excluir. En todas partes se espera y se teme la ampliación, no sólo imaginable, del método modular. Y el Dr. Wilmut, por decirlo así, «padre espiritual» de la oveja clónica *Dolly,* podría hablarme de mujeres sumamente motivadas, que se ofrecen ya como madres genéticas, madres donadoras de óvulos o madres de alquiler.

Ahora bien, estimado señor, todo ello se encuentra provisionalmente aún en el campo especulativo, aunque el premio Nobel y distinguido investigador del patrimonio genético, James Watson, ya a comienzos de los setenta, no sólo previó sino que pidió explícitamente la clonación de seres humanos a fin de crear réplicas de ejemplares extraordinarios, es decir, genios como Einstein, la Callas o Picasso. Y ¿no introdujo usted en una novela, de la que por desgracia sólo conozco un resumen pero que a su aparición fue muy discutida, hombres rata clonados en la trama narrativa, llamando con suave ironía a esos productos infamemente concebidos de una manipulación genética sin escrúpulos *watsoncricks*?

Pero dejando las bromas. Lo que nos hace falta, estimado señor, es una bioética de base científica, que, al ser más eficaz que las ideas morales superadas, mantenga por una parte dentro de sus límites la extendida costumbre de difundir miedos, y por otra tenga autoridad para proyectar un nuevo orden social para las generaciones clonadas venideras, que en un día no demasiado lejano crecerán junto a la generación humana tradicional y ya gastada, porque esa convivencia difícilmente se desarrollará de una forma totalmente libre de conflictos. Será también tarea de los bioéticos regular el crecimiento de la población mundial, reducirlo en la práctica. Otra vez estamos en una encrucijada. Sólo por ello habrá que preguntarse qué parte del patrimonio genético debe fomentarse en el sentido de la bioética y cuál puede o debe incluso eliminarse. Todo ello requiere soluciones y planificación a largo plazo. Por favor, nada de programas inmediatos, aunque la ciencia, como es sabido, no se deje detener.

Y nos encontramos con un cuento largo, aunque no demasiado, cuyo desarrollo exige medios narrativos que es preciso crear aún. Si es posible, pronto. ¡El tiempo apremia!

Sin embargo, por lo que se refiere a su temor de una, como usted dice, «sociedad sin padres», después de recibir su última carta tengo la impresión de que —con permiso— sus preocupaciones son de naturaleza infantil o se deben al todavía virulento machismo. Podemos alegrarnos de que el tradicional acto generador centrado en el conflicto pierda cada vez más importancia. Tendremos motivo para felicitarnos cuando el hombre, descargado por fin de sí mismo, liberado de la obligación de ser responsable, se vea dispensado de todos los problemas de la falta de potencia. Sí, sí, podremos regocijarnos, porque el hombre que ha de venir, el «emancipado», como lo llamo yo, será libre. Libre para el ocio. Libre para el juego. Libre para toda clase de diversiones. Por decirlo así, una criatura de lujo que se permitirá la sociedad venidera. Precisamente a usted, mi estimado señor, debería resultarle fácil disfrutar de esos espacios libres que pronto se abrirán, para que no sólo se multipliquen en usted Dolly & Co. sino que también sus partos mentales puedan ser narrados de una forma casi ilimitada.

Por cierto: ¿qué me dice de la crecida del Oder? Muy encomiable la forma en que nuestro Bundeswehr ha demostrado su valía. Sin embargo, si nos encontramos ante un cambio climático a escala mundial, a lo que apuntan muchos datos, nos veremos afectados por inundaciones de proporciones mucho mayores. A ese respecto abrigo yo temores, aunque, por lo demás, mi actitud esencial sea optimista.

Con la esperanza de haber recortado un tanto sus temores por el futuro y con saludos para su estimada esposa, a la que tuve el placer de encontrar brevemente en una tienda de vinos de Lübeck, queda suyo afectísimo

Hubertus Vonderbrügge

Nos habíamos decidido a votar por correo, pero nos encontramos la noche anterior al 27 de septiembre, viniendo de Hiddensee, en Behlendorf, en donde tratamos de ocultar con mucha actividad el malestar que sentíamos. Ute preparó con anticipación para la noche de las elecciones una sopa de lentejas que, cualquiera que fuera el resultado, debía calmarnos. Iban a venir uno de nuestros hijos, Bruno, con un amigo, y los Rühmkorf. Yo desaparecí a primeras horas de la tarde en el bosque cercano, para, después de anunciarlo debidamente, coger setas.

La foresta de Behlendorf, que se extiende sobre onduladas morenas terminales hasta el lago, pertenece a los bosques de Lübeck y en otoño, bosque mixto, parece muy prometedora. Sin embargo, bajo los árboles de fronda o las coníferas no encontré boletos bayos ni setas de Burdeos. En donde, a mediados de mes, había encontrado una comida generosa de apagadores menores, no había nada. Los pies azules del lindero del bosque habían crecido demasiado y amarilleaban. Mi búsqueda de setas prometía ser poco fructífera. Ni siquiera el perro había querido acompañarme.

Probablemente lo dudarán ustedes: sólo mi superstición residual, a la que, como muchos tardíamente ilustrados, me aferro como sustitutivo, me indujo a seguir buscando a pesar de todo y a relacionar el botín de setas ciegamente esperado con el igualmente esperado resultado de las elecciones. Sin embargo, mi cuchillo siguió inutilizado y mi cesto vacío. Ya estaba a punto de renunciar y ensayar para las horas que quedaban una actitud fatalista, ya me veía, acostumbrado a lidiar con la derrota, en el banco de los perdedores, ya me sentía tentado a aliviar en unos gramos la carga por todas partes esperada de una gran coalición, reduciendo pragmáticamente mis expectativas, ya empezaba a calumniar a mi superstición, cuando algo relució blanquecino entre el ramaje podrido, sobre tocones de raíces musgosos, alzándose aislado o en grupos y haciendo claras señales imposibles de no ver: la inocencia en figura de seta.

¿Conocen los pedos de lobo perlados? ¿Han encontrado alguna vez un pedo de lobo? No se caracteriza por ninguna laminilla, por ningún tubito. No se levanta sobre un pie delgado, posiblemente leñoso, ni sobre un cuerpo panzudo, agusanado ya. No le da sombra ningún sombrero ancho, ni abollado, ni en cúpula. De cabeza calva, tal como se presenta sólo puede confundirse con el bejín joven, que pasa por comestible pero parece ser menos sabroso y es de apariencia menos hermosa. El pedo de lobo perlado, sin embargo, lleva su redonda cabeza calva, que con frecuencia parece empolvada de granitos blancos, sobre un cuello que se alza con suavidad y, sin embargo, se va adelgazando. Cortado directamente del suelo del bosque, de joven es firme al tajo y muestra, como prueba de su juventud, una carne blanca a la que, de todos modos, se conceden pocos días, porque, al envejecer rápidamente, la cabeza redonda y el cuello se vuelven grisáceos, la pulpa se deshace acuosamente, se torna verdosa y se pone fláccida, para, en su antigua envoltura, hacerse luego pardusca y convertirse pronto en polvo dentro de su piel de papel. Sin embargo, deben saber ustedes que el pedo de lobo perlado es agradable al paladar y no produce pesadillas.

Yo no hacía más que encontrar. Le gusta la madera podrida. Uno solo anuncia a varios. Son sociales. Se los podría coger rápidamente. Sin embargo, cada uno de ellos debe ser arrancado con precaución. Por mucho que se parezcan unos a otros, cada uno es siempre de forma distinta. De manera que comencé a contar cada pedo de lobo que mi cuchillo decapitaba. Pronto hubo sobre el papel de periódico extendido —el *Frankfurter Rundschau*—, en el que hubieran podido leerse noticias atrasadas, comentarios y previsiones de voto, al menos veinte ejemplares, pequeños, de tamaño medio y maduros, estos últimos de carne todavía en buen estado. Mi superstición residual llamó a la puerta. Se dedicó a hacer juegos numéricos. Comenzó a hacer cuentas entre los pedos de lobo encontrados y los porcentajes de unos resultados electorales amenazantes o muy prometedores. Yo empezaba a especular ya con un resultado provisional favorable. Sin embargo, después de treinta y cinco ejemplares se acaba-

ron los hallazgos. Comencé a temer por los rojiverdes. Por ninguna parte había nada o, todo lo más,
carboneras. Luego, sin embargo, volví a encontrar
en una depresión que hay cerca del arroyo y que es en
realidad un rebosadero que conecta el lago de Behlendorf con el canal del Elba-Trave.

Para no hacer esperar más a ustedes, que
entretanto saben lo hermosos que son los pedos de
lobo y pueden suponer lo sabroso que resultará
para el buscador de setas y sus invitados un plato
de esa calidad, brevemente hecho a la plancha con
mantequilla, bastará con asegurar que —dejando
de lado todos los hallazgos ya viejos e interiormente verdeantes—, extendidos sobre periódicos atra-
sados, fueron cuarenta y siete pedos de lobo los que
llevé a casa y a la cocina.

Pronto llegaron los invitados: Bruno y su
amigo Martin, Eva y Peter Rühmkorf. Poco después de la transmisión de los primeros resultados e
inmediatamente antes de la primera extrapolación,
serví de primero el plato de setas, del que, confian-
do en mí, comieron todos, incluso P.R. que, en lo
que a comida se refiere, pasa por delicado. Como
había cortado los pedos de lobo en rodajas, anulan-
do así su número, mi cuadrado mágico permaneció
oculto, pero eficaz. Los invitados se asombraron.
Hasta Ute, que lo sabe todo de antemano y cree en
otras supersticiones muy distintas, renunció a su
último escepticismo. Cuando el resultado electoral
suficiente para los rojiverdes se fue estabilizando
poco a poco y se pudo contar hasta con mandatos
excedentarios, me sentí confirmado en mi supersti-

ción: no hubieran debido ser menos pedos de lobo, pero tampoco más.

Entonces llegó a la mesa, con olor a mejorana, la sopa de lentejas de Ute, apropiada para moderar el orgullo que había surgido. Vimos llorar realmente, en una pantalla que parecía demasiado pequeña, al Canciller destituido por los electores. El asombro de los vencedores ante tanto poder que parecía inmanejable hacía que parecieran más jóvenes aún de la edad que tenían. Pronto se pelearían entre sí por afecto. Incluso de eso nos alegramos. Las cuentas habían salido bien; pero hasta muy entrado octubre no volví a encontrar pedos de lobo.

1999

El chico no me obligó, pero me convenció. Eso sabía hacerlo siempre, hasta que yo decía por fin que sí. Y ahora, porque él lo quiere, se supone que vivo aún, tengo más de cien años y estoy sana. En eso fue grande desde el principio, ya de mocoso. Podía mentir con toda la cara y hacer promesas estupendas: «Cuando sea grande y rico, iremos a donde quieras, mamá, hasta a Nápoles». Pero entonces vino la guerra y entonces nos expulsaron, primero a la zona soviética, y luego la huida al otro lado, al Oeste, en donde esos campesinos de Renania nos alojaban y jorobaban en la cocina en que preparaban la comida de los animales, un lugar helado: «¡Marchaos al lugar de donde habéis venido!». Y sin embargo eran católicos como yo.

Pero ya en el cincuenta y dos, cuando hacía tiempo que mi marido y yo teníamos casa, sabíamos que lo mío era cáncer. Aguanté dos años más, mientras el chico estudiaba en Düsseldorf esa profesión improductiva y no sé de qué vivía, hasta que nuestra hija acabó su aprendizaje de oficinista, pero había abandonado ya todos sus sueños, pobre chica. Y ahora él quiere celebrar mi ciento y pico cumpleaños, porque quiere recuperar todo lo que yo, su pobre mamá, no pudo vivir.

Incluso me gusta lo que ha imaginado a escondidas. Siempre fui demasiado blanda, cuando él, como decía mi marido, mentía más que un sacamuelas. Sin embargo, la residencia para la tercera edad con vistas al mar que se llama Augustinum y en la que ahora, porque él quiere, me están cuidando es —no se le pueden poner reparos— de lo mejor. Una habitación y media tengo, y además baño, cocina americana y balcón. Me ha instalado un televisor de colores y un trasto para esos nuevos discos plateados, esos que tienen arias de ópera y operetas, que siempre me ha gustado oír, ya antes, de *El Zarevich*, el aria «A orillas del Volga un soldado...». También hace conmigo viajes grandes o pequeños, recientemente a Copenhague, y el año próximo, si sigo sana, iremos por fin al sur, hasta Nápoles...

Pero ahora debo contar cómo fue todo antes y antes aún. Ya lo he dicho, había guerra, siempre guerra, con pausas en medio. Mi padre, que trabajaba como mecánico ajustador en la fábrica de fusiles, cayó al principio mismo en Tannenberg. Y luego mis dos hermanos en Francia. Uno pintaba, del otro aparecieron incluso poesías en el periódico. Sin duda mi hijo ha heredado todo eso de los dos, porque mi tercer hermano era sólo camarero, anduvo mucho por ahí, pero luego atrapó algo. Debió de contagiarse. Al parecer una de esas enfermedades sexuales, no sabría decir cuál. Entonces mi madre, antes de que hubiera paz, murió después de sus hijos, de pura pena, de forma que me quedé sola en el mundo con mi hermanita Betty, aquella criatura mimada. Fue una suerte que yo hubiera aprendido en Kaiser's Kaffee como vendedora y un poco de contabilidad. Así pudimos entonces, tras haberme casado con Willy e inmediatamente después de la inflación, cuando en Danzig tuvimos el florín, abrir el negocio, ultramarinos. Al principio nos fue muy bien. Y en el veintisiete, yo tenía ya más de treinta, vino el chico y, tres años después, la chiquitita...

Además de la tienda sólo teníamos dos cuartos, de forma que el chiquillo sólo tenía un rincón debajo del alféizar para sus libros y su caja de colores y su plastilina. Pero le bastaba. Allí se lo imaginaba todo. Y ahora me obliga a estar viva otra vez, me mima —*mamachen* por aquí, *mamachen* por allá— y viene a la residencia para la tercera edad con sus nietos, que deben ser sin falta mis biznietos. La verdad es que son muy graciosos, pero a veces un poco frescos, de manera que me alegro y respiro cuando esos mocosos, entre ellos los gemelos —chicos listos pero demasiado entrometidos—, pasan como rayos, arriba y abajo, por la alameda del parque con esos chismes que son como patines de hielo sin hielo y que, por escrito, se llaman algo así como *skat*, pero que ellos llaman *esquéiter*. Desde el balcón puedo ver cómo cada uno quiere ir siempre más deprisa que el otro...

¡El *skat*! Toda la vida me ha gustado jugar al *skat*. La mayoría de las veces con mi marido y con Franz, mi primo cachubo, que estuvo en el Correo Polaco y por eso al principio mismo, en cuanto volvió a haber guerra, lo mataron. Fue una desgracia. Y no sólo para mí. Pero eran cosas de la época. También el que Willy entrara en el Partido y yo estuviera en la Frauenschaft nacionalsocialista, porque allí se podía hacer ejercicio físico gratis, y también el chico, en el Jungvolk hitleriano, con un uniforme muy bonito... Luego mi suegro hacía casi siempre de tercero en el *skat*. Pero se solía excitar demasiado, el señor maestro ebanista. A menudo se le olvidaba descartarse, y entonces yo doblaba. Me sigue gustando jugar, incluso ahora que tengo que vivir otra vez, y concretamente con mi hijo, cuando trae de visita a su hija Helene, que al fin y al cabo se llama como yo. La chica se da bastante maña jugando, más que su padre, al que enseñé yo a jugar al *skat* cuando tenía diez u once años, aunque sigue subastando como un principiante. Juega siempre a su querido palo de corazones, hasta cuando no tiene más que un diez pelado...

Y mientras jugamos y jugamos, y mi hijo se pasa siempre en la subasta, abajo en el parque que hay delante del Augustinum zumban mis biznietos con sus patines, de una forma que da miedo. Van acolchados por todas partes. En las rodillas, los codos y también las manos, y hasta llevan cascos auténticos, para que no les pase nada. ¡Todo carísimo! Si pienso en mis hermanos, que cayeron en la primera guerra o cascaron de alguna otra forma, ellos, cuando eran pequeños —era aún la época del Káiser— conseguían un barril viejo de cerveza en la Langfuhrer Aktienbrauerei, le quitaban las duelas, las frotaban con jabón blando, se las ataban entonces bajo las botas y se iban como auténticos esquiadores al bosque de Jäschkental, en donde subían y bajaban al Erbsberg. No costaba nada, y funcionaba sin embargo...

Porque si pienso sólo en lo que significó para mí, modesta comerciante, comprar unos patines de verdad, de ésos con llave de atornillar, para dos hijos... Porque en los años treinta a los comercios les iba sólo regular... Demasiados clientes a los que había que fiar y demasiada competencia... Y luego vino además la devaluación del florín... Es verdad que la gente tarareaba: «En mayo todo hace Dios, haz que un florín sean dos...», pero sin embargo las cosas escaseaban. En Danzig teníamos florines porque éramos Estado Libre, hasta que, cuando empezó la guerra siguiente, el Führer con su *gauleiter*, Forster se llamaba, nos metió «a escondidas» en el Reich. A partir de entonces, sólo se vendía al contado en marcos del Reich. Pero había cada vez menos cosas. Después de cerrar la tienda, yo tenía que clasificar los cupones de los víveres y pegarlos en periódicos viejos. A veces me ayudaba el chico, hasta que también a él le pusieron un uniforme. Y sólo cuando los rusos habían caído sobre nosotros, cuando los polacos se habían llevado lo que quedaba, y después de ser expulsados y de toda la miseria que siguió volví a recuperarlo sano y salvo. Entretanto él había cumplido los diecinueve y se imaginaba que era ya mayor. Luego viví aún la reforma monetaria. Todo el mundo recibió cuarenta marcos de dinero nuevo. Fue un principio difícil para nosotros, refugiados del Este... Porque por lo demás no teníamos nada... Sólo pude salvar el álbum de fotos... Y además el álbum de sellos de él... Y luego, cuando me morí...

Sin embargo, ahora, porque mi hijo lo quiere, debo vivir también lo del euro, si lo llegan a distribuir. Sin embargo, antes quiere celebrar sin falta mi cumpleaños, ciento tres años exactamente. Bueno, por mí que lo haga. El chiquillo tiene entretanto más de setenta, y hace tiempo que se ha hecho un nombre. Sin embargo, es incapaz de dejar sus historias. Algunas incluso me gustan. De otras habría tachado algunas cosas. Pero siempre me han gustado las fiestas familiares, con auténticos choques y reconciliaciones, porque cuando los cachubos celebrábamos algo, reíamos y llorábamos. Al principio, mi hija, que va a cumplir también los setenta, no quería festejarlo, porque considera que la idea de su hermano de resucitarme para su historia es demasiado macabra. «Déjalo, Daddau», le he dicho, «si no, se le ocurrirá algo peor». Él es así y no hay nada que hacer. Se imagina las cosas más imposibles. Siempre tiene que exagerar. No te lo quieres creer cuando lo lees...

Ahora vendrá mi hija a finales de febrero. Ya me alegro pensando en todos mis biznietos, que volverán a ir por el parque como rayos con sus patines, mientras los miro desde el balcón. Y también me alegro del año 2000. Ya veremos qué pasa... Con tal de que no vuelva a haber guerra... Primero ahí abajo y luego por todas partes...

Este libro
se terminó de imprimir
en los Talleres Gráficos
de Unigraf, S. L.
Móstoles, Madrid (España)
en el mes de abril de 2000

ÚLTIMOS TÍTULOS PUBLICADOS

Valentí Puig
PRIMERA FUGA

Dorothy Allison
BASTARDA

Fernando Royuela
LA MALA MUERTE

José María Guelbenzu
EL RÍO DE LA LUNA

José Ramón Martín Largo
LA NOCHE Y LA NIEBLA

Marina Mayoral
LA SOMBRA DEL ÁNGEL

Luis G. Martín
LA MUERTE DE TADZIO

Mario Vargas Llosa
LA FIESTA DEL CHIVO

Nuria Barrios
EL ZOO SENTIMENTAL